Märchen von den klugen Frauen

Märchen von den klugen Frauen

Ausgesucht und vielfach neu erzählt von Ilse Korn

geschmückt mit Illustrationen

von Bernhard Nast

Verlag Werner Dausien, Hanau/M

Märchen von den klugen Frauen
Die Originalausgabe erschien im
DER KINDERBUCHVERLAG BERLIN
unter dem Titel
„Königin im Leinenkleid"
© *DER KINDERBUCHVERLAG BERLIN – DDR 1977*
Printed in the GDR
VERLAG WERNER DAUSIEN · HANAU
ISBN 3-7684-3123-1

Königin im Leinenkleid

Ein Märchen aus Vietnam

Auf einer kleinen Insel oberhalb des Mekong-Deltas lebte vor langer Zeit der Fischer Ha-Thi-Trinh mit seiner Familie. Er war bitter arm wie alle Inselbewohner und war doch einer der fleißigsten. Lange bevor der erste Sonnenstrahl seinen hellen Finger auf das graue Meer legte, machte er mit seinem unverheirateten Bruder und seinem Sohn das Boot fertig, um mit den anderen Fischern zum Fang auszufahren. Hatte es lohnende Beute gegeben, segelten sie zum Festland hinüber und verkauften die Fische. Doch meistens war ihre Mühe vergeblich, und der Erlös lohnte nicht den weiten Weg.

„Die Sonne steht schon hoch, wir haben am frühen Morgen bei unseren Fischern gekauft", sagten die Frauen der Stadt. Die Inselfischer verdroß es, daß die Fischer vom Festland ihnen immer zuvorkamen, doch konnten sie daran nichts ändern.

Ha-Thi-Trinhs Frau war im letzten Jahr gestorben. Das harte Klima und die schwere Arbeit auf dem steinigen Boden der Insel hatten ihre Kräfte vorzeitig erschöpft.

Oft blickte Ha-Thi-Trinh auf seine Tochter Ha-Tien, die mit ihren sechzehn Jahren das ganze Ebenbild der Mutter war. Würde sie dem Plan zustimmen, den er seit langem erwog?

Eines Tages sprach er zu ihr: „Höre, meine Taube, ich will mit deinem Bruder Pham-Dong und unserem Oheim fortfahren, um Land zu suchen, auf dem wir als Bauern leben können, ohne zu hungern. Der Fischfang, den wir seit Jahren betreiben, hat uns immer ärmer gemacht. Noch habe ich Kraft in den Armen und könnte ein neues Leben beginnen. Hier ist ein großer Sack Reis, er reicht für einige Monate. Mit dem, was unser Garten einbringt, wird er dich ernähren, bis ich komme, um dich zu holen."

„Und was wird aus mir, wenn du nicht zurückkehrst?" fragte das Mädchen erschrocken.

„Ich komme bestimmt wieder!" gab der Vater zuversichtlich zur Antwort. „Und unsere Nachbarn werden dir helfen."

Doch entschlossen sprach Ha-Tien: „Nehmt mich gleich mit. Zwei Hände mehr können auf dem Boot nicht schaden. Und kommt ein Unglück über uns, so trifft es uns gemeinsam. Ich habe der Mutter vor ihrem Tode versprochen, dich nicht zu verlassen, bitte zwinge mich nicht, mein Wort zu brechen."

Der Vater beugte sich schließlich ihrem Willen. Er veräußerte, was er an Hausrat besaß und nicht auf dem Sampan unterbringen konnte, verabschiedete sich von Freunden und Bekannten und begab sich mit seinem Bruder und seinen beiden Kindern auf die Reise in eine ungewisse Ferne.

Sie segelten an der Küste entlang immer nach Süden. Tage, Wochen, Monate vergingen. Endlich erreichten sie die Südspitze des Landes und beschlossen, einen Hafen aufzusuchen, um sich nach Siedlerland zu erkundigen. Doch bevor sie ihre Absicht verwirklichen konnten, packte der Sturm das nicht allzu große Boot und trieb es weit ins Meer hinaus. Genauso plötzlich drehte der Wind, fuhr in das Großsegel und schob den Sampan mit rasender Geschwindigkeit in eine breite Bucht. Mit letzter Kraft zogen sie das Boot auf den Schwemmsand des Ufers und legten sich erschöpft zur Ruhe.

Am nächsten Morgen weckte heller Sonnenschein Ha-Thi-Trinh und seine Angehörigen. Sie meinten, im Paradies gelandet zu sein. Vor ihnen breitete sich ein liebliches Land, sanft stieg es zu beiden Seiten der Bucht an, während aus fernen, hohen Bergen ein Wildbach herabstürzte und sich seitlich eines Bam-

buswaldes ins Meer ergoß. Das Ufer war mit dem Holz ge-
strandeter Schiffe bedeckt, das sammelten sie und besahen sich
dabei die hügelige Landschaft. Zwischen zahlreichen Bäumen
und Sträuchern lagen einige Hütten verstreut, doch kein
Mensch, kein Tier war zu erblicken. Beim Anstieg entdeckten
sie einen Bananenbaum mit einem reifen Fruchtbüschel. Nie
vorher hatten die Geschwister so einen Baum gesehen und nur
selten eine reife Banane genossen. Voller Glück aßen sie sich satt
und begannen dann, aus dem herumliegenden Holz und den
überall wachsenden Bambusrohren in der Nähe ihres Sampans
eine Unterkunft zu bauen. Der Fischer blickte voller Sorge auf
die fernen Berge, ob nicht Bewaffnete kämen und ihnen den
Verbleib auf diesem Boden verwehrten. Doch nichts geschah.
Eine Woche verging, eine zweite, niemand zeigte sich.

Eines Tages — sie hatten sich in ihrer kleinen Hütte schon
häuslich eingerichtet und saßen gerade bei einem gebratenen
Süßwasserfisch, den Pham-Dong, der Sohn des Fischers, gean-
gelt hatte — hörten sie eine zarte Musik näher kommen. Ein
weißhaariger Berghirt, gefolgt von zwei Ziegen, stieg flöte-
blasend zu Tal und blieb verwundert vor ihrer Behausung stehen.
Er verneigte sich tief und hieß sie in dieser Gegend willkommen.
Von ihm erfuhren die Weitgereisten, daß hier noch vor dreißig
Jahren Siedler gelebt hatten, Handwerker aus einem weiter
nördlich gelegenen Lande.

„Doch es gab in dieser Einöde für ihre kunstvollen Arbeiten
keine Käufer", erzählte der Alte. „Also bauten sie sich ein
Schiff und segelten in die große Stadt im Osten. Keiner ist zurückgekehrt."

„So haben sie in der Stadt ihr Glück gefunden?" fragte Pham-
Dong, und seine Augen begannen zu leuchten.

Der Hirt zuckte die Schultern.

„Man erzählte, sie hätten goldene Götterstatuen aus ihrer
Heimat mitgebracht. Mit ihnen sind sie dorthin gefahren." Seine
Hand wies in die Richtung, aus der das Fischerboot gekommen
war. Und da er in dem Gesicht des Jünglings den heißen Wunsch
erkannte, Abenteuer zu erleben, legte er Pham-Dong bedächtig
die Hand auf den Arm und sprach: „Mein Sohn, das Glück kann
man überall finden, wenn man die Augen offenhält. In den

Städten begegnet einem oft Not und Unheil, ich weiß es. Bleibt hier, ihr findet so leicht kein schöneres Land, und der Boden ist fruchtbar. Ich will euch die Orangen- und Zitronenbäume zeigen, die Arekanüsse, die Mimosen mit ihrem leuchtenden Gelb, die im Frühjahr die Luft mit süßem Duft erfüllen."

Ha-Thi-Trinh war glücklich. Abwechselnd erzählten er, seine Tochter und der Oheim dem Berghirten, wie die Not sie von zu Hause vertrieben und daß sie nichts anderes wünschten, als friedlich zu leben und zu arbeiten. Auf Rat des Alten richteten sie sich am Hang des Hügels eine der verlassenen Behausungen neu ein, um vor Sturmfluten geschützt zu sein. Als sie nach den zaungleichen Pfählen fragten, die lange Strecken des umliegenden Landes säumten, erklärte der Hirt, hier habe man Pfeffersträucher gepflanzt.

„Die Schoten bergen scharfschmeckende Körner. Bald sind sie reif. In den Häusern der Hochgestellten wird dieses Gewürz gut bezahlt. Wenn ihr die Körner sammelt und verkauft, löst ihr viel Geld dafür." Wieder wies seine Hand nach Osten, wo er jene große Stadt wußte.

Ha-Tien sammelte die reifen Pfefferschoten und ließ sie in der Sonne trocknen. Ihr Vater freute sich, endlich einen Spaten in der Hand zu haben, und grub den Boden um.

„Ich lege neben dem Pfeffergarten einen zweiten Garten an, darin ziehen wir Gemüse und Kräuter", sprach er zu seiner Tochter. „Was glaubst du, was wir an diesem sonnigen Hang für Melonen ernten werden!" Und als er die Tochter so emsig pflükken sah, fügte er hinzu: „Vielleicht fahren wir schon nächste Woche zur Stadt hinüber, um zu sehen, wieviel uns die Körner einbringen. Von dem Erlös kaufen wir, was wir hier brauchen."

Einige Tage darauf traf der Fischer mit seinem Spaten auf etwas Hartes. Ha-Thi-Trinh räumte die Erde weg und hielt mit Mühe einen Schrei zurück: Er war auf einen Tonkrug gestoßen, bis zum Rande gefüllt mit Juwelen, Gold und kostbarem Geschmeide. Erschrocken blickte er sich um, doch niemand hatte ihn beobachtet. Zwischen den Sträuchern ging Ha-Tien, seine Tochter, umher und summte ein Lied. Der Vater rief sie zu sich.

„Mein Kind, ich habe einen kostbaren Schatz gefunden. Er ist so groß, daß wir davon in der Stadt wie steinreiche Leute leben könnten." Er nahm ein Goldstück und einen mit Diamanten besetzten Armreif und gab sie der Tochter. „Verkaufe das Schmuckstück", sagte er. „Und für das Goldstück sollst du ein Seidengewand bekommen. Vor langer Zeit versprach ich deiner Mutter eins, konnte es ihr aber nie schenken. Setz dich zu mir. Wir wollen überlegen, was wir mit dem Schatz anfangen."

Ha-Tien schwieg eine Weile, dann schob sie mit den Händen die Erde wieder über den Krug, klopfte sie fest und legte Strauchwerk darüber. Leise sagte sie: „Vor allem, sprich nicht zu meinem Bruder von deinem Fund. Oft genug lag er mir in den Ohren, das hier sei kein Leben für ihn, in der Stadt werde er bald zu Reichtum gelangen.

Den Schatz", fuhr sie fort, „schenkte uns ein gütiger Himmel. Denk an unsere Freunde, die wir auf der Insel zurückließen. Mit dem Erlös der Kostbarkeiten könnten wir sie alle hierherholen, wir könnten für sie Häuser bauen und ohne Hunger wie eine große Familie leben. Du willst meinen Rat hören, lieber Vater? Fahre mit dem Oheim zurück, ich werde inzwischen mit Pham-Dong unser Haus und den Pfeffergarten hüten. Der alte Hirt wird uns dabei helfen. Doch um eins bitte ich dich, verrate niemandem etwas von dem Schatz."

Der Fischer strich seiner Tochter zärtlich über das lange schwarze Haar. „Es soll alles so geschehen, wie du vorgeschlagen hast", sagte er.

In den folgenden Tagen zog Ha-Thi-Trinh vom Haus bis zu der Stelle, wo der Krug vergraben war, eine Bambuswand, stampfte die Erde fest und bestimmte diesen Teil der Hütte zum neuen Ziegenstall.

Dann rüsteten sie auf die Fahrt zum Delta. Für die Geschwister wurde ein kleineres Segelboot gebaut, mit dem sie bequem von der großen Stadt zurückfahren konnten. Auf dem Hinweg nahm sie der Sampan ins Schlepptau. Pham-Dong sprach von nichts anderem als von der Stadt und überlegte, wieviel Geld sie wohl für die Pfefferschoten einhandeln könnten.

Nach drei Tagen gingen die beiden an Land, während der Vater mit dem Oheim in nördlicher Richtung weitersegelte.

Ha-Tien leitete mit Umsicht den Verkauf der Pfefferkörner, auch beauftragte sie den Bruder, Hacken und Spaten einzukaufen, während sie sich um Pfeffersetzlinge bemühen und in Erfahrung bringen wollte, was beim Anbau des Pfeffers alles zu bedenken sei. Pham-Dong erinnerte sie daran, das Seidenkleid zu kaufen.

„Der Vater hat dir ein Goldstück dafür gegeben", sagte er mit unverhohlener Neugier. „Woher mag er es haben?"

Die Schwester überhörte die Frage und antwortete: „Wozu taugte mir ein Seidenkleid? Soll ich es etwa bei der Arbeit tragen? Und was würden unsere Leute denken, wenn ich sie im Festgewand begrüßte? Nein, von dem Goldstück, das der alte Hirt unserem Vater schenkte, will ich Leinen kaufen, um für dich Hemden, für mich aber Kleider zu nähen."

Sie bat den Bruder zu erkunden, wo sie das Mittagessen einnehmen könnten. Kaum hatte sie Pham-Dong fortgehen sehen, trat sie in das Geschäft eines Goldschmieds, um den kostbaren Armreif zu verkaufen. Mit einem Beutel voller Goldmünzen, den sie unter dem Rock befestigte, verließ sie kurz darauf den Laden.

Die Geschwister schliefen im Boot und segelten am Morgen darauf mit ihren Einkäufen in die Bucht zurück. Der alte Hirt empfing sie mit Flötenmusik, er war froh, sie wiederzusehen. Ha-Tien begab sich alsbald in den Pfeffergarten, um die Setzlinge einzupflanzen, während Pham-Dong wie üblich auf Fischfang ging.

Nach zwei Tagen betrat der Bruder zu ungewohnter Zeit den neuen Ziegenstall. Er überraschte die Schwester, die gerade den Lehmboden aufgelockert hatte, um den Beutel mit den Goldstücken neben dem Tonkrug zu verstecken. Rasch drängte er das erschrockene Mädchen zur Seite und wühlte mit gierigen Händen in den Kostbarkeiten.

„Ein Schatz? Und den habt ihr mir verschwiegen?" rief er, rot vor Zorn.

Die Schwester versuchte ihm zu erklären, daß der Vater mit Hilfe dieser Kostbarkeiten die Inselfischer hier ansiedeln wolle, so könnten sie alle in Zukunft sorgenfrei leben. Doch Pham-Dong hörte nur mit halbem Ohr zu. Er lachte laut und un-

gebührlich und rief: „Und diesen Spaß habe ich euch nun verdorben! Oder meinst du, ich ließe es zu, daß man das Gold an die Inselbewohner verteilt?" Vergeblich bat ihn Ha-Tien, des Vaters Wunsch zu achten. Der Bruder band sie mit einem Strick an einem Pfahl fest und grub vor ihren Augen den Tonkrug aus. Er leerte den kostbaren Inhalt in seinen Fischsack, warf der Schwester einige Schmuckstücke vor die Füße und wandte sich zum Gehen.

„Willst du nicht wenigstens mit uns teilen, Pham-Dong? Wie soll ich vor den Vater treten?"

Doch Pham-Dong blieb hart.

„Ich nehme das kleine Boot und fahre in die Stadt zurück. Dort kaufe ich mir ein Steinhaus. Vielleicht studiere ich und werde einmal Mandarin, dann kann ich euch helfen. Falls ihr zu mir kommt und bei mir lebt." Er ließ die Schwester stehen, nahm den Sack und lief damit zum Strand.

Ha-Tien blieb verstört zurück.

Eine Stunde zu spät, um helfen zu können, kam der alte Hirt und band das Mädchen los. Dabei erfuhr er alles. Der Beutel mit den Goldstücken, Erlös des kostbaren Armreifens, dazu die wenigen Schmuckstücke, das war alles, was von dem Schatz übriggeblieben war.

Tage vergingen. Ha-Tien versorgte ihren Garten in der alten Weise, doch das Lächeln war von ihrem Gesicht gewichen. Oft blickte sie sorgenvoll zum Meer. Eines Tages wollte ihr der Alte eine Freude machen. Mit einem schweren Sack auf dem Rücken kehrte er aus seiner Berghütte zurück und enthüllte vor Ha-Tiens Augen eine kindergroße Statue aus reinem Gold. Die Abendsonne fiel auf das liebliche Gesicht einer kleinen Göttin.

„Vor dreißig Jahren", erzählte der Hirt, „als die Bewohner dieses Land verließen, schenkten sie mir die Statue, die sie aus ihrer Heimat mitgebracht hatten. Sie heißt Quoc Mau, das bedeutet ‚Mutter des Königreiches'."

Der Alte schwieg und schaute Ha-Tien an.

„Jetzt bist du hier, und ich schenke sie dir, um deine Trauer zu heilen. Du kannst deinen Vater bitten, sie anstelle des verlorenen Schatzes zu verkaufen."

Ha-Tien dankte dem Freund mit Tränen in den Augen. In der

Nacht grübelte sie lange über die Erlebnisse der letzten Tage. Wir werden es auch mit unserer Arbeit schaffen, hier ohne Hunger zu leben, dachte sie. Die schöne Quoc Mau soll nicht eingeschmolzen werden!

Mehrere Monate waren vergangen, da sahen die beiden am Horizont eine Flottille von Fischerbooten kreuzen.

„Sie kommen!" rief Ha-Tien und eilte an den Strand. Das gab ein frohes Begrüßen! Jeder Familie wurde ausreichend Land zugewiesen, keiner mißgönnte dem anderen den Platz, sie halfen einander beim Einrammen der Pfähle, beim Instandsetzen der alten und dem Bau von neuen Hütten. Allen schien es wie ein Wunder, daß sie die weite Fahrt gut überstanden hatten und in einem so schönen Lande wohnen durften. Auf einmal war Leben in der Bucht. Kinder tummelten sich am Strand, Hühner gackerten, sogar ein paar Ferkelchen waren mitgekommen. Überall herrschte Freude und Dankbarkeit.

Nur Ha-Thi-Trinh blickte gramvoll über seinen Pfeffergarten. Er konnte es nicht fassen, daß sein Sohn davongegangen war, als Räuber und Dieb. Was wird aus ihm werden? Falten gruben sich in sein Gesicht, selbst die schöne Goldstatue der Quoc Mau konnte ihn nicht trösten. Sie aber einschmelzen zu lassen, wies er weit von sich.

„Auf diesem fruchtbaren Boden werden wir es auch ohne den Schatz schaffen."

Zufrieden und froh lebten die ehemaligen Inselbewohner, die nun Bauern geworden waren. Ha-Thi-Trinh stand ihnen mit seinem Rat zur Seite und half, wo er konnte, und sie verehrten ihn als ihren Wundertäter. Auf einer ihrer abendlichen Zusammenkünfte beschlossen sie, ihn zum König des Landes zu wählen.

Ha-Thi-Trinh aber lehnte ab.

„Ich will gern als Berater und Richter für euch dasein, doch euer König mag ich nicht werden", sagte er und sprach von etwas anderem.

Mit einer Gruppe von Siedlern segelte er einige Tage später zur Stadt, voll banger Hoffnung, den Sohn wiederzufinden und ihn zur Rede zu stellen. Während die ehemaligen Fischer unter

Ha-Tiens Anleitung die erforderlichen Waren, vor allem Schlaf-
matten und Baumwollstoff, aber auch Pflanzen und Samen
besorgten, suchte Ha-Thi-Trinh in der Gegend, wo die Reichen
wohnten, nach seinem Sohn. Er brauchte nicht lange zu fragen,
man wies ihm sein Haus. Pham-Dong hatte die Tochter eines
Goldschmieds geheiratet und lebte aufwendig wie ein hoher
Beamter. Sein Haus war prächtig eingerichtet, doch ließ er den
Vater nicht über die Schwelle. Schon auf der Vortreppe fertigte
er ihn ab; gar zu schäbig schien er ihm angezogen. An eine
Rückkehr dachte er nicht im Traum.

„Willst du deiner Schwester nicht einen Teil des Schatzes
zurückgeben, wie es der Anstand gebietet?" fragte Ha-Thi-
Trinh mit bebender Stimme.

„Ich lasse dir ein Gewand reichen, warte hier!" entgegnete
Pham-Dong hochmütig, doch als ein Diener das Kleid brachte,
war die Treppe leer. Ha-Thi-Trinh hatte den Sohn für immer
aus seinem Herzen verbannt.

Das Dorf in der Bucht gedieh unter der Fürsorge und dem Rat
des alten Fischers, der jetzt auch Recht sprach, doch Ha-Thi-
Trinhs Lebenskraft nahm von Monat zu Monat ab. Als er fühlte,
daß er sterben müsse, rief er seinen Bruder und einige Vertraute
an sein Bett und bat sie, Ha-Tien zu achten und zu ehren, ihr
gebühre das Amt des Obersten Schirmherrn, sie sei klug und
denke mehr an andere als an sich. Das versprachen sie dem
Sterbenden.

Ha-Tien blieb auch weiterhin bescheiden und fleißig. Sie gab
verständige Ratschläge, und das wenige verbliebene Gold verwendete sie nur für das Notwendigste.

Als sie wieder einmal von einer Fahrt in die Stadt zurückgekehrt war, rief sie die Männer zusammen und sprach: „Es hat
sich herumgesprochen, daß wir hier zufrieden und glücklich
leben. Leicht könnte es sein, daß Eindringlinge aus den Nach-
barreichen uns um die Ergebnisse unserer Mühe bringen. Darum
rate ich, laßt uns Speere und Schwerter kaufen. Auch wollen wir
unseren Hafen befestigen. Am Eingang der Bucht sollten wir
zwei Schutztürme bauen. Im Gebirge, wo unser Freund, der
Hirt, lebt, gibt es festes Gestein, das müssen wir herunterholen.

Wenn jeder einen Teil der Arbeit übernimmt, werden wir es schaffen. Viel Geld können wir nicht ausgeben."

Das war wohl geraten.

Am selben Tag erklärten die Bauern Ha-Tien zu ihrer Königin, deren Namen das Land von nun an tragen sollte.

Es dauerte kaum ein Jahr, da war die Bucht befestigt. Im zweiten Jahr bauten sie für Ha-Tien ein Haus aus Stein mit einem weiten Hof für Beratungen und einem großen Audienzsaal. Nun schien ihr der Zeitpunkt gekommen, der goldenen Statue einen Platz anzuweisen und sie für alle sichtbar aufzustellen. Keiner war glücklicher als der greise Berghirt. Er erzählte allen, wie er zu der goldenen Göttin gekommen sei und daß sich weit hinter den Bergen eine Tempelstadt befand, in der es viele solcher Figuren gab.

Eines Tages ließen sich Botschafter aus jenem benachbarten Königreich ankündigen; sie wollten Freundschaftsgeschenke austauschen und einen Vertrag über die Nutzung des Hafens schließen.

Die Gäste verneigten sich tief vor der schönen und anmutigen Königin. Sie wurden gut bewirtet, und während ihrer Gespräche mit Ha-Tien staunten sie insgeheim über deren Klugheit. Der Anblick der goldenen Statue steigerte noch ihre Bewunderung.

Anderntags arbeitete Ha-Tien wieder mit den anderen. Der Oheim beobachtete sie und sagte: „Ich bin stolz auf dich, Ha-Tien, du hast die Unterredungen gut und zum Wohle deines Landes geführt. Doch warum willst du nicht auch wie eine Königin leben? Du bist schön und klug, übst das Herrscheramt aus und sprichst Recht, du empfängst Gesandte anderer Könige – warum trägst du noch immer deinen Leinenkittel?"

Ha-Tien dachte einen Augenblick nach, dann entgegnete sie: „Könige pflegen in Wohlleben und Reichtum zu regieren, das mag wohl sein. Doch bedenke, wer schafft all den Reichtum? Sie müssen sich alles von ihren Untertanen nehmen oder geben lassen. Ich aber habe keine Untertanen, ich lebe wie alle. Und noch etwas: Wer Seide und Brokat trägt, taugt nicht zur Arbeit. Mir ist mein Leinenkleid lieber, denn meine Arbeit will ich nicht aufgeben, sie macht mir Freude."

Niemand hatte sich während Ha-Tiens Regierungszeit über

15

Ungerechtigkeit zu beklagen. Die Königin sorgte sich um ihre Landsleute und nahm auch fremde Siedler auf. Sie ließ eine Schule bauen und holte aus dem nördlichen Reich Lehrer ins Land. Mit den Lehrern kamen zugleich Handwerker, die ihre Kunstfertigkeit an die Söhne der einstigen Fischer weitergaben.

Längst waren die Goldstücke in dem schmalen Beutel aufgebraucht, doch die Arbeit brachte allen reichen Gewinn.

Eines Tages führte man einen verwahrlosten Fremden, der wie ein Bettler gekleidet war, vor Ha-Tien. Niemand erkannte in ihm den früheren Fischerssohn Pham-Dong. Im Leinenkleid stand seine Schwester, die Königin des Landes, vor ihm.

„Ich bin gekommen, deine Hilfe zu erbitten. Wenn du Königin bist, wie die Leute ringsum sagen, bist du ja allmächtig."

Sie hörte immer noch den Hochmut in seiner Stimme und fragte: „Was begehrst du?"

Etwas kläglicher entgegnete er: „Alles ist mir zerronnen. Man hat mir mein Haus weggenommen und mich in den Schuldturm gesperrt. Meine Frau ist zu ihrem Vater zurückgekehrt. Kürzlich konnte ich ausbrechen und bin wochenlang an der Küste entlang bis hierher gelaufen, in der Hoffnung, du könntest mich verbergen."

„Jetzt siehst du, was aus einem Menschen wird, der nur an Gold und ein bequemes Leben denkt", sagte Ha-Tien. „Unseren Vater hast du wie einen Bettler behandelt. Schau nun auf unser Land, das wir mit unserer Hände Arbeit aufgebaut haben."

Pham-Dong schwieg.

„Du hast nichts gelernt. So übe deinen alten Fischerberuf aus", sprach Ha-Tien.

Pham-Dong nickte, hatte er doch erst einmal einen Platz gefunden. So verrichtete er seine altgewohnte Arbeit. Doch nicht lange. Eines Tages war er verschwunden. Es ging die Rede, daß er in der Nähe des nördlichen Grenzpasses gesehen worden sei.

Glück und Wohlstand für die Menschen des kleinen Königreiches währten lange. Eins aber hatte die ehemalige Fischerstochter bei aller Klugheit nicht verstanden oder vergessen: die Kunst des Regierens zum Wohle der Menschen an andere weiterzugeben. Als sie starb, war niemand da, der ihr Werk fortsetzte. Und so geschah, was anderwärts seit Jahrtausenden von den Herrschern geübt wurde: Sie brachen ohne Fug und Recht in kleinere Reiche ein, raubten sie aus und setzten ihre Minister und Steuerpächter darüber. So erging es auch dem kleinen Königreich Ha-Tien, von dem manchmal in Sagen und Legenden berichtet wird.

Ilse Korn

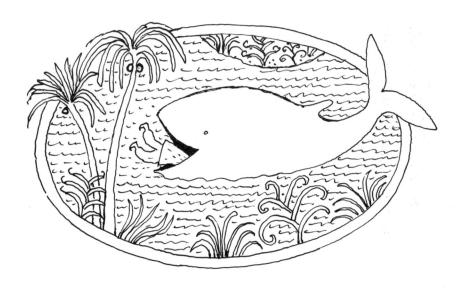

Chusnobod,
die keinen Reichen zum Mann wollte

Ein usbekisches Märchen

Chusnobod, Tochter eines Schahs, war schön wie die Sonne und sanft wie das Licht des Mondes, dazu hatte sie eigene und kluge Gedanken wie kein zweiter Mensch am Hof des Herrschers. Sie war die einzige, die sich vor dem Wüten ihres Vaters nicht fürchtete und es bisweilen wagte, ihn vor Grausamkeiten zu warnen, oder um Gnade für einen zu Unrecht Verfolgten bat. Viel erreichte sie dabei freilich nicht.

Ihre wunderbare Schönheit zog zahlreiche Freier in den Palast, aber der launenhafte Schah lehnte alle mit spöttischen Redensarten ab und gönnte sie keinem, mochte er noch so reich sein.

Wenn Chusnobod mit ihrer Mutter allein war, sprach sie immer wieder: „Gib mich keinem Reichen zur Frau, ich bitte dich von ganzem Herzen, liebe Mutter. Einen Armen will ich heiraten. Und läßt mein Vater, der Schah, das nicht zu, dann laufe ich fort und verberge mich irgendwo. Lieber will ich in einer Lehmhütte wohnen als in einem Palast, wo man täglich Schreien und Wehklagen hören muß."

Eines Tages lag der Schah träge auf seinem Ruhebett, umgeben von vierundzwanzig Räten. Da störte ihn das eintönige Krähen eines Vogels vor seinem Fenster.

„Was schreit der Vogel?" fuhr er die Räte an.

Die steckten die Köpfe zusammen und überlegten. Etwas Falsches durften sie nicht sagen, sonst war es aus mit ihnen. So versuchten sie es mit Spaß.

„Sind wir Krähen?" sagten sie. „Wir sind Menschen und verstehen die Vogelsprache nicht. Vielleicht hat der Vogel Langeweile, wie unser erhabener Herrscher, und da kräht er eben."

Wütend sprang der Schah auf und befahl seinem Henker, alle vierundzwanzig zu enthaupten.

Chusnobod hatte alles mit angehört. Sie trat zu ihrem Vater und bat, die Räte zu schonen, sie wolle seine Frage beantworten.

Der Schah nickte, er war neugierig, und der Henker verschwand.

Da gab Chusnobod ihre Antwort: „Die Krähe will dir etwas sagen. Des Mannes Glück ist seine Frau. Behandelt er sie schlecht, so wendet das Glück ihm den Rücken."

„O du Schamlose!" schrie der Schah. „Willst du mich vor den Räten belehren? Käme mein Glück etwa von deiner Mutter, die man mir aufgezwungen hat? In den Kerker mit dir!"

Der Henker führte das zitternde Mädchen in das Verlies. Niemand wagte es, ein Wort für Chusnobod einzulegen.

Eine Woche lang wälzte sich der Schah mürrisch auf seinem Lager hin und her, keiner traute sich in seine Nähe. Nur der älteste Wesir bangte um das Leben der schönen Chusnobod, darum sprach er den Herrscher an: „Laßt uns zum Jagen reiten, sucht Zerstreuung. Vielleicht erhellt sich Euer Gemüt, erhabener Herrscher!"

Da ließ der Schah zur Jagd blasen.

Obwohl sie sieben Tage mit vierhundert Männern und vierundvierzig Wesiren unterwegs waren, erlegten sie nicht einmal einen Vogel. Ohne Beute mußten sie heimziehen.

Wütend ritt der Schah allen voraus und wollte sich am Fluß erfrischen. Dort traf er auf einen Greis, der sich merkwürdig verhielt. Er holte Steine aus dem Wasser, schrieb etwas darauf und warf sie weit in den Fluß hinaus.

„Wer bist du?" fragte der Schah. „Was treibst du hier?"

„Ich bestimme das Schicksal der Menschen!" antwortete der Greis.

„So verkünde das meine."

Der Greis suchte nach Steinen und schüttelte den Kopf.

„Ich finde keinen passenden Stein für dich. Doch brauchst du ein frühes Ende nicht zu fürchten."

„Und was erwartet meine Tochter, die ich einsperren ließ?"

Der Alte holte eine Handvoll Steine heraus, schrieb etwas auf einen schneeweißen, warf ihn, wie die anderen, in den Fluß und verkündete: „Neun Monate von hier liegt das Reich Schachri-Dschardschon, dort lebt ein Held, ein Recke. Er will ausziehen, um das Böse aus der Welt zu schaffen. Diesen Recken, einen Hirtensohn, wird deine Tochter heiraten."

Die Wesire waren hinzugekommen und hatten alles mit angehört. Der Schah meinte vor Wut ersticken zu müssen. Er holte mit dem Säbel aus, um den Greis in zwei Stücke zu zerhauen, doch er traf nur Luft. Der Alte blieb unverletzt.

Da wichen alle vor dem Schah zurück, der sprengte davon.

Am Abend beriet er sich mit seinem ältesten Wesir.

„Was hältst du von alledem? Ob meine Tochter wirklich den Sohn eines Hirten heiratet?"

„Wenn es ihr vom Schicksal vorherbestimmt ist?" sagte vorsichtig der Wesir.

„Was ist da zu tun?" wollte der Schah wissen. „Soll ich sie sofort erschlagen? Wollen doch mal sehen, wer da recht behält. Oder soll ich sie langsam verhungern lassen?" fragte er böse.

Der Wesir fürchtete für das Leben der schönen, sanften Chusnobod, so sprach er mit Bedacht: „Am besten, du läßt sie im Verlies in Vergessenheit geraten. Sollte es wirklich einen Recken geben und er käme aus diesem Land hierhergeritten, so ist er auf jeden Fall neun Monate unterwegs. Bis dahin ist deine Tochter längst nicht mehr am Leben."

Der Schah nickte. Der Rat gefiel ihm.

Doch in der gleichen Nacht holte der älteste Wesir die Prinzessin heimlich in sein Haus. Er ließ von einem Tischler einen Koffer anfertigen, bequem polstern und mit Luftklappen versehen. Dann sprach er zu Chusnobod: „Wenn es dein Schicksal will, wirst du am Leben bleiben. Besser, du lebst in diesem Koffer als im Verlies deines Vaters. Fürchte dich nicht und steige hinein. Ich gebe dir Nahrung für vierzig Tage mit, dazu allerlei seltene

Kostbarkeiten." Und er erzählte ihr von der Weissagung des Alten.

Dann schlug er den Deckel des Koffers zu, den er zur Stunde der Mitternacht in den Fluß gleiten ließ.

Das Mädchen war traurig, aber nicht ohne Hoffnung. Es aß sehr wenig und teilte sich alles gut ein. So vergingen mehr als vierzig Tage.

In dem Land, das drei Monate entfernt von Chusnobods Heimat lag, lebte ein prachtliebender und verschwenderischer Schah, Karaschach mit Namen. Das Volk ließ er darben. Es war bekannt, daß er viele schöne Frauen, ob arm oder reich, ledig oder vermählt, begehrte und gewaltsam seinem Harem einverleibte. Jeder Vater, der ihm entgegentrat, um sein Kind zu schützen, mußte um sein Leben bangen.

Eines Tages ging Karaschach über den Markt und sah einen Greis am Wege sitzen, der die Vorübergehenden um milde Gaben bat.

„Warum bettelst du hier?" fuhr der Schah ihn an. „Kannst du nicht arbeiten?"

„Ich bin krank, Herr", antwortete der Alte. „Meine Enkel haben Hunger."

„Steh auf", befahl der Herrscher, „und sammle Brennholz für meinen Palast. Einen ganzen Wagen voll. Ich werde bezahlen."

Der gebrechliche Alte humpelte von dannen, borgte sich einen Handwagen und trug draußen vor der Stadt Reisig zusammen. Der Rücken tat ihm weh, er ging hinunter zum Fluß, um sich zu erfrischen. Da sah er einen Koffer heranschwimmen und holte ihn heraus.

Der Koffer war fest verschlossen, doch es gelang dem Alten, mit der Axt ein Loch hineinzuhacken. Dann hob er den Deckel und traute seinen Augen nicht: Lag doch darin ein Mädchen von bezaubernder Schönheit, das sprach: „Befreie mich. Gib mir zu essen und zu trinken."

Der Alte nickte, hob den Koffer auf den Wagen und fuhr zur Stadt, seiner Hütte zu. Dabei überlegte er: Was soll ich tun? Bring ich dem Schah das gesammelte Brennholz, gibt er mir zwar wenig Geld, doch ich kann dem Mädchen etwas zu essen kaufen. Bringe ich ihm den Koffer, gibt er mir gar nichts. Zu schön ist das Mädchen für den Schah. Ich werde den Koffer verkaufen und das Mädchen freilassen.

Da kam der Schah Karaschach angeritten, erspähte den Alten und fuhr ihn an: „Bist du schon zurück? Solltest du mir nicht eine Fuhre Brennholz sammeln? Statt dessen stiehlst du anderer Leute Koffer!"

Er zog den Säbel und schlug dem erschrockenen Alten den Kopf ab. Den Koffer ließ er in sein Schloß tragen.

Als er die schöne Chusnobod erblickte, verliebte er sich augenblicks in sie und konnte kein Auge von ihr wenden.

„Wer du auch bist", sagte er, „ich werde dich heiraten. Morgen schon. Du sollst die Erste Frau meines Harems sein."

Chusnobod erschrak. Sie hatte die Gewalttätigkeit dieses Schahs bereits miterlebt und wußte, daß sie ihm nicht entrinnen konnte. So verlegte sie sich aufs Bitten: „Gönne mir einige Tage Zeit, mich zu erholen. Ich war drei Monate in dem Koffer eingeschlossen."

Doch Karaschach schrie sie an: „Wenn du mich morgen nicht heiratest, erschlage ich dich."

Chusnobod wurde zwei Dienerinnen übergeben, die sollten sie baden und zur Hochzeit schmücken. Die Arme weinte ohne Unterlaß, da ließ man sie einige Stunden ruhen. Darauf bat sie die Frauen, ihr zu erlauben, daß sie im kühlen Fluß badete. Die Dienerinnen begleiteten sie bei sinkender Sonne durch den Park bis zur Badestelle, und Chusnobods Plan stand fest: Lieber wollte sie sterben als diesem schrecklichen Schah angehören. Als sie sich ins Wasser gleiten ließ, sagte sie leise: „Wo bist du, mein Held, Sohn eines Hirten?"

Plötzlich teilte sich das Wasser, ein gewaltiger Fisch schwamm ans Ufer, öffnete das Maul und verschlang Chusnobod. Zurück blieben die entsetzten Dienerinnen und erwarteten zitternd ihren Tod.

Karaschach stöhnte auf, als man ihm berichtete, was sich zugetragen hatte. Er vergaß sogar, die Dienerinnen töten zu lassen, nahm seine Krone vom Kopf, warf sie zu Boden und zerstampfte sie. Es war das erste Mal, daß er seinen Willen nicht durchsetzen konnte und nicht bekam, was er wollte. Viele Tage schloß er sich in seinem Gemach ein, und als sein Zustand sich nicht bessern wollte, legte er sich den Mantel eines Bettlers um und ging in die Wüste. Konnte es nicht sein, daß seine Schöne doch noch am Leben war?

Im Lande Schachri-Dschardschon lebte ein alter Hirt mit seinem Sohn, der ein großer und kräftiger Bursche war. In seiner Kindheit hatte ihm der Bek die Mutter erschlagen. Seit dieser Zeit träumte er davon, fortzureiten und das Böse in der Welt zu bekämpfen. Doch sein Vater war alt und hätte sich nicht allein ernähren können. So blieb er. Eines Tages, als der junge Hirt seine Herde sehr weit fortgetrieben hatte und der Vater schon den zweiten Tag nichts mehr zu essen vorfand, versprachen benachbarte Fischer, ihm den ersten Fang zu überlassen. Wie groß aber war ihr Erstaunen, als sie in ihren Netzen einen riesengroßen Fisch bargen, den sie mit menschlicher Kraft nicht aus dem Wasser ziehen konnten. So mußten sie mehrere Ochsen vorspannen, um den Fisch an Land zu bringen. Erfreut liefen sie zu dem alten Hirten und berichteten von dem Wunder.

Der Alte schnitt den Fisch auf, und heraus kam ein Mädchen, schön und zart wie die Morgenröte. Sie bat um etwas Wasser und Brot. Der Hirt briet für beide ein großes Stück Fisch, dann hörte er andächtig zu, was die Fremde ihm zu erzählen wußte.

„Was für ein Handwerk betreibt Ihr, mein Vater?" fragte Chusnobod, als sie geendet hatte.

„Als ich jung war, weidete ich die Schafherden des reichen Bek. Heute hütet mein Sohn seine Herden."

„Und wie heißt das Land, in dem ich mich befinde?"

„Schachri-Dschardschon", antwortete der Alte verwundert.

Chusnobod weinte und lachte vor Freude, dann bat sie: „Macht mich zu Eurer Tochter, gebt mir Euren Sohn zum Mann. Meine Mutter mußte einen grausamen Schah heiraten und war ihr Leben lang unglücklich. Ich aber mag nicht zu den Großen des Landes gehören. Ich will Euch die Wirtschaft ordentlich führen."

Sie wusch die Kleider des Alten, säuberte die Hütte und putzte den Suppenkessel, daß man sich darin spiegeln konnte. Beim Zerteilen des Fisches fand sie in dessen Magen Geschmeide, wertvoller als der Schmuck, den ihr der Wesir mitgegeben hatte.

Nach zwei Tagen kam der Sohn des Hirten zurück und fand, es könne keine schönere und bessere Frau für ihn geben. So wurde gemeinsam mit den Familien der Fischer die Hochzeit gefeiert, und Chusnobod war zufrieden und sehr glücklich.

Nachdem sie eine Weile mit ihrem Mann zusammen gelebt hatte und wußte, daß sie es nicht besser hätte treffen können, fragte sie ihn: „Was wünschst du dir vom Leben, lieber Mann?"

„Wie soll ich es dir erklären, schöne Chusnobod. Bevor ich dich kannte, wollte ich immer fort in die Welt, Abenteuer zu bestehen und für die Gerechtigkeit zu kämpfen. Jetzt bist du meine Frau. Ich kann dich nicht allein lassen und will es auch nicht."

Da sagte sie froh: „Dein und mein Wunsch sollen in Erfüllung gehen. Laß mich nur gewähren."

Wenige Tage darauf, als Chusnobods Mann wieder mit den Herden unterwegs war, bat sie den alten Hirten, einen kostbaren Ohrring auf dem Markt zu verkaufen.

„Beachte gut, was ich dir sage, lieber Vater. Sprich zu jedem Käufer: ‚Gib mir so viel, wie er dir wert ist, wie dein Gewissen dir rät.‘"

Der alte Hirt begab sich in die Stadt.

Lange brauchte er nicht auf einen Käufer zu warten. Ein Kaufmann erkannte den hohen Wert des Ohrrings und wunderte sich über die Worte des Alten. Ich will ihm viel Geld geben, so bringt er mir vielleicht auch den zweiten Ohrring, sagte er zu sich.

Der Alte glaubte sich verspottet, als man ihm einen Esel zum Heimreiten gab, dazu einen großen Kasten, gefüllt mit tausend Goldstücken.

Als Chusnobod das viele Gold sah, verbarg sie es gut und gab dem Vater eine Woche darauf den zweiten Ohrring, damit er ihn mit den gleichen Worten zum Kauf anbot.

Der Kaufmann hatte recht behalten. Kaum erblickte er den Hirten, so stürzte er sich auf ihn und fragte nach dem zweiten Ohrring. Der Alte stammelte erschrocken: „Gib mir dafür, was er dir wert ist und was dein Gewissen dir rät."

Der Kaufmann verdoppelte die Menge des Goldes, schenkte ihm wieder einen Esel, dazu ein kostbares Obergewand.

Geängstigt von soviel Reichtum, verbarg sich der Alte bei

einem Freund und ritt erst mit einbrechender Dunkelheit nach Hause. Chusnobod lächelte und sagte: „Nun steht der Erfüllung unserer Wünsche nichts mehr im Wege."

Sie besprach alles mit ihrem Mann und bat ihn, Werkzeuge einzukaufen, Bauhandwerker heranzuholen und sie für ihre Arbeit aufs beste zu entlohnen.

Wo der Hirt bislang seine Herden weidete, war weit und breit kein Haus zu sehen. Nach reiflicher Überlegung ließen sie dort eine Mauer bauen, und alle, die daran arbeiteten, wunderten sich über deren Länge. Eine zweite, dritte und vierte Mauer waren je eine Tagereise weit im Geviert entstanden, und die Vorüberkommenden fragten: „Wie groß soll diese Stadt werden? Und wer baut die Stadt?"

Der Oberbaumeister antwortete jedem so, wie man es ihm gesagt hatte: „Die Frau eines Hirten baut diese Stadt der Gerechtigkeit. Wenn ihr Arbeit sucht, bleibt bei uns, ihr erhaltet guten Lohn und obendrein zu essen und zu trinken, später dann ein eigenes Haus."

Da blieben die Leute. Immer mehr Handwerker zogen herbei, anfangs aus der nächsten Stadt, dann von weit her und sogar aus der Stadt des Schahs von Schachri-Dschardschon. Sie kamen mit Familie und Haustieren und wohnten zunächst in Zelten außerhalb der Stadtmauer.

So entstand mit Hilfe der Kunstfertigkeit der Handwerker und dank des Geschmeides, das Chusnobod in dem Fischmagen gefunden hatte, eine neue Stadt mit schönen Häusern, Gärten und Terrassen. Die Handwerker waren die ersten, die einzogen.

Im ganzen Land verbreitete sich die Kunde von der anmutigen Stadtherrin, die durch ihre fleißigen Handwerker Häuser bauen ließ, in denen sie selbst sorgenlos mit Frau und Kindern leben konnten.

Endlich erfuhr auch der Schah von Schachri-Dschardschon von der seltsamen neuen Stadt. Verkleidet und mit kleinstem Gefolge machte er sich auf, sie zu besichtigen. Als er nach mehreren Wochen vor dem Tor stand, erfaßte ihn ein gewaltiger Zorn, und er schrie: „Wer hat es gewagt, auf meinem Boden eine so herrliche Stadt zu erbauen?"

Einer der Wächter hatte in dem Wütenden den Schah erkannt und entgegnete: „Chusnobod ist die Herrin dieser Stadt der Gerechtigkeit, in der wir mit unseren Familien wohnen. Als wir Euch dienten, ging es uns allen schlecht."

Der Schah in seinem Zorn erschlug den Mann, dann wurde er von den anderen Wächtern gefesselt und vor Chusnobod gebracht.

Als er vor ihr stand, erschrak er vor ihrer Schönheit.

„Nimm mir die Fesseln ab, ich bin der König dieses Landes!"

Das geschah.

„Ich wollte diese Stadt, die ohne Recht und Erlaubnis auf meinem Boden erbaut wurde, zerstören", sagte der Schah. „Aber deine Schönheit hat mich überwältigt. Heirate mich, und die Menschen deiner Stadt sind frei."

Unerschrocken antwortete Chusnobod: „Ich bin schon verheiratet, Schah."

„Was kümmert mich das", rief der Herrscher. „Willigst du nicht ein, lasse ich mein Heer kommen und dich holen."

Voll Zorn sagte Chusnobod: „Wie viele Frauen nennst du dein eigen, Schah?"

„Vierzig!" erhielt sie zur Antwort.

„Und das genügt dir nicht?"

„Du wagst es, mir unbotmäßig zu entgegnen?" schrie der Schah erbost. „Du, ein Weib aus dem gemeinen Volk?" Er zog den Säbel, um sie zu erschlagen, doch Chusnobods Krieger hatten jede seiner Bewegungen verfolgt. Jetzt stürzten sie vor und fesselten ihn.

„Werft ihn in das Kellerverlies", sagte Chusnobod. „Wir brauchen diesen Schah nicht. Wer um ihn trauert, soll ihn sich holen."

Die Menschen in der Stadt, ja im ganzen Land frohlockten. Bald kamen Abgesandte aus der Hauptstadt, die baten Chusnobod und ihren Mann, die Herrschaft über Schachri-Dschardschon zu übernehmen.

Sie waren damit einverstanden.

„Jetzt sind unsere Wünsche fast erfüllt", sagte Chusnobod zu ihrem Mann. „Wir können froh und glücklich leben und für Gerechtigkeit sorgen. Nur mit zwei Menschen habe ich noch

abzurechnen, die die Bewohner ihres Landes durch ihre Grausamkeit unglücklich machen."

Sie befahl, an den Stadttoren ihr Bildnis aufzustellen mit der Inschrift: Wer Brot essen will und gut arbeiten kann, der komme und diene hier für angemessenen Lohn! Dann ließ sie die Zahl der Torwächter verdoppeln und befahl ihnen, jeden Ankömmling genauestens zu betrachten.

„Wer vor diesem Bildnis stehenbleibt und sich dabei merkwürdig oder seltsam verhält, den bringt zu mir."

Oft ging sie selbst zu den Toren und fragte die Wächter: „Hat niemand mein Bild länger als üblich betrachtet? Hat sich niemand besonders auffallend betragen?"

Die Wächter verneinten, versprachen aber, noch genauer zu beobachten.

Nach einigen Monaten brachten sie einen Bettler vor Chusnobod.

„Er hat vor deinem Bilde geweint", sagten sie.

Chusnobod verhüllte sich rasch mit dem Schleier, dann trat sie zu dem Bettler.

„Erzähle, warum hast du vor dem Bildnis am Stadttor geweint?" Sie hatte in der zerlumpten Gestalt den Schah Karaschach erkannt und wartete neugierig auf dessen Antwort.

„Wenn du mein Leben schonst, will ich es dir erzählen."

Chusnobod nickte.

Da sagte er: „Ich liebte ein Mädchen mit Namen Chusnobod. Am Stadttor sah ich ihr Bild."

„Und wo ist das Mädchen jetzt?" fragte sie.

„Sie ertrank im Fluß, wie mir die Dienerinnen berichteten. Nun aber hängt ihr Bild am Tor. Sollte man mich betrogen haben? Sollte sie noch leben? Dann muß sie meine Frau werden!"

„Sie ist nicht ertrunken", antwortete Chusnobod hart. „Ein Fisch rettete sie vor dem Zugriff des Schahs, der glaubte, das Recht zu haben, sich jede Frau zu nehmen. Chusnobod lebt und ist glücklich verheiratet."

Karaschach sprang einen Schritt zurück und schrie: „Wehe, wenn du sie mir vorenthältst. Wenn ich diese Chusnobod finde, werde ich sie mit spitzen Dornen peitschen und an einem Roßschweif durch die Straßen ziehen lassen."

„Warum so heftig, Schah? Sie hat dir nichts zuleide getan!"
antwortete Chusnobods Mann, der neben ihr auf dem Thron
saß.

Karaschach warf den Bettlermantel ab, sprang, wie ein Krieger gerüstet, die Stufen hinauf und riß Chusnobod den Schleier
vom Gesicht.

„Bist du etwa Chusnobod?" Er schwang den Säbel über ihrem
Kopf.

Doch der Hirtensohn packte den Wütenden, schlug ihm den
Säbel aus der Hand und führte den Widerstrebenden in das
Turmverlies. Dort ließ er ihn in Ketten legen und sprach: „Lebe
hinfort so, wie du es verdient hast!"

Die Zeit verging. Da fand sich wiederum ein Mann am Stadttor ein, der blieb lange vor Chusnobods Bild stehen, lachte dann,
breitete die Arme aus und rief: „O schöne Chusnobod, ich
wünschte, es wäre nicht nur dein Bild und du lebtest noch!"

Der Wächter forderte ihn auf, mit in den Palast zu kommen.

Dort wurde er von Chusnobod befragt, warum er gelacht
habe.

Der Fremde lachte zum zweiten Mal und sagte: „Warum sollte
ich nicht lachen, wenn ich ein Bild der schönen Schahtochter
Chusnobod sehe? Und ich lachte ein zweites Mal, weil ich glücklich bin, daß du lebst, Chusnobod! Ich war Diener am Hof deines
Vaters, du hast mir das Leben gerettet. Als man mir erzählte,
der Schah habe dich im Kerker verhungern lassen, bin ich fort-
gewandert, um mir ein anderes Land zu suchen. Im Reich deines
Vaters leben die Menschen in Angst und Schrecken vor ihrem
blindwütigen Herrscher."

Chusnobod lud den Fremden ein, in ihrer Stadt zu bleiben, zu
ihrem Mann aber sagte sie: „Es ist an der Zeit, daß wir rüsten,
um meine Heimat von dem bösen Schah zu befreien. Berate mit
dem Obersten Heerführer, wann wir aufbrechen und mit wieviel
Bewaffneten wir rechnen können."

Siebenhunderttausend Krieger, bestens ausgerüstet und bereit, ihrer schönen Herrin Chusnobod zu folgen, wohin sie wollte,
standen bald zum Abmarsch bereit.

Chusnobods hartherziger Vater wurde seit langem von schlimmen Träumen gepeinigt. Ein Adler hob ihn in die Lüfte und drohte, ihm den Kopf abzureißen, aber dann kam Chusnobod durch die Wolken dahergeritten und tötete den Adler. Auf die Erde zurückgekehrt, gab sie ihm Gänseschaschlik zu essen. Danach nahm sie ihm das Schwert ab und warf es in einen Sumpf.

Beim Erwachen schrie der Schah oft vor Entsetzen, doch es gab keinen am Hofe, der diesen sonderbaren Traum zu deuten wußte. Die Räte blieben stumm, aus Furcht, sie könnten das Leben verlieren.

Als das Geheul des Schahs nicht mehr auszuhalten war, trat der alte Wesir zu ihm und sagte: „Ich will dir deine Adlerträume deuten, wenn du versprichst, mich nicht hinrichten zu lassen."

„Ich verspreche es", jammerte der Schah.

Da sprach der Wesir: „Der Adler, der dich in die Lüfte hebt, könnte ein Feind sein, der heranzieht, um dein Land zu erobern. Deine Tochter Chusnobod, die dir jedesmal erscheint, wird dir vielleicht das Leben retten. Doch deinen Thron wirst du nicht behalten, denn dein Schwert, das mit Blut besudelt ist, wirft sie in den Sumpf."

„Schweig, Lügner!" rief der Schah. „Weißt du nicht, daß die Knochen meiner Tochter im Kerker vermodern?"

Der Wesir schüttelte den Kopf.

„Ich habe Chusnobod damals befreit und außer Landes geschickt. Zeit ist es, daß sie wiederkommt, an der Seite des Mannes, der ihr vom Schicksal bestimmt war."

„Mir aus den Augen, Ungetreuer", schrie der Schah und ließ den Ältesten seiner Räte in Ketten legen.

Doch lange mußte er nicht im Kerker schmachten. Wenige Tage nach der Unterredung kam ein Bote mit der Nachricht, der Schah von Schachri-Dschardschon bewege sich mit einem Heer von siebenhunderttausend Kriegern auf die Grenze zu. Man führte den Boten vor den Schah, der inmitten seiner Wesire zitternd im Thronsaal saß.

Der kühne, hochgewachsene Recke sprach: „Der Schah von Schachri-Dschardschon zieht gegen dich zu Felde. Reite ihm entgegen, neige dich demütig vor ihm, dann wird er dir das Leben schenken. Übergib ihm dein Reich, das du grausam und unbarmherzig regiert hast, es ist an der Zeit. Tust du solches nicht, wirst du sehen, was dich erwartet. Einen Gruß soll ich dir von ihm verabreichen." Der Bote versetzte dem Schah einen Faustschlag mitten ins Gesicht, daß der hinstürzte und sich nicht mehr erheben konnte. Niemand stand ihm bei.

Als der Bote den Palast verlassen hatte, schrie der Schah: „So helft mir doch! Gebt mir einen Rat, was soll ich tun? Wenn die Krieger alle so sind wie dieser Bote, dann ist es schlecht um uns bestellt."

Doch die Wesire sprachen: „Sagen wir, reite ihm entgegen, so läßt du uns hinrichten, und sagen wir, bleibe hier und verteidige dich, läßt du uns auch hinrichten. Wir raten dir, hole den ältesten Wesir aus dem Gefängnis und schicke ihn mit Geschenken dem großen Heer entgegen. Alles Weitere wird sich finden."

Diesmal befolgte der Schah ihren Rat und bat den aus dem Kerker befreiten ältesten Wesir: „Geh zum Schah des Landes Schachri-Dschardschon, verneige dich vor ihm. Wenn er mein Land haben will, soll er es nehmen. Ich aber will mit dem Wanderstab die Stadt verlassen. Noch einmal kann ich einen solchen Schlag nicht ertragen."

Der Wesir lachte.

„Du hast Tausende schlagen und foltern lassen, und jetzt jammerst du, weil einer dir einen Schlag versetzt hat?"

Mit Geschenken und einigen unbewaffneten Dienern ritt der alte Wesir der gemeldeten Heeresmacht entgegen und ließ durch einen Vorreiter dem neuen Schah einen Brief übergeben, den er mit seinem Namen unterzeichnete.

Chusnobod las ihn und ordnete an, daß der Wesir von einem Heerführer durch das Lager und in ihr Zelt geleitet wurde. Sie stand mit verhülltem Gesicht hinter dem Thronsessel, auf dem ihr Mann, der Hirtensohn, saß, und sprach zu dem sich tief verneigenden Wesir: „Hattest du keine Angst, mit so wenig Berittenen in unser Lager zu kommen? Du bist wehrlos. Wenn ich dich nun töten ließe?"

Der Wesir hatte Chusnobod an der Stimme erkannt, er sprang auf und schluchzte.

„Oh, Chusnobod, mein Töchterchen, ich sehe dich wieder!"

Da umarmte ihn Chusnobod und weinte vor Freude.

„Mein herzensguter Vater, dir danke ich, daß ich noch lebe. Willst du dieses Reich übernehmen und in Gerechtigkeit regieren? Das Volk wird es dir lohnen."

Doch der Wesir schüttelte den Kopf.

„Ach, Töchterchen, ich sehe, ein junger und starker Recke steht dir zur Seite. Er möge unser Schah sein. Ich bin alt und möchte mich für die kurze Zeit, die mir auf Erden noch vergönnt ist, von den Schrecken der vergangenen Jahre erholen. Das Volk wird dich und deinen Gemahl mit Jubel begrüßen."

Chusnobod zog in die Stadt ein und suchte überall nach dem verhaßten Herrscher, doch der war in seiner Angst davongelaufen, und niemand hat ihn gefunden oder wiedergesehen.

Ilse Korn

Sieben Söhne und sieben Töchter

Ein Märchen aus dem Irak

In einer Stadt im Morgenland lebten einst zwei Kaufleute, zwei Brüder. Hussein, der ältere, war reich und angesehen; denn er hatte das väterliche Vermögen — wie es dem Erstgeborenen zustand — geerbt. Außerdem waren sieben Söhne sein ganzer Stolz.

Der jüngere Bruder Jusuf indessen war ein armer Schlucker. Trotz seines Fleißes konnte er es zu nichts bringen; denn sein armseliges Handelsgewölbe befand sich am Rande des Basars, und selten suchte ihn ein Käufer auf. Oft beklagte Jusuf sein Schicksal: „Ungerecht verteilst du die Glücksgüter des Lebens, o Allah. Mein älterer Bruder besitzt nicht nur den ganzen Reichtum unseres Vaters, er nennt auch sieben Söhne sein eigen, während ich Unglücklicher in meiner Armut noch sieben Töchter aufziehen muß. Sieben Töchter! Ich kann nicht einmal für eine einzige das Brautgeld bezahlen."

Als er wieder einmal seinem Unmut Luft machte, stand Dschumana, die älteste der Töchter, in der Nähe. Sie war nicht nur schön, sondern auch klug und besaß ein mitfühlendes Herz. Betrübt, den Vater so klagen zu hören, bat sie ihn, ihr einen Augenblick Gehör zu schenken.

33

„Wie können dir die Geschäfte gelingen, lieber Vater, wenn du nicht einmal einen Gehilfen einstellst? Ich habe mir alles reiflich überlegt: Ich will bei dir das Kaufmannshandwerk erlernen und dich in wichtigen Handelsdingen vertreten. Laß für mich Männerkleidung anfertigen, und keiner wird in mir deine Tochter erkennen." Sie steckte ihre langen schwarzen Zöpfe unter einen Turban und lächelte ihn aufmunternd an. „Ich glaube, ein Mädchen ist nicht weniger anstellig als ein Sohn."

Der Vater wollte zuerst nichts davon hören, doch Dschumana verstand es, ihn zu überzeugen. Schließlich willigte er ein, befahl aber seiner Frau und den anderen sechs Mädchen, darüber zu schweigen; denn ihr Religionsbuch, der Koran, verbot es, Mädchen wie Knaben anzuziehen und arbeiten zu lassen.

Als Jüngling verkleidet, erlernte Dschumana im kleinen Handelsgeschäft des Vaters, was ein Kaufmann wissen mußte. Doch es war nicht ihre Schuld, daß sich ihre finanzielle Lage nicht besserte. Sie wußte recht gut, daß zum Handel nicht nur eine gute Auslage, sondern auch eine entsprechend gute Lage gehörte. Wenn es nichts zu tun gab, saß sie mit dem Vater am Schachbrett und beherrschte bald die vielen Regeln dieses Spiels. Das Herz tat ihr weh beim Anblick seiner zitternden Hände und seiner traurigen Miene.

„So kann es nicht weitergehen!" sagte sie eines Tages entschlossen. „Gib mir einen Teil deiner Waren, dazu Geld, um neue einzukaufen, und ich werde in einer anderen Stadt Handel treiben und dort mein Glück versuchen."

Jusuf schüttelte den Kopf.

„Ich weiß, daß du nur Gutes im Sinn hast, Dschumana, aber dein Plan läßt sich nicht verwirklichen. Wir besitzen an barem Geld noch hundert Dirham. Wie sollten wir weiterleben, wenn du mit dem letzten, was wir haben, fortgehst?"

„Dann borge dir von deinem reichen Bruder tausend Goldstücke. Geh auf jede seiner Bedingungen ein. Wenn ein Jahr vergangen ist, werde ich mit zehnfachem Gewinn heimkehren. Ich bin fest entschlossen, dein und unser Geschick zu ändern."

Jusuf zögerte, dann blickte er in die zuversichtlichen Augen seiner Ältesten, wunderte sich, woher sie den Mut nahm, und trug endlich seinem Bruder die Bitte um Kredit vor.

Doch der sagte mit spöttischem Lächeln: „O du Vater von sieben Töchtern, alle Welt weiß, wie schlecht deine Geschäfte gehen. Welche Sicherheiten bietest du mir für das Geld?"

„Leider kann ich dir nur mein ehrliches Wort geben", antwortete Jusuf.

Hussein dachte nach, dann antwortete er mit harter Stimme: „Vielleicht willst du deinen Laden neu aufbauen. Ich leihe dir dazu tausend Goldstücke, doch nach einem Jahr sollst du mir zweitausend zurückzahlen. Vermagst du es nicht, nehme ich deine sieben Töchter, die du ja ohnehin kaum ernähren kannst, als Sklavinnen in mein Haus."

Jusuf war bestürzt über die herzlosen Bedingungen, doch er dachte an Dschumanas Worte und willigte, wenn auch verzweifelt, ein. Seine Tochter ließ ihm keine Zeit für trübe Gedanken. Sie bat ihn, alles Erforderliche für eine Reise in die Sultansstadt zu erledigen und ein Reitkamel zu erstehen, und begab sich dann selber ins Stadtinnere, um bei den besten Handelshäusern erlesene Stoffe, Schals und Seidentücher, Schnallen und Schmuckgegenstände einzukaufen.

Am Abschiedstag begleitete der Vater seine Tochter, die jetzt wie ein junger, vermögender Kaufmann gekleidet war, zur Karawanserei und ermahnte sie nochmals eindringlich, vor allem Vorsicht walten zu lassen.

„Trotz deiner Verkleidung bleibst du ein Mädchen. Versprich mir, dies niemandem zu verraten. In manchen Städten werden Mädchen, die Männerkleidung tragen, grausam bestraft, nicht selten mit dem Tode."

Dschumana versprach ihm, seinen Rat zu beherzigen, und ritt frohen Mutes mit den Kaufleuten der Karawane davon. Die große Sultansstadt mit ihren prächtigen Moscheen und Minaretten, ihren Basaren und Handelshäusern nahm sie, wie jeden Fremden, sofort gefangen. Sie ging, ohne zu säumen, auf ihr Ziel los, mietete in der Nähe des Palastes ein schönes Handelsgewölbe und legte ihre Waren gefällig und anziehend aus. Schon auf der Reise hatte sie erfahren, daß vor kurzem der junge Emir Mahmud den Thron seines Vaters bestiegen habe und den Handel in der Stadt fördere. Des öfteren nehme er sogar selbst bestimmte Einkäufe vor. Dschumana empfing die Kunden mit ausgesuchter Freundlichkeit, schwatzte niemandem etwas auf und würzte die Gespräche, die bei jedem Handel unerläßlich sind, mit Witz und Klugheit, so daß die Käufer des Lobes voll waren und der liebenswürdige neue Kaufmann bald in aller Munde war.

Auch der junge Emir hörte von ihm. Er beschloß, ihn aufzusuchen, und verfolgte aufmerksam, hinter einer Säule verborgen, das Hin und Her des Verkaufs. Bald war er von dem Geschick und der Höflichkeit, vor allem aber von der eigenartigen Schönheit des vermeintlichen Jünglings so entzückt, daß er ihn einlud, mit einer Auswahl seiner Waren in den Palast zu kommen.

Dschumana gehorchte freudig dieser Aufforderung und kehrte mit großem Gewinn zurück, denn der junge Emir hatte ihr alles abgekauft, ohne um den hohen Preis zu feilschen. Nach ihrem Namen befragt, hatte sie ihm freimütig von ihrer Heimatstadt und der Armut ihres Vaters erzählt, aber verschwiegen, daß sie ein Mädchen war. Sie nannte sich Ali an-Nasir.

Prinz Mahmud hatte solchen Gefallen an dem jungen Kaufmann gefunden, daß er ihn mehrere Tage darauf erneut einlud. Er kaufte ihm nicht nur seine Waren ab, sondern bewirtete ihn aufs beste. Je länger er sich mit ihm unterhielt, desto seltsamer wurde ihm zumute. Niemals zuvor hatte er sich in der Gesellschaft eines Menschen so ungezwungen gefühlt. Er konnte den Worten des Jünglings zuhören, ohne zu ermüden, wie das oft bei Hoffestlichkeiten der Fall war. So kam es, daß Ali an-Nasir bald täglich mehrere Stunden als Gesellschafter des Fürsten im Palast weilte. Dschumana nahm die Einladungen etwas beklommen an, denn auch ihr Herz fand Gefallen an dem jungen Herrscher; aber sie hütete sich, ihr Geheimnis preiszugeben.

Längst hatte sich ihr Gewinn verdoppelt und verdreifacht, immer aufs neue kaufte sie die seltensten Kostbarkeiten ein, um sie Emir Mahmud vorzulegen, der sie reich entlohnte und dazu mit Geschenken überhäufte.

Die Mutter des Emirs freilich beobachtete diese Freundschaft mit argwöhnischen Blicken. Es mißfiel ihr, daß der junge Herrscher sich dem Umgang mit den Edelleuten des Landes mehr und mehr entzog. Zum anderen entging ihrem scharfen Blick nicht, daß Ali an-Nasir eine ungewöhnlich weiche Stimme hatte, daß seine Gestalt schlanker und biegsamer war, als Männer sie für gewöhnlich besaßen.

Eines Tages erklärte sie Mahmud ohne große Vorreden: „Ich halte diesen Ali an-Nasir für ein verkleidetes Mädchen, das hier in der Stadt ohne Erlaubnis Geschäfte betreibt."

Mahmud erbleichte bei diesen Worten für eine Sekunde, dann geriet er vor Freuden außer sich.

„Wenn dein Verdacht Wahrheit wäre, Mutter! Keine andere als sie wollte ich zur Frau nehmen."

Die Sultanin erschrak heftig, denn sie hatte längst eine Gemahlin für ihren Sohn bestimmt, und nie würde sie ihm die Heirat mit einer Hergelaufenen ohne Rang und Namen erlauben. Sie verbarg jedoch ihre Entrüstung und verlockte den Emir, den jungen Kaufmann auf die Probe zu stellen.

„Willst du die Wahrheit herausfinden", sagte sie, „so lade diesen Ali an-Nasir zum Schachspiel ein. Frauen sind in diesem Spiel nicht bewandert und besitzen keine große Ausdauer. Es wird dir ein leichtes sein, ihn zu besiegen. Spiele mit ihm und berichte mir, wie er sich benahm." Insgeheim beschloß sie, sollte ihr Verdacht sich bestätigen, das Mädchen in den Kerker werfen und töten zu lassen.

Mahmud befolgte arglos den Rat der Mutter und ließ für den nächsten Tag ein Schachspiel aufstellen. Kaum erblickte Dschumana die kostbaren Figuren aus Elfenbein und Gold, als sie sich schon mit gekreuzten Beinen niederließ und lächelnd sagte: „Welche Freude, daß du mich zu dem Spiel der Könige einlädst. Das Schachspiel ist meine Lieblingsbeschäftigung." Darauf setzte sie die erste Figur. Das Spiel dauerte viele Stunden lang, schließlich mußte sich Mahmud für besiegt erklären.

Enttäuscht begab er sich zu seiner Mutter.

„Du hattest unrecht. So gelassen und vorausblickend spielt nur ein Mann. Wie schade!"

Die Sultanin gab ihrem Sohn einen anderen Rat, und am nächsten Tag führte der Prinz Ali an-Nasir durch seine Schatzkammer. Dschumana spürte, wie Mahmud sie nicht aus den Augen ließ, als sie an den Schatullen mit herrlichem Geschmeide und funkelnden Schmuckstücken vorbeikamen. Sie bemerkte, daß er sie auf die Probe stellen wollte, und sah gleichmütig über

Ohrgehänge und Broschen, schimmernde Perlenketten und anderen Frauenschmuck hinweg, lediglich ihren Wert bewundernd. Die kunstvoll geschmiedeten Waffen aber, die edelsteinbesetzten Dolche und Schwerter nahm sie liebevoll in die Hand und lobte sie über die Maßen. So täuschte sie mit vollem Wissen den Herrscher, der seiner Mutter die gemachten Beobachtungen nicht vorenthielt.

„Lanzen und Schwerter und kostbare Dolche hatten es ihm angetan, über das Geschmeide der Frauen verlor er kein Wort. Du täuschst dich, Ali an-Nasir ist ein Mann."

Die Sultanin fand keine Erklärung für das Verhalten des jungen Kaufmanns. Zu gern hätte sie ihren Verdacht bestätigt gefunden, denn sie wollte die in ihren Augen unpassende Freundschaft zwischen ihrem Sohn und dem Hergereisten zerstören. So versuchte sie es zum dritten Mal.

„Lade Ali an-Nasir zu einem Essen ein, mein Sohn. Ich selbst will für die Bewirtung sorgen. An seinem Mienenspiel werde ich erkennen, ob ein Mädchen unter der Männerkleidung steckt."

Die Sultanin kochte eigenhändig eine Suppe und ein Fleischgericht, sie schmückte den Platz des Kaufmanns mit auserlesenen Blumen, stellte Körbe mit herrlichem Backwerk und anderen Süßigkeiten in die Nähe und legte Früchte zwischen die Teller.

Als die beiden Freunde sich zum Essen niederließen, fühlte Dschumana die argwöhnischen Augen der Sultanin auf sich ruhen. Sie führte den ersten Löffel langsam zum Munde und spürte auf einmal ihre Zunge wie Feuer brennen. Das Gericht war so scharf gewürzt, daß ihr fast die Tränen in die Augen traten. Aber sie beherrschte sich meisterlich, aß den Teller leer, ohne auch nur eine Miene zu verziehen, und plauderte dabei heiter und gelassen mit dem Emir, der von alledem nichts bemerkte. Die Blumen neben den Tellern warf sie scheinbar achtlos beiseite und griff erst dann nach den verlockenden Früchten, als auch das scharfe Fleischgericht verzehrt war.

Nein, dachte die Sultanin, so benimmt sich ein Mädchen wirklich nicht. Nie und nimmer hätte es die scharfen Speisen schlucken können. Sie verließ die Tafel und schickte die bewaffneten Diener, die im Nebenraum ihrer Befehle geharrt hatten, fort. Dschumana erschrak über den heftigen Aufbruch, auch vernahmen ihre angestrengten Ohren Geräusche im Nebenzimmer, die ihr bewußt machten, in welcher Gefahr sie schwebte. Müdigkeit vorschützend, bat sie um Urlaub. Als der Emir sie beim Abschied aufforderte, am nächsten Tag sein neuerbautes Bad zu besichtigen, wußte sie, daß sie keine Zeit mehr verlieren durfte. Falls sie am Leben bleiben wollte, mußte sie ihre Zelte in dieser Stadt abbrechen. Sie machte einen Teil ihrer Kostbarkeiten zu Geld, einige ließ sie verpacken, um sie auf anderen Märkten zu verkaufen. Bevor sie am Abend aufbrach, schrieb sie dem Emir Mahmud einige Zeilen:

„Ich kam mit einer Absicht in Deine Stadt, und es gelang mir auch, sie zu erfüllen. Unser beider Freundschaft, Emir Mahmud, machte mich glücklich und unglücklich zugleich. Der Grund, Deine Stadt zu verlassen, ist ein anderer als jener, der mich herführte."

Sie träufelte Rosenwasser auf den Brief und gab dem Boten einen Beutel Gold, zugleich beauftragte sie ihn, dem Emir das Schreiben erst zwei Tage nach ihrer Abreise auszuhändigen.

Als Mahmud die Nachricht in Händen hielt, begriff er den Sinn der so seltsam gewählten Worte. Vor Kummer riß er sich den Turban vom Kopf. Kaum eine Stunde lang überlegte er, was zu tun sei, dann bereitete er alles vor, um zur Jagd zu reiten. In Wirklichkeit wollte er, von der Mutter unbeobachtet, die Karawane aufspüren, mit der Ali an-Nasir so rasch aufgebrochen war. Jeden Abend, wenn er, müde vom langen Ritt, in den Karawansereien eintraf, erfuhr er, daß der liebenswürdige junge Kaufmann vor zwei Tagen dagewesen war. So folgte der Emir Dschumanas Spur.

Das Mädchen machte ihre erste längere Rast in einer kleinen Stadt, weil dort gerade Markttag war und sie noch einen Teil ihrer Waren absetzen wollte. Kurz vor dem Schlafengehen bemerkte sie in einer der benachbarten Herbergen einen Sklaven, dessen Gesichtszüge ihr bekannt vorkamen. Sie wollte gerade auf ihn zugehen, als sie im Hof der Herberge zwei weitere Sklaven erblickte, dem ersten ähnlich wie ein Ei dem anderen.

„Sind jene drei Brüder?" fragte sie den Wirt. Der nickte und erzählte ihr, daß diese Männer vor Jahresfrist mit einer reich beladenen Karawane eingetroffen seien. In wenigen Wochen hätten sie ihren gesamten Besitz verspielt und seien völlig verschuldet als Sklaven verkauft worden.

Dschumana hatte in den drei jungen Männern sofort ihre Vettern erkannt, die Söhne des habgierigen Oheims. Kurz entschlossen kaufte sie dem Wirt die Sklaven ab und nahm sie mit auf die Heimreise.

In der nächsten Stadt kam sie an einem Sklavenmarkt vorbei und erlebte, wie wiederum drei Söhne ihres Oheims verkauft werden sollten. Befreit von der elterlichen Aufsicht, hatten sie sich einem liederlichen Lebenswandel hingegeben und waren in Schuldhaft geraten.

Dschumana löste die drei aus, ließ aber die Sklavenfessel an ihren Füßen.

Nur zwei Tagereisen trennten sie noch von dem Wiedersehen mit dem Vater und der Familie. Sosehr sie sich freute, so kummervoll war ihr Herz über die Trennung von dem Mann, der ihr teuer war. Vor dem Tor ihrer Vaterstadt trieb sich ein kleiner Junge herum, der die Reisenden um Almosen anflehte. Es war der jüngste Sohn ihres Oheims Hussein. In Lumpen gehüllt, bat er um etwas Eßbares. Sie rief ihm zu, er möge den Kamelen folgen, bei ihr könne er eine reiche Mahlzeit einnehmen.

Wie groß war die Freude des Vaters, als er seine Tochter wohlbehalten und gesund, dazu mit unschätzbaren Reichtümern vor sich sah. Dschumana bat ihn, ein prächtiges Haus zu kaufen und ein Fest auszurichten.

„Das Jahr ist fast verstrichen, mein Vater", sagte sie, „komm, wir wollen noch heute dem Oheim unsere Schuld zurückzahlen. Außerdem bringe ich ihm sechs Sklaven als Zugabe mit."

„Meinen Bruder findest du nicht mehr unter den Lebenden", sagte der Vater traurig und begann zu erzählen. „Kurz nachdem du die Stadt verlassen hattest, rüstete er für seine drei ältesten Söhne gleichfalls eine Karawane aus. Es ärgerte ihn, daß du auswärts Handel treiben wolltest. Das könnten seine Söhne besser, sagte er damals. Doch die drei Ältesten verschleuderten und verspielten fast sein ganzes Vermögen und blieben verschwunden. Mit dem Rest zogen die nächsten drei Söhne in die Welt, und auch sie kamen nicht wieder. Als Hussein hörte, sie

seien in Schuldhaft geraten, traf den Stolzen der Schlag, und er starb. Der Jüngste hat sich nie bei uns sehen lassen."

„Die sechs Söhne deines Bruders habe ich aus der Sklaverei gerettet und ihre Schulden bezahlt", sagte Dschumana. „Ich habe sie mitgebracht." Dann ließ sie den jüngsten Vetter gut kleiden, ihm ein reichliches Mahl reichen und freute sich an seiner Freude. Mit ihm ging sie zu seinen sechs Brüdern, gab sich zu erkennen und sprach zu ihnen: „Allah hat es so gewollt, daß ich zu den Stätten eures Elends kam. So konnte ich euch vor dem bewahren, was euer Vater uns Mädchen zugedacht hatte. Ich löse die tausend mir geliehenen Goldstücke ein, indem ich euer Haus zurückkaufe und euch übergebe. Den Jüngsten nimmt mein Vater zu sich ins Geschäft und wird aus ihm einen guten Kaufmann machen. Ist es euch so recht?"

Die sechs Brüder waren wie erlöst, als man ihnen die Sklavenfesseln abnahm, und sie versprachen, gute und tüchtige Menschen zu werden.

Bald wußte man in der ganzen Stadt, daß in das Haus des armen und verachteten Kaufmanns Jusuf mit den sieben Töchtern Glück und Reichtum eingezogen waren. Sooft er auf dem Fest zu Ehren der Wiederkehr seiner Tochter nach der Wünschelrute gefragt wurde, die ihm diesen Reichtum beschert habe, lächelte er und blickte voll Stolz auf seine Älteste.

„Zu Unrecht preist man jene, die eine stattliche Anzahl Söhne ihr eigen nennen, und rechnet den zu den Pechvögeln, dem Allah nur Töchter beschert hat", sagte er. „In unserem Falle hat sich das als ein Segen erwiesen."

Der Vater umarmte Dschumana, und die Gäste murmelten zustimmend. Aus der Menge trat einer hervor, der wie ein Fürst gekleidet war, sein Gewand funkelte im Glanz der Edelsteine. Er schritt auf Dschumana zu und sagte: „O Ali an-Nasir, mein Freund, endlich habe ich dich wiedergefunden. Das Rätsel, das du mir aufgabst, war leicht zu lösen. Wenn jetzt deine Absicht mit der meinen übereinstimmt, dann mache mich mit deinem Vater bekannt, daß ich von ihm die Hand seiner Tochter erbitte."

Der alte Kaufmann war aufs tiefste bewegt, als Dschumana ihm den Emir Mahmud vorstellte und erzählte, was sie mit ihm erlebt hatte.

So wurde aus dem Fest der Heimkehr ein Hochzeitsfest, und niemand war so glücklich wie Dschumana, die sich ihrem Liebsten nun auch im Schmuck ihrer weiblichen Schönheit zeigen konnte.

Ilse Korn

Das Federkleid

Ein chinesisches Märchen

Li-Dsing arbeitete vom frühen Morgen bis zum Abend, um seine alten Eltern zu ernähren und ihnen das Haus zu erhalten, in dem er mit ihnen wohnte. Doch seine Mühe war vergeblich. Das Geld langte nicht, um den Steuerpächter zufriedenzustellen. So wurden sie aus ihrer Wohnstätte vertrieben. Vor Gram starben die Eltern kurz hintereinander, und Li-Dsing blieb allein zurück. Da beschloß er, sich bei seinem entfernt lebenden Onkel zu verdingen.

Dort war er schon nach kurzer Zeit als einer der Besten und Umsichtigsten bekannt, doch der reiche Onkel, der das sehr wohl bemerkte, zahlte ihm genauso wenig wie seinen Tagelöhnern.

Darüber grämte sich Li-Dsing, denn er hatte sich in die schöne Tochter des Onkels verliebt und hoffte, um ihre Hand anhalten zu können, wenn er sich bei der Arbeit unentbehrlich machte.

Huang-Sjao, die den Jüngling ebenfalls liebte, schüttelte traurig den Kopf, als sie darüber sprachen.

„Mein Freund", sagte sie, „du kennst nicht die Gesetze unseres Standes. Nie wird ein Reicher einem Armen, der kein Stückchen Land besitzt, seine Tochter zur Frau geben. Da müßte schon ein Wunder geschehen."

„Wenn ich deinem Vater den Besitz erhalte und vermehre", entgegnete Li-Dsing, „bin ich dann noch arm?"

Die schöne Huang-Sjao sagte: „Du weißt noch nicht alles. Mein Vater hat andere Pläne mit mir. Ich soll die Frau eines reichen, aber steinalten Mandarins werden. Doch das will ich nie und nimmer. Hilf mir, Li-Dsing."

Die beiden jungen Leute beschlossen zu fliehen. Auf gefahrvollen Wegen wanderten sie während der Nacht, versteckten sich am Tage und erreichten endlich eine andere Provinz. Dort kannte sie niemand, und sie kauften sich von einem Teil des Schmucks, den das Mädchen mitgenommen hatte, ein bescheidenes Häuschen mit einem schönen Garten. Sie heirateten und lebten eine Zeitlang glücklich miteinander. Li-Dsing suchte sich eine passende Arbeit, und weil er geschickt und fleißig war, kannten die Jungverheirateten weder Hunger noch Not. Nur eins behagte dem jungen Ehemann nicht, daß er tagsüber von seiner schönen Frau getrennt sein mußte. Manchmal verließ er, ohne ein Wort darüber zu sagen, schon mittags seinen Arbeitsplatz, eilte nach Hause, um Huang-Sjao einen Augenblick zu sehen, und kehrte dann schweren Herzens zu seiner Beschäftigung zurück. Sein Zustand wurde von Tag zu Tag schlimmer, und endlich bat er seine Frau, sie möge ihm alle schwere Arbeit in Haus und Garten aufbürden, aber ihn nicht zwingen, fern von ihr zu sein.

Huang-Sjao schwieg dazu. Li-Dsing blieb nun daheim und verrichtete alles zur vollsten Zufriedenheit seiner Frau. Er wurde wieder gesund und froh. Doch um so trauriger wurde Huang-Sjao. Endlich mußte sie ihm gestehen, daß ihr letztes Geld verbraucht war und daß nicht einmal mehr genügend Brennholz da sei, um das Essen zu kochen.

„Such dir eine neue Stellung, damit wir nicht in Not geraten", bat sie ihren Mann.

Li-Dsing erschrak.

„Ich kann nicht leben, ohne dein Bild ständig vor Augen zu haben", sagte er kummervoll. „Was soll aus uns werden?"

Da lächelte die Frau.

„Wenn es nur das ist! Vielleicht weiß ich Rat."

Sie begab sich zu einem Maler, bat ihn, er möge von ihr ein

kleines, aber naturgetreues Bild auf Seide malen, und entlohnte ihn mit ihrem letzten Besitz, einem goldenen Ring. Das Bild schenkte sie ihrem Mann und ermahnte ihn eindringlich, es vor jedermann zu verbergen. Li-Dsing war entzückt von der gelungenen Arbeit, er rollte das Bild zusammen, schob es in sein Gewand und ging von nun an wieder mit guter Laune seiner Beschäftigung nach. Mehrmals am Tage betrachtete er voller Liebe das schöne Antlitz seiner Frau, und die Arbeit ging ihm besser von der Hand als früher.

Eines Tages, als er allein im Wald war, um Bauholz zu schlagen, befestigte er das Bild an einem Zweig, um es dauernd vor Augen zu haben. Doch plötzlich erhob sich ein Wirbelwind, erfaßte das leichte Stück Seide und entführte es. Als Li-Dsing es mit Schrecken bemerkte, war es schon nicht mehr zu sehen. Verzweifelt lief der junge Mann über Steine und Wurzeln, kletterte über Zäune, drang in fremde Gärten ein und weinte laut, so daß jedermann Mitleid mit ihm hatte. Endlich blieb er erschöpft liegen. Erst in später Nacht kehrte er nach Hause zurück und berichtete von seinem Unglück.

Die junge Frau erschrak.

„Hoffentlich erwächst uns daraus kein Ungemach. Ein neues Bild kann ich dir nicht beschaffen, denn ich besitze keinen Schmuck mehr."

Der Wind hatte das Stück Seide über den Fluß in die kaiserlichen Gärten geweht. Vor den Füßen des Herrschers blieb es liegen. Als man es ihm reichte, schrie er auf vor Begierde.

„Diese Frau muß die Meine werden. Sie ist schön wie keine andere. Geht und sucht sie."

Boten wurden ausgesandt, die sollten erkunden, in welcher Gegend die Schöne mit dem bezaubernden Lächeln zu finden sei.

Jenseits des Flusses, wo Huang Sjao mit ihrem jungen Mann lebte, erkannte jeder, der einen Blick auf das Seidenbild warf, die Zugereiste, und so standen eines Tages die kaiserlichen Boten vor der Tür. Huang-Sjao erschrak zu Tode, denn sie wußte, was das zu bedeuten hatte. Ihre Bitte, man möge warten, bis ihr Mann zurück sei, wurde nicht beachtet.

„Was weinst du", riefen die Soldaten, „für dich ist die Stunde des Glücks gekommen. Du wirst dein kleines Haus mit dem Kaiserpalast vertauschen. Darum spare deine Klagen und mach dich für die Reise fertig."

Die junge Frau zog sich in ihr Zimmer zurück und schrieb in aller Eile einen Brief an ihren Mann. Sie versteckte ihn gut, dann ließ sie sich schweigend in der Sänfte forttragen.

Als Li-Dsing am Abend die Wohnung betrat, wußte er schon von den Nachbarn, was geschehen war. Er warf sich weinend auf die Matte seiner geliebten Frau und wünschte sich den Tod.

Am dritten Tag erhob er sich und wankte durch das Haus. Alle Gegenstände, die Huang-Sjao besonders gern gehabt hatte, berührte er liebevoll. Und obgleich er wußte, daß ihre Schmuckschatulle leer war, öffnete er sie und fand darin ihren Brief.

„So fern ich bin, so nahe bleibe ich dir, mein Li-Dsing. Wenn du tust, worum ich dich bitte, ist noch nichts verloren. Nimm den roten und den schwarzen Samen aus der Holzdose und lege ihn in die beste Erde unseres Gartens. Aus den schwarzen Körnern wächst klaftergroßer Knoblauch, aus den roten fingerlanger Pfeffer. Sprich zu keinem der Nachbarn ein Wort, zeige auch keinem die Pflanzen. Wenn sie die besagte Größe erlangt haben, biete sie vor dem Palast des Kaisers feil; denn man kennt diese Gewürze nur in meiner Heimat. Man wird dich darauf zu mir führen. Damit ich dich aber erkenne, kleide dich in ein Gewand aus bunten Federn."

Li-Dsing faßte wieder Mut. Er bewunderte Huang-Sjao, die in der Stunde der Not so weit gedacht hatte. Sofort begab er sich an die ihm aufgetragene Arbeit. Während die Pflanzen in der gut gelockerten Erde wuchsen, sammelte er viele hundert Vogelfedern, malte sie noch bunter an und nähte sie auf ein altes Gewand.

Huang-Sjao lebte nun schon länger als zwei Monate als des Kaisers angetraute Frau in dessen Palast, doch sie sprach weder mit ihm noch mit einer ihrer Kammerfrauen ein Wort. Nahrung nahm sie so gut wie keine zu sich und saß täglich stumm und traurig am Fenster ihres Gemachs. Der Kaiser war aufs äußerste besorgt um sie. Die besten Ärzte untersuchten die sterbensmatte Kaiserin, sie fanden keine Krankheit mit nennenswertem Namen, doch empfahlen sie dem Herrscher, er möge ihr die auserlesensten Gerichte vorsetzen lassen und versuchen, sie aufzuheitern.

„Ich will dir jeden Wunsch erfüllen", sagte der Kaiser. „Es wäre mein größtes Glück, dich lächeln zu sehen."

Täglich mußte sie in der Empfangshalle neben ihm sitzen und vielfältigen Zerstreuungen Auge und Ohr widmen. Da fanden sich Dichter und Musikanten, Spaßmacher und Gaukler ein. Jeder wollte sich die hohe Belohnung verdienen, die für ein Lächeln der Kaiserin ausgesetzt war. Doch alle mühten sich vergebens.

Eines Tages, als Huang-Sjao wieder einmal das Essen unberührt gelassen hatte, öffnete sie das erste Mal die Lippen und sprach: „Wenn ich ein Reisgericht bekäme, gewürzt mit klaftergroßem Knoblauch und fingerlangem rotem Pfeffer, würde ich vielleicht gesund."

Kaum hörte der Kaiser diesen Wunsch, befahl er seinem Koch, unverzüglich dieses Gericht zu bereiten, wenn er seinen Kopf behalten wolle. Der war in heller Verzweiflung, denn er hatte solche Gewürze nie gesehen noch je davon gehört. Klaftergroß! Fingerlang! In seiner Not kochte er für die Kaiserin die köstlichsten Reisspeisen und würzte sie mit rotem und schwarzem Pfeffer und den seltensten Gewürzen Indiens. Die Kaiserin aber wies sie alle zurück. „Sie sind nicht mit fingerlangem rotem Pfeffer und mit klaftergroßem Knoblauch gewürzt", sagte sie.

Huang-Sjao schaute jetzt öfter zum Fenster hinaus und lauschte angestrengt. Eines Morgens hörte sie die Stimme, auf die sie seit langem wartete: „Klaftergroßer Knoblauch — fingerlanger Pfeffer!"

Li-Dsing hatte nur wenige Male gerufen, schon wurde er durch das Tor des kaiserlichen Palastes in die Hofküche gezerrt. Da er sich aber weigerte, seine Waren hier abzugeben, brachte man ihn in den Audienzsaal zum Kaiser.

Die Kaiserin hatte keine Minute gezögert, sich ebenfalls dorthin zu begeben. Mit einem Blick erkannte sie Li-Dsing. Als er sich vor ihr verneigte, begann sie zu lachen; es schien, als könne sie überhaupt nicht mehr aufhören. Jedermann bewunderte den Mann im Federkleid, der das fertiggebracht hatte.

Der Kaiser faßte nach Huang-Sjaos Hand und sagte glücklich: „Du lachst, meine Schöne? Bist du durch den Anblick dieser sonderbaren Pflanzen endlich geheilt?"

Die junge Frau war schon wieder ernst und flüsterte: „Ich freue mich, zu bekommen, worauf ich so lange verzichten mußte. Ach, wenn du doch auch so ein reizendes Federkleid besäßest!"

Der Kaiser schickte alle Diener aus dem Saal, dann zog er den Knoblauchverkäufer beiseite und bat, ihm für eine Stunde das Federkleid zu überlassen. Er könne solange seinen kaiserlichen Mantel umhängen.

Li-Dsing erfüllte ihm den Wunsch.

Wie ein Vogel stelzte der Kaiser in dem Federkleid durch den Saal, hob die Arme, als wollte er fliegen, und ging auf seine Frau zu, in der Erwartung, ihren Lippen ebenfalls ein Lächeln abzugewinnen.

Statt dessen rief Huang-Sjao die Wache, die immer vor der Tür stand, und sprach befehlend: „Ergreift diesen Mann im Federkleid, der sich mir unwürdig nahte. Er nahm mir weg, was mir am teuersten war. Tötet ihn auf der Stelle!"

Die Wache zögerte keinen Augenblick, den Befehl der schönen Kaiserin auszuführen, und bevor der verstörte Kaiser auch nur ein einziges Wort sagen konnte, war er schon enthauptet und wurde aus dem Saal gezogen.

Li-Dsing aber, in dem schweren Kaisermantel, ging würdevoll auf seine geliebte Frau zu und setzte sich neben sie auf den Thron.

Von nun an brauchte er kein Bild, auf Seide gemalt, denn es gab niemand, der ihn hätte zwingen können, sich von Huang-Sjao zu trennen.

Ilse Korn

Ein Vogel – weiß wie Mondsilber

Ein türkisches Märchen

Es war einmal ein Padischah, der besaß ein Kleinod, wie es wohl kein zweites auf der Welt gab, eine Tochter, so schön, daß jedem, der sie nur ansah, das Blut zum Herzen schoß. Der Padischah wußte das, doch er gönnte niemand ihren Anblick.

Die arme Prinzessin mußte in einem abgelegenen Teil des Schlosses leben, ganz allein mit ihrer Kinderfrau und einigen Dienerinnen. Nur den waldreichen Park durfte sie betreten. Ihre Einsamkeit war so groß, daß sie kaum noch sprach und das Singen und Lachen verlernte. Vor Kummer verließ sie wochenlang ihr Gemach nicht mehr, saß nur bewegungslos am Fenster und schaute den ziehenden Wolken nach.

Die alte Kinderfrau härmte sich. Eines Tages bat sie die Schöne: „Ayatha, mein Kind, versuche etwas zu tun. Die Zeit vergeht schneller, und du wirst wieder froh werden. Hier, nimm den Stickrahmen, nimm Seide und Fingerhut und denke dir ein Muster aus!"

Das Mädchen setzte sich an den Stickrahmen. Die bunten Farben schob es beiseite, es stickte mit Silberfäden einen Vogel, der hatte Menschenaugen.

Eines Tages flog ein Vogel, weiß wie Mondsilber, an ihrem

Fenster vorbei. Er wendete im Flug, ergriff mit den Krallen ihre silberne Schere, die auf dem Fensterrahmen lag, und schwirr – flog er davon.

Das Herz der Prinzessin schlug heftig, sie blickte dem Vogel nach. Fortan führte sie die Nadel emsiger und war nach einigen Wochen mit der Stickerei fertig. Da geschah es zum zweiten Male: Mitten am hellen Tag erschien der Vogel, weiß wie Mondsilber, setzte sich einen Augenblick auf das Fensterbrett, griff nach dem silbernen Fingerhut, und schwirr – flog er davon.

Nun wartete die Prinzessin voller Sehnsucht. Eine neue Arbeit hatte sie nicht begonnen. Die Zeit verging.

Zum dritten Mal besuchte sie der Vogel. Diesmal blieb er eine Weile am Fenster sitzen, und aus seinen Augen rollten zwei Tränen, dann holte er sich den Stickrahmen, und schwirr – flog er davon.

Sooft auch die Prinzessin in ihren Garten ging, des Nachts oder am Tage, sooft sie still am Fenster saß, der Vogel kehrte nie wieder. Da wurde sie krank. Sie aß und trank nicht mehr, lag auf ihrem Bett und wartete.

Der Padischah ließ berühmte Ärzte rufen, doch keiner entdeckte das Zeichen irgendeiner Krankheit. Endlich fand sich ein alter Weiser. Die Prinzessin faßte Mut und sprach mit ihm allein, erzählte von ihrer Einsamkeit und von dem schönen Vogel.

„Ich bin krank vor Liebe und kann in diesem Schloß nicht mehr leben. Bittet meinen Vater, er möge mich in die weite Welt ziehen lassen, sonst werde ich sterben."

Der Weise unterhielt sich lange mit dem Padischah und überredete ihn, der Bitte seiner Tochter nachzugeben.

So wurde alles für die Reise der Prinzessin gerüstet, doch sie schüttelte zu den vielen Vorbereitungen nur den Kopf.

„Allein und ohne Geleit will ich reiten. Ich werde mich verkleiden, damit niemand mich erkennt."

Sie erbat sich Männerkleidung, beschmierte ihre zarte Haut mit brauner Farbe, nahm genügend Kostbarkeiten mit, die leicht zu tragen waren, bestieg ein unscheinbares Pferd und verließ die Heimat.

Über Hügel ritt sie, durch Täler und Wälder, über steinige Fluren, des Nachts und am Tage. Die Einsamkeit suchte sie auf, aber auch die Siedlungen der Menschen. Überall forschte sie nach dem seltsamen Vogel, weiß wie Mondsilber, doch niemand hatte ihn gesehen noch von ihm gehört.

Schließlich gelangte sie in eine große Stadt und fragte nach einem Badehaus, um sich zu erfrischen, doch hier waren Bäder unbekannt. Da gab sie ihren Schmuck hin und ließ sich ein Bad bauen, so wie sie es gewohnt war. Aus allen Teilen der Stadt und von weit her strömten die Menschen in das neugebaute Bad, das allen wohlgefiel. Über eines wunderten sie sich: Es gehörte einer Frau, und die Frau liebte es überdies, sich Geschichten erzählen zu lassen.

Doch was immer Prinzessin Ayatha von den Einheimischen oder Weitgereisten zu hören bekam, befriedigte sie nicht. Sie wurde immer trauriger, denn sie fühlte sich ebenso weit vom Ziel ihrer Wünsche entfernt wie daheim im Park ihres Vaters. Da kam sie auf den Gedanken, es bei den Armen zu versuchen, und gab an den vier Stadttoren bekannt, wer ihr eine seltsame Geschichte erzähle, dürfe dreimal kostenlos das Bad benutzen.

Das Badehaus füllte sich, arme Leute strömten herbei, doch niemand brachte der Prinzessin Kunde von dem Vogel, weiß wie Mondsilber.

Nun lebte weit draußen vor der Stadt ein junger Bursche mit seiner Mutter. Er sammelte Brennholz und verkaufte es. Davon ernährten sie sich. Immer war der Junge staubig, grau das Gewand, zerzaust und schmutzig die Haare, die Füße mit Schrammen bedeckt. Da hörte er von dem seltsamen Bad, und in der Hoffnung, eintreten zu können, mischte er sich unter die Wartenden.

„Ich kenne viele Geschichten und kann gut erzählen!" rief er, doch die Türhüter stießen ihn zurück und höhnten: „Du Grindkopf, willst uns wohl das Bad verschmutzen?"

Der Junge lief heim zur Mutter und bat: „Laß uns beide in die Stadt zu dem neuen Badehaus gehen. Dort fließt ungeheuer viel warmes Wasser in große Becken, sagen die Leute. Und wenn man eine Geschichte erzählt, darf man kostenlos baden."

Die Mutter war alt, sie scheute den langen Weg und wollte

davon nichts wissen. Er aber ließ ihr keine Ruhe, bis sie ein-
willigte.

So brachen sie auf. In der Nacht machte der Junge der Mutter
ein Lager unter einem Baum zurecht, er selbst kletterte ins Geäst
hinauf, schlief aber nicht und beobachtete die Sterne. Dabei
dachte er an das warme Wasser, das da aus vielen Röhren in
blanke Becken springen sollte. Wann hätte er je so viel Wasser
auf einmal gesehen?

Plötzlich zog eine Kamelkarawane vorbei, von niemandem
geleitet. Leise stieg der Junge vom Baum und folgte ihr. Vor einer
Höhle hielten die Kamele an, warfen ihre Lasten ab und verschwanden. Der Junge versteckte sich und beobachtete alles.

Da wurde es auf einmal hell im Wald, ein Vogel, weiß wie der
silberne Mond, flog durch das Geäst bis in die Höhle. Dort warf
er sich in ein goldenes Becken, und nur einen Augenblick später
stand er da als ein Jüngling, schön und strahlend wie der junge
Vollmond. Der arme Junge hielt den Atem an vor soviel Glanz.
Nun ging der Jüngling zu einem Schrein und entnahm ihm einen
Schmuckkasten, darin lagen eine silberne Schere, ein Fingerhut
und ein Stickrahmen. Er preßte sie an seine Brust, weinte laut
und rief: „Ach, Ayatha, meine schöne Sultanin, wo bist du? Das
Haus deines Vaters ist schwarz bemalt, die Leute deines Landes
tragen Trauer um dich." Darauf verwandelte er sich wieder in
einen Vogel, und schwirr — flog er davon.

Der Junge lief rasch aus der Höhle bis zu seinem Baum und
erwartete den Morgen. Dann wanderten Mutter und Sohn
schweigsam zur Stadt und begehrten Einlaß im Bad.

„Ist das nicht der Grindkopf?" schrien die Wächter. „Der darf
nicht hinein."

Doch die Mutter verschaffte sich Zutritt, und bald stand auch
der Grindkopf vor der schönen Herrin des Badehauses.

„Wenn du seltsame Geschichten weißt, erlaube ich dir und
deiner Mutter, kostenlos zu baden."

„Glaubt ihm nicht, Herrin", sagte die Mutter traurig. „Was
kann er schon erzählen? Er spricht mit Vögeln und Käfern, weil
wir so einsam wohnen. Doch Abenteuer erleben wir nicht."

Der Junge lächelte und berichtete, was er in der letzten Nacht
gesehen hatte. Als er von dem weißen Vogel sprach und wie er

in der Höhle in ein goldenes Becken tauchte und zu einem herrlichen Jüngling ward, der Schere und Fingerhut an sein Herz drückte, fiel die Prinzessin in Ohnmacht.

Die Mutter schrie laut auf, schlug ihren Sohn mit dem Holzpantoffel und rief: „Daß dich der Teufel hole, du Tölpel, was hast du bloß der Herrin erzählt?"

Dienerinnen kamen und besprengten die Prinzessin mit duftendem Wasser, da schlug sie die Augen auf, drängte alle aus dem Gemach und sagte: „Erzähle weiter! Was geschah dann?"

Doch der Junge, den alle Grindkopf nannten, saß ängstlich in einer Ecke und blieb stumm.

„Was geschah weiter?" fragte sie dringlicher. „Fürchte dich nicht, erzähle!"

Da faßte er sich ein Herz und sagte: „Der Jüngling weinte. Er rief: ‚Wo bist du, meine Herzensliebste, schöne Ayatha, meine Sultanin? In deines Vaters Haus hat man die Wände schwarz bemalt, und alle trauern um dich.'"

Da fiel die Prinzessin zum zweitenmal in Ohnmacht. Als sie endlich erwachte, wehrte sie alle ab und erklärte: „Dem Jungen und seiner Mutter gehört das Bad, wenn ich nicht zurückkehre." Ihn aber bat sie: „Heute abend führst du mich an jene Stelle."

Am Eingang der Höhle verbarg sie sich, und es geschah alles so, wie der Junge berichtet hatte. Die Kamele kamen und warfen ihre Lasten ab, dann verschwanden sie. Es rauschte in den Zweigen, und der weiße Vogel flog in die Höhle, legte sein Federgewand ab und stand alsbald als herrlicher Jüngling neben dem Schrein. Doch sein Gesicht war voller Schmerz, als er rief: „Wo bist du, meine Herzensliebste, meine schöne Ayatha?"

Da trat sie zu ihm und sagte leise: „Ich bin ja da."

Der Jüngling schrie leise auf, nahm sie in die Arme und war außer sich vor Glück. Sie erzählten einander, was sie erlebt hatten. Den Jungen beschenkten sie reich mit Gold und Juwelen und schickten ihn zur Stadt zurück, er sei jetzt der Herr des Badehauses.

Dann sagte der Jüngling: „Um meinetwillen bist du weit gewandert, meine Liebste, und hast mich gefunden. Doch das ist erst der halbe Weg. Noch bin ich nicht erlöst und muß in mein Federkleid zurück, damit die bösen Feen, die mich verfolgen,

mich nicht finden. Viel wird noch von dir gefordert werden. Kannst du es bestehen?"

Zuversichtlich nickte sie und sprach: „Ich will alles tun, was notwendig ist."

„Das meiste mußt du allein finden, wie bisher. Doch höre, was ich dir sage, und achte gut darauf: Ich war kaum geboren, da raubten mich die Peris und ließen mich in ihrem Palast aufwachsen. Als ich ein Mann wurde, wollte jede der Feen mich heiraten. Um ihnen zu entgehen, verwandelte ich mich in einen Vogel und lebte einmal hier, einmal dort. Das Schloß meiner Eltern liegt neun Monate von hier. Ich muß dich hinbringen, denn nur dort kann ich erlöst werden. Mehr darf ich dir nicht verraten. Dringe in das Schloß ein. Wie es dir gelingen soll, weiß ich nicht, denn meine Eltern nehmen keinen Fremden auf. Und erzähle nichts von mir, sonst ist alles verloren."

Er nahm die Schöne auf den Rücken, breitete die Schwingen aus und flog mit ihr über Wälder und Städte, Berge und Flüsse. Da waren die neun Monate vergangen, und das Schloß seiner Väter lag unter ihnen. Sie nahmen Abschied voneinander, und er sprach zu ihr: „Du wirst einen Sohn bekommen, nenne ihn Bahtijar. Geh nun und schweige über alles, was du weißt."

Die Prinzessin wanderte in ihren feinen Schuhen über den steinigen Acker zum Palast hinauf, pochte ans Tor und bat um Einlaß. Doch niemand öffnete, wie lange sie auch klopfte und bat. Die alte Sultanin stand gerade am Fenster und schaute hinab. Da sah sie eine junge Frau, schön von Angesicht, doch mit zerzaustem Haar und zerschlissenem Gewand, die hob das Gesicht und rief: „Beim Namen Jusufs, des Schönen, tut mir auf, ich kann keinen Schritt weiter gehen."

Die Sultanin erschrak: Sie hatte den Namen ihres Sohnes gehört. Vielleicht wußte die Unbekannte etwas über ihn? So lief sie ans Tor, öffnete und zog die Prinzessin herein.

„Weißt du etwas von meinem Sohn Jusuf? Rede! Du sollst alles haben, was du begehrst."

Doch Ayatha schwieg.

„Wir geben dir ein königliches Gemach, nur erzähle uns von Jusuf, den wir vor vielen Jahren verloren haben", bat die Sultanin mit flehender Stimme.

Aber die Prinzessin schwieg beharrlich.

„Dann magst du in der Scheune hausen!" sprach die Sultanin zornig. Da lag nun die Prinzessin müde auf dem Stroh, und ihr Rücken schmerzte. In dieser Nacht schenkte sie einem Knaben das Leben, legte ihn auf das harte Lager und hatte nicht einmal ein Hemd für ihn. Welk und verhärmt war ihr Gesicht. Am Morgen fragten die Leute aus dem Schloß, woher sie käme und wie sie heiße. Doch die junge Mutter gab keinem eine Antwort.

Aus Mitleid schickte ihr die Sultanin am zweiten Abend eine halbtaube Dienerin, die sollte des Nachts bei ihr wachen und ihr Nahrung und Wasser reichen. Als die alte Dienerin eingeschlummert zu sein schien, öffnete Ayatha das Fenster und sang ihrem kleinen Sohn ein Schlaflied:

> „Schlafe, Bahtijar, mein Kind.
>   Könntest auf weicher Seide liegen,
>   doch ich habe für dich nur Stroh
>   und kein Hemd für die kalte Nacht.
>   Kleiner Sohn, weine nicht so
>   und schlafe...
>
>   Nachtwind, der ums Haus du wehst,
>   dir allein darf ich es klagen:
>   Mein Vater trägt eine funkelnde Kron',
>   seine Tochter liegt hier
>   in kalter Scheune
>   mit ihrem Sohn auf Stroh.
>
>   Für dich, mein weißer Vogel, will ich's tragen.
>   Ach, kleiner Bahtijar, weine nicht so
>   und schlafe..."

Da klopfte es leise ans Fenster, der Vogel, weiß wie Mondsilber, schaute hinein und rief traurig:

> „Schlafe, schlafe, mein Kind.
>   Nicht auf Stroh sollst du liegen —
>   auf Rosen..."

Dann machte es schwirr, und er flog davon.

Am Morgen, als die junge Mutter noch schlief, sah die halb-taube Dienerin, daß der kleine Bahtijar neben seiner Mutter auf weichen Rosenblättern schlief. Eiligst lief sie zur Sultanin und berichtete, was in der Nacht sich zugetragen.

„Gehört habe ich nichts, doch ein großer silberner Vogel saß am Fenster und hielt eine Rose im Schnabel."

Da gab man der jungen Frau für die dritte Nacht eine andere Dienerin und schärfte ihr ein, auf alles zu achten und genau hinzuhören. Die Dienerin stellte sich schlafend und hörte und sah alles. Wieder sang die schöne Fremde ihr klagendes Lied, und darauf pochte es ans Fenster, der weiße Vogel saß auf dem Rahmen und rief:

> „Schlafe, schlafe, mein Kind.
> Haben sie dir kein Hemd gegeben?
> Weine nicht, dein Vater sorgt für dich."

Dann warf er ein seidenes Hemdlein herein, und schwirr – flog er davon.

Jetzt hielt die Sultanin nichts mehr zurück. Gemeinsam mit ihrem Mann verbarg sie sich hinter einem Verschlag und be-obachtete durch die Ritzen, wie die Fremde zierlich von dem Hingestellten aß und ihrem Kindlein Nahrung gab. Mitten in der Nacht vernahmen beide das traurige Lied:

> „Schlafe, Bahtijar, mein Kind.
> Könntest auf weicher Seide liegen,
> in goldener Wiege und nicht auf Stroh.
> Kleiner Sohn, weine nicht, schlafe.
>
> Nachtwind, der ums Haus du wehst,
> dir allein darf ich es klagen,
> was kein Mensch sonst erfährt:
> Mein Vater trägt eine funkelnde Kron',
> seine Tochter liegt hier
> in kalter Scheune
> mit ihrem Sohn auf Stroh.

Für dich, mein Liebster, will ich's tragen,
   schlafe, mein Bahtijar, schlafe…"

Tränen rannen der Sultanin über die Wangen. Sie ist eine Prinzessin, dachte sie, und ich lasse sie hier elend in der Scheune wohnen. Ich will ihr ein Bett richten und sie wie mein eigenes Kind halten, auch wenn sie schweigt.

Da pochte es ans Fenster, der Vogel schaute herein und rief zornig:

   „Liegst du immer noch auf Stroh?
   Haben sie meinem Sohn noch keine goldene Wiege
      und dir kein seidenes Bett gegeben?"

Und schwirr – flog er davon.

Mitten in der Nacht trugen der Padischah und seine Frau die junge Mutter mit ihrem Kind in das Zimmer ihres Sohnes, das zwanzig Jahre lang verschlossen gewesen war. Sie ließen die Diener alles auf das bequemste herrichten, entfachten ein Feuer im Kamin und warteten.

Als der Vogel in der nächsten Nacht kam, fand er die Scheune leer. Überall suchte er nach einem Zeichen, dann flog er voll Angst durch ein geöffnetes Fenster in das Schloß. Er warf sein Federkleid ab und betrat sein einstiges Schlafgemach. Dort schlief Ayatha in einem seidenen Bett, der Sohn lag neben ihr in der goldenen Wiege. Behutsam nahm er seinen kleinen Bahtijar und legte ihn neben die Mutter, dann küßte und streichelte er sie. Ayatha erwachte und umarmte ihn vor Glück.

Die Eltern des jungen Prinzen Jusuf hatten sich versteckt gehalten. Jetzt kamen sie hervor. Freudig bewegt trat der Padischah auf den Zwanzigjährigen zu, den er ein einziges Mal, kurz nach der Geburt, gesehen hatte, und rief: „Jusuf, mein Sohn, bist du es wirklich?"

Die Sultanin bemerkte das Federkleid neben dem Bett und packte es, um es zu verbrennen.

„Halt ein, liebe Mutter", rief da der Heimgekehrte, „sonst ist alles vergebens. Noch bin ich nicht erlöst. Ich muß das Äußerste wagen, damit ich nie mehr von den Peris verfolgt werde. Wenn ihr meine Anordnungen streng befolgt und nichts ausläßt, wird auch dies Letzte gelingen."

Nach dem Wunsch des Prinzen rief der Sultan noch in der gleichen Stunde seine Diener und befahl ihnen, jede Tür und jedes Fenster auf das sorgfältigste zu schließen, darauf in jedem Ofen ein Feuer zu entzünden, damit es keiner von den Peris gelänge, ins Schloß einzudringen.

Draußen auf dem Wiesenhügel wurden große Scheiterhaufen errichtet. Als die Flammen hell loderten, warf der Sultan das Federkleid hinein. Zur gleichen Zeit begannen zwanzig weiße und zwanzig schwarze Sklavinnen, die zuvor singend um den Hügel gewandert waren, zu schreien und zu klagen: „Wehe! Wehe! Prinz Jusuf, der Schöne, hat sich in die Flammen gestürzt!"

Alsbald kamen, wie der Prinz es vorausgesehen, aus verschiedenen Himmelsrichtungen die Peris herbeigeflogen und stürzten sich in die Flammen, in der Hoffnung, ihn zu retten. Und sie verbrannten alle. Nun war Prinz Jusuf endlich erlöst, dank der Treue und Klugheit seiner lieben Frau. Groß war der Jubel im Land, und wer den jungen Thronfolger sah, konnte verstehen, daß er sogar die Peris um den Verstand gebracht hatte.

Doch niemand war glücklicher als Ayatha mit ihrem kleinen Bahtijar. Vierzig Tage und vierzig Nächte dauerte die Hochzeit. Sonne, Mond und Sterne, die ihren Glanz dazu spendeten, waren sich einig: Ein schöneres und glücklicheres Paar hatte es nirgendwo in der Welt gegeben.

Alle sind am Ziel ihrer Wünsche —
auch du, Leser, wenn dir das Märchen gefallen hat,
und ich, die es dir erzählte.

Ilse Korn

Die schöne und kluge Farischtamoch

Ein tadshikisches Märchen

In uralten Zeiten lebte einmal ein Padischah, der hatte keine Kinder. Eines Tages blickte er in den Spiegel und war betroffen, denn sein Kopfhaar begann zu ergrauen. Er versank in tiefes Nachdenken und sagte zu sich: Wie schade, daß ich keinen Sohn habe, der an meiner Statt das Reich regieren könnte!

Schließlich aber sollte dem Padischah doch noch ein Nachkomme geboren werden. Vor Freude darüber ließ er im ganzen Land verkünden: „Wenn mir ein Sohn geboren wird und jemandem am gleichen Tag dasselbe Glück widerfährt, so will ich den Knaben an Kindes Statt annehmen!"

An dem Tag, da der Padischah einen Sohn geschenkt bekam, wurde im Haus eines Hirten ebenfalls ein Knabe geboren. Getreu seinem Versprechen ließ der Padischah den Hirtensohn zu sich in den Palast bringen und ihn gemeinsam mit seinem Sohn erziehen.

Die Kinder wuchsen heran und erreichten das schulpflichtige Alter. Der Padischah schickte beide zusammen in die Schule. Der Sohn des Hirten lernte mit Feuereifer. Er war aufgeweckt und überaus verständig und erklärte dem Prinzen alles, was dieser nicht begreifen konnte.

Allmählich waren aus den Knaben starke Jünglinge geworden. Das Blut wallte in ihren jungen Leibern. Endlich durften sie auch ausreiten, um in der Umgebung zu jagen.

Eines Tages waren die Jünglinge wieder einmal auf die Jagd geritten. Der Prinz hatte das Mißgeschick, in der Nähe eines Dorfes ein Huhn anzuschießen.

In einem Hof dieses Dorfes aber saß eine alte Frau und webte. Der angeschossene Vogel kam in den Hof geflattert und fiel auf das Webzeug, zerriß die Kettfäden und beschmutzte sie mit Blut.

Der Prinz aber war seiner Beute bis in den Hof der Alten gefolgt.

„He, Bursche", rief die Alte, als sie ihn erblickte, „das ist sehr schlecht, was du da getan hast. Zur Strafe müßtest du dich in Farischtamoch verlieben!"

„Wer ist denn diese Farischtamoch?" fragte der Jüngling verwundert.

„Die ebenso schöne wie kluge Farischtamoch lebt im Lande der untergehenden Sonne", antwortete die Alte. „Sieben hohe Gebirgspässe muß man übersteigen, will man zu ihr gelangen. Sie ist so schön und klug, daß schon Hunderte von Jünglingen in Liebe zu ihr entbrannt sind. Ihr selber aber konnte bis auf den heutigen Tag noch keiner gefallen."

Kaum hatte der Prinz von der Schönen gehört, kehrte er eiligst in den Palast zurück. Dort wurde ihm gemeldet, daß der Padischah schon lange auf ihn warte.

„Mein Sohn", sagte der Padischah, „ich bin schon alt und möchte, daß du mir die Last der Regierung abnimmst und dich selber damit befassest. Jedenfalls mußt du dich darauf vorbereiten. Komm mit, ich zeige dir die Schatzkammer und alle Reichtümer."

Der Prinz hatte seinen Vater unverwandt angesehen und fragte ihn jetzt: „Sagt mir, teurer Vater, was ist besser: zu Hause zu sitzen oder – die Welt zu bereisen?"

„Selbstverständlich ist es besser, die Welt zu bereisen!" antwortete der Vater. „Du siehst viele neue Orte, lernst verschiedene Völker kennen, bereicherst dein Wissen und wirst auf diese Weise klüger."

„Nun denn, mein Vater", sagte der Prinz, „so erlaubt mir, vorerst die Welt zu bereisen!"

Wohl oder übel mußte der Padischah seinen Sohn ziehen lassen, aber unter der Bedingung, daß ihn der Hirtensohn begleite.

Und so machten sich denn die beiden Jünglinge auf den Weg. Sie ritten und ritten, bewältigten sieben Gebirgspässe und erreichten schließlich eine Stadt. Dort klopften sie an das erste beste Pförtchen. Eine alte Frau öffnete ihnen.

„Wir sind Wandersleute, Mütterchen, hättest du nicht ein Plätzchen für uns, wo wir ein paar Tage ausruhen könnten?"

„Ach, liebe Kinderchen, ich habe nur eine winzige Kammer; wenn mein Kopf drinnen ist, bleiben die Füße draußen, und sind meine Füße drinnen, muß der Kopf draußen bleiben..."

Da warf der Prinz dem Mütterchen ein Goldstück zu, und schon redete die Alte hocherfreut weiter: „Tretet ein, tretet nur ein, ich habe auch noch ein großes, geräumiges Zimmer, darin könnt ihr wohnen, solange ihr Lust habt."

Die Alte breitete in dem Zimmer Decken aus, faltete das Tafeltuch auseinander und bewirtete ihre Gäste mit Fladenbrot und Tee. Dann saßen sie noch eine Weile im Gespräch beisammen. Als es Zeit war zum Schlafengehen, richtete die Alte den Jünglingen das Lager und sagte: „Geht nachts nicht auf die Straße, Kinderchen, es könnte schlimme Folgen für euch haben."

Die Jünglinge streckten sich auf ihr Lager. Der Prinz schlief sogleich ein, der Hirtensohn aber dachte: Was geht hier vor in der Nacht? Warum sollen wir nicht auf die Straße gehen? Im Gegenteil, wir müssen hinausgehen und nachschauen, was eigentlich los ist! Und schon weckte er den Prinzen und sagte zu ihm: „Steh auf, Bruder, wir sind doch nicht zum Schlafen hierhergekommen. Laß uns hinausgehen und nachsehen, was draußen vorgeht!"

Sie gingen beide auf die Straße und sahen, daß es in der einen Hälfte der Stadt stockfinster war, in der andern aber taghell. Und ein jeder ging seinem Gewerbe nach: Die Schuster machten Schuhe, die Tischler bauten Möbel, die Kammacher machten Kämme. Die beiden staunten, sahen sich alles an, gingen wieder heim und legten sich schlafen. Am Morgen aber fragten sie die Alte: „Mütterchen, sagt doch, was ist das für ein Wunder, das wir nachts gesehen haben?"

„Weh, meine Kinderchen, wart ihr wirklich in der Nacht draußen?"

„Ja, wir waren nachts auf der Straße und sahen, daß die eine Hälfte der Stadt stockfinster, die andere aber taghell war. Wie kommt das?"

„Nun, wenn ihr denn schon draußen wart, so will ich euch sagen, das Licht, das ihr in der Nacht gesehen habt, ist der Abglanz von der Schönheit der klugen Farischtamoch. Immer der Stadtteil ist hell, dem sie im Schlaf ihr Antlitz zuwendet, und alle, die dieses Licht erblicken, sind auf der Stelle verliebt in die Schöne, ihr selber aber hat noch keiner gefallen. Das ist es, warum ich euch gewarnt habe, nachts auf die Straße zu gehen, denn ich wollte euch vor diesem schweren Los bewahren."

„Ach, Mütterchen", sagte da der Hirtensohn, „es ist nur gut, daß Ihr uns von der schönen Farischtamoch erzählt habt. Mein Bruder ist schon längst in die Schöne verliebt, und auf der Suche nach ihr sind wir ja in diese Stadt gekommen!"

„Wie viele Prinzen und Söhne von Wesiren haben schon versucht, bei ihr vorgelassen zu werden, um sie nur einmal anzuschauen. Aber vergebens! Und da wollt ihr das erreichen?" fragte das Mütterchen ungläubig.

„Es ist schwer zu sagen, wie wir das bewerkstelligen wollen, doch sind wir zu allem bereit, um unser Ziel zu erreichen!" sagte der Hirtensohn.

Und die beiden Freunde machten sich auf den Weg zu dem Haus der Schönen, vielleicht würden sie sie doch zu Gesicht bekommen.

Alle, die sich in dem Haus eingefunden hatten, wurden in ein großes Zimmer geführt. Dort sahen sie einen Vorhang, hinter dem eine Mädchenstimme sagte: „Ich werde eine schwierige Aufgabe stellen. Wer sie löst, den will ich heiraten."

„Stell die Aufgabe, ich löse sie!" rief der Prinz dazwischen.

„Ich werde mich schlafen legen", fuhr das Mädchen fort, „ihr aber müßt in dem gleichen Zimmer sitzen und euch bemühen, ohne eure Stimme zu heben oder in die Hände zu klatschen und ohne euch überflüssigerweise von der Stelle zu bewegen, mich bis zum Morgen nicht einschlafen zu lassen."

Der Prinz war sofort bereit, die Aufgabe zu lösen. In der Nacht aber hat er es dann doch nicht fertiggebracht, Farischtamoch am Einschlafen zu hindern, und ist auch selber bald eingeschlafen. Als der Prinz am Morgen aufwachte, war es ihm sofort klar, daß er verspielt hatte. Tieftraurig kehrte er in das Haus der Alten zurück. Der Hirtensohn tröstete ihn und sagte: „Gräm dich nicht so sehr, lieber Bruder, ich will mir Mühe geben, die Aufgabe zu lösen, hernach werden wir weitersehen."

Noch am selben Tage schnitzte sich der Hirtensohn eine Puppe aus Holz. Am Abend dann ging er zu der Schönen und erklärte sich bereit, die gestellte Aufgabe zu lösen. Er wurde in ihr Zimmer geführt und hinter einen Vorhang gesetzt. Da holte der Hirtensohn seine Holzpuppe hervor, schaute sie bedeutsam an und begann mit ihr zu spielen. Dabei redete er auf sie ein: „O du mein teurer Freund, allzeit hast du dich hervorgetan durch deine Weisheit und Vernunft! Lange schon quälen mich wichtige Fragen. Um sie zu lösen, bin ich gezwungen, mich an dich zu wenden."

„Nun, so sprich, was sind das für wichtige Fragen, die dich quälen?" fragte der Hirtensohn mit hoher verstellter Stimme für die Puppe.

Der „Weise" mit der hohen Stimme erregte sogleich die Wißbegier der schönen Farischtamoch, und sie war neugierig auf die Fragen, die ihm zur Lösung gestellt werden sollten. Vorsichtig spähte sie mit halbem Auge nach dem Besucher. Und der schöne, mit seiner Puppe spielende und mit ihr sprechende Jüngling fesselte mehr und mehr die Aufmerksamkeit des Mädchens.

„O mein teurer Freund", sprach der Hirtensohn, zu seiner Puppe gewandt, weiter, „in einer Stadt lebten einmal ein Wahrsager und ein Arzt. Eines Tages ersah der Wahrsager aus seinen Wahrsagereien, daß die Tochter des Pharao von Ägypten, der an Schönheit kein Mädchen gleichkam, schwer erkrankt war. Kein Arzt war bisher imstande gewesen, sie zu heilen. Der Pharao von Ägypten aber hatte verkünden lassen, er wolle demjenigen, dem es gelänge, seine Tochter zu heilen, diese mitsamt einer großen Morgengabe zur Frau geben. Das erzählte der Wahrsager dem Arzt, der sagte darauf: ,Schade, wenn die Reise dahin nur nicht so weit wäre, in drei Tagen schon könnte ich sie heilen!'

Von diesem Gespräch hörte ein Meister, der gerade ein fliegendes Roß fertiggebaut hatte. Er schlug den beiden vor, sich zusammen mit ihm auf sein Roß zu setzen und so in kürzester Zeit bis nach Ägypten zu fliegen.

Gesagt, getan. In kurzer Zeit erreichten die drei auf dem fliegenden Roß das Land Ägypten, und der Arzt machte wirklich in drei Tagen die kranke Tochter des Pharao wieder gesund. Der erfreute Pharao war schon drauf und dran, seine Tochter mitsamt der reichen Morgengabe dem Arzt zur Frau zu geben, da erschienen der Wahrsager und der Meister und schlugen Lärm.

,Das Mädchen gehört mir!' behauptete der Meister. ,Hätte ich nicht das fliegende Roß gebaut, wäre der Arzt nicht zum Pharao von Ägypten gekommen!'

,Nein, das Mädchen gehört mir!' rief der Wahrsager. ,Ohne mich hättet ihr beide von dem Mädchen ja gar nichts gewußt!'

So stritten sie hin und her, und weder der Pharao noch alle seine Weisen vermochten den Streit zu schlichten. Als ich von dem Streit hörte", fuhr der Hirtensohn, zu seiner Puppe gewandt, fort, „kam ich zu folgendem Schluß: Das Mädchen müßte dem Wahrsager gehören, denn ohne seine Kunst hätten weder der Arzt noch der Meister jemals etwas von diesem Mädchen erfahren!"

„Nein, nein!" piepste die Puppe und schüttelte den Kopf. „Du irrst dich, kein andrer als der Meister hat ein Recht auf das Mädchen! Denn ohne seine Kunst hätten weder der Wahrsager noch der Arzt irgend etwas ausrichten können!"

Farischtamoch glich nur äußerlich einer Schlafenden. In Wirklichkeit aber hatte sie dem unterhaltsamen Erzähler aufmerksam zugehört, und als sie nun vernahm, zu welchem Schluß die beiden Gesprächspartner gekommen waren, hob sie den Kopf und äußerte mißbilligend: „Beide irrt ihr euch! Vor allen andern hat der Arzt ein Recht auf das Mädchen. Nur seinem Wissen ist es zu danken, daß die Sterbende wieder gesund geworden ist!"

„O weh, mein Freundchen!" sagte da der Hirtensohn zu seiner

Puppe. „Die schöne Farischtamoch hat wirklich recht und nicht wir beide! Doch da fällt mir eine weit interessantere Geschichte ein, die mich schon seit langem beschäftigt. Die will ich dir jetzt erzählen. Hoffentlich irrst du dich diesmal nicht und folgerst richtig, damit die schöne Farischtamoch mit deiner Antwort zufrieden ist!"

„Erzähle, was ist das für eine Geschichte?" piepste die Puppe und wackelte ungeduldig mit Kopf und Schultern.

„Es war einmal ein Padischah", begann der Hirtensohn seine neue Erzählung, „der hatte eine Nachtigall. Er sperrte die Nachtigall in einen goldenen Käfig, den er in seinen Garten hängte. Und jeden Tag zu einer bestimmten Stunde spazierte er zu der Nachtigall hinaus und lauschte ihrem Gesang.

Eines Tages nun, als der Padischah wieder seiner Nachtigall zuhörte, kamen auf einmal zwei andere Nachtigallen geflogen, die setzten sich auf den goldenen Käfig, sprachen etwas miteinander und flogen dann wieder fort.

Da trat der Padischah an den Käfig und fragte seine Nachtigall: ‚Was waren das für Nachtigallen, und worüber habt ihr gesprochen?'

‚Das waren meine Verwandten', entgegnete die Nachtigall. ‚Der Padischah der Nachtigallen veranstaltet ein großes Fest. Sie hatten mich einladen wollen, ich aber habe ihnen gesagt: Ich bin doch nicht frei, sitze hier im Käfig und kann daher nicht mit euch fliegen. Sie bedauerten das sehr und flogen wieder fort.'

Der Padischah überlegte ein Weilchen und sagte dann: ‚Wenn ich dich für ein paar Tage freiließe, was würdest du mir aus dem Nachtigallenreich mitbringen?'

‚Den Kern einer Aprikose', sagte die Nachtigall. ‚Du mußt ihn einpflanzen, und schon nach vierzig Tagen wird aus ihm ein großer Baum geworden sein, der Früchte trägt. Und jeder noch so gebrechliche Greis, der eine Frucht dieses Baumes verzehrt, wird wieder jung und gesund.'

Der Padischah ließ die Nachtigall zum Fest fliegen. Getreu seinem Versprechen kehrte der Vogel nach einigen Tagen wieder zurück und brachte dem Padischah einen Aprikosenkern mit. Der Padischah senkte den Kern in die Erde, und siehe da, nach vierzig Tagen war daraus ein großer Baum geworden. Der dichtverzweigte Baum war über und über voller Blätter, zwischen denen reife Früchte hingen.

Am einundvierzigsten Tage befahl der Padischah dem Gärtner, eine Aprikose zu pflücken und sie ihm zu bringen. Der Gärtner hob eine unter dem Baum liegende Frucht auf und brachte sie dem Padischah, der sie einem ganz hinfälligen Greis zu essen gab. Der Greis aber wurde nicht jung, sondern starb auf der Stelle. Da geriet der Padischah in Wut und befahl, der betrügerischen Nachtigall den Kopf abzuschlagen. Sein Befehl wurde vollzogen, und die Nachtigall hat ihr Leben lassen müssen.

Mit Windeseile verbreitete sich im Volk die Kunde von den todbringenden Früchten des Aprikosenbaumes. Auch ein ganz armer alter Mann, dem sein bitteres Leben zur Qual geworden war, hörte davon. Er beschloß, hinzugehen und von den Früchten zu essen, um auf diese Weise seinen Qualen ein Ende zu bereiten. Und er ging in den Garten des Padischahs, streckte seine zitternde Hand nach einem Zweig voll reifer gelber Aprikosen aus, pflückte diese, aß zwei oder drei davon auf und saß nun unter dem Baum und erwartete seinen Tod. Er wartete fünf, er wartete zehn Minuten, der Tod aber wollte und wollte nicht kommen. Im Gegenteil! Der Greis fühlte sich frisch und kräftig. ,Das ist aber merkwürdig', sagte der Greis zu sich und hob die Hand an seinen Bart. Er bekam aber keinen Bart zu fassen. Seine Hand strich nur über ein glattes junges Kinn. Verwundert darüber, ging der Greis zu einem Bach und betrachtete sein Spiegelbild im Wasser. Wie aber staunte er, als er sich so erblickte, wie er vor etwa fünfzig Jahren ausgesehen hatte!

Doch da trat auch schon der Gärtner an ihn heran und führte ihn, weil er einen Dieb in ihm vermutete, zum Padischah. Und der Greis erzählte dem Padischah, wie es ihm ergangen war.

,Wenn dem so ist', sagte der Padischah, ,wie kommt es dann, daß der Greis, der die erste Aprikose gegessen hat, gestorben ist und dieser − nicht?'

Weder der Padischah noch der Gärtner wußten, daß in die heruntergefallene Aprikose eine giftige Schlange gebissen hatte.

He, lieber Freund", sprach nun der Hirtensohn, zu seiner

Puppe gewandt, „sage du mir jetzt, wer die meiste Schuld trägt am Tode der Nachtigall und des Greises?"

„Natürlich der Gärtner!" antwortete die Puppe. „Er hätte, wie ihm befohlen war, die Aprikose vom Baum pflücken und dem Padischah bringen sollen. Auf keinen Fall durfte er die vom Boden aufgelesene Frucht nehmen!"

„Das ist wahr", mußte der Hirtensohn zugeben. „Schuld an dem Tode der beiden ist vor allem der Gärtner."

Gleich darauf hob Farischtamoch vergnügt ihren Kopf und sagte: „Ei, mein Lieber, was bist du doch schwer von Begriff mitsamt deinem vielgerühmten Weisen! Der Hauptschuldige ist doch der Padischah! Bevor er dem Greis die abgefallene Aprikose zu essen gab und vor allem bevor er so erbarmungslos mit der unschuldigen Nachtigall verfuhr, hätte er alles auf das genaueste prüfen müssen, erst dann durfte er handeln. Diese Unbesonnenheit des Padischahs war schuld am Tod der beiden Opfer."

Der Hirtensohn hörte die Worte an, wandte darauf seinen Kopf wieder der Puppe zu und sagte: „O teurer Freund, auch diesmal hast du dich geirrt, und deine Antwort hat das Mißfallen der schönen Farischtamoch erregt. Vor diesem unvergleichlich schönen und klugen Mädchen hättest du doch wirklich deinen ganzen Scharfsinn aufbieten müssen. So wird sie mich am Ende für immer als Lügner im Gedächtnis behalten! Darum will ich jetzt noch eine Geschichte erzählen, du aber höre recht aufmerksam zu und laß, wenn ich zu Ende erzählt habe, deine Meinung hören."

„Gut, erzähle!" piepste die Puppe, verneigte sich hastig und richtete sich dann kerzengerade vor dem Hirtensohn auf, der aber begann schon seine neue Erzählung:

„In einer Gegend unseres Reiches lagen zu beiden Seiten eines großen Flusses zwei Dörfer einander haargenau gegenüber. Diese beiden Dörfer waren durch eine lange Holzbrücke miteinander verbunden. Auf dieser Brücke tauchte dann und wann ein Räuber auf, der überfiel einsame Wanderer mitten auf der Brücke, nahm ihnen alle Wertsachen ab, zog ihnen die Kleider aus und stieß sie dann ins Wasser. Eines Nachts aber geschah es, daß dieser Räuber eine reichgekleidete Person weder beraubte noch ins Wasser stieß, sondern sie sogar mit einem gewinnenden Lächeln bis ans andre Ende der Brücke geleitete. Folgendes aber hatte sich zugetragen: In dem einen der beiden Dörfer lebte der Sohn eines Hirten, ein bescheidener, schöner und wohlgesitteter Jüngling. Er hatte sein Herz der Tochter seines Nachbarn geschenkt, der ein reicher Bei war. Auch das Mädchen liebte den Jüngling von ganzem Herzen. Sie trafen sich heimlich, und nach jedem Stelldichein gefiel eines dem anderen immer besser, bis sie schließlich keine Minute mehr voneinander getrennt sein wollten.

Zur selben Zeit aber geschah es, daß diese reinen und aufrichtigen Freundschaftsbande um ein Haar zerrissen wären. Am jenseitigen Ufer des Flusses lebte ein reicher Mann, der hörte von der zarten Schönheit des Mädchens und beschloß, diese mit seinem Sohn zu verheiraten, und er schickte seine Brautwerber zu den Eltern. Dem Bei nun, dem Vater des Mädchens, schien der Sohn des Reichen ein passender Bräutigam zu sein, und er erteilte daher, ohne der Einwände seiner Tochter zu achten, sein Einverständnis, sie dem ungeliebten Manne zur Frau zu geben. Das Mädchen aber verwünschte ihr unglückliches Los und beschloß, sich eher das Leben zu nehmen, als ein solches Herzeleid zu ertragen. Am Tage der Hochzeit verbarg sie ein Messer in ihrem Ärmel und wartete.

Das Hochzeitsfest war beendet. Der Bräutigam ging zu seiner Braut und sah sie traurig und vergrämt in einer Ecke des Zimmers sitzen. Sie hatte den Kopf in die Schultern gezogen wie ein Rebhuhn, das sich vor dem Jagdfalken zu verbergen sucht. Er war sehr verwundert über ein solches Benehmen und trat auf sie zu. Im gleichen Augenblick aber sprang das Mädchen auf, zog das Messer aus dem Ärmel und rief: ,Kommt mir nicht zu nahe! Ich töte sonst Euch oder mich!'

,Warum willst du das tun?' fragte der Bräutigamm, den dieser Auftritt noch mehr befremdete. ,Worin besteht meine Schuld, wenn du schon zu einem solchen Entschluß gekommen bist?'

,Von ganzem Herzen liebe ich einen andern Jüngling', antwortete das Mädchen. ,Man hat mich von ihm getrennt und mich gewaltsam mit Euch verheiratet. Ohne ihn aber ist das Leben für mich unmöglich!'

Der Bräutigam erschrak über die kühne Entschlossenheit des Mädchens und dachte bei sich: Sie wird entweder mich oder sich töten, da ist es schon besser, ich lasse sie gehen, mag ihre Seele Ruhe finden! Und er sagte zu dem Mädchen: ‚Wenn es so um dich steht, so geh sofort zu deinem Herzliebsten und bleib bei ihm!‘

Ohne ein Wort zu sagen, erhob sich das Mädchen und verließ das Haus. Sie kam zu der Brücke und wollte hinübergehen, da vertrat ihr der Räuber den Weg. Als er aber merkte, daß es ein Mädchen war, sagte er verwundert: ‚Wie sonderbar! Selbst die kühnsten Männer erdreisten sich nicht, um Mitternacht hierherzukommen. Deine Tapferkeit setzt mich in Erstaunen. Sag, was hat dich bewogen, dein Dorf zu verlassen, und wohin gedenkst du zu gehen?‘

Ohne etwas zu verhehlen, erzählte das Mädchen dem Räuber alles, was vorgefallen war. Der Räuber war so entzückt von der Kühnheit des Mädchens, daß er Mitleid mit ihr hatte und sagte: ‚Geh und werde glücklich!‘

Und das Mädchen kam zu ihrem Herzliebsten. Der Sohn des Hirten schlief nicht. Seine Augen waren gerötet, und das Gesicht war gelb vor Kummer. Das Mädchen aber tröstete ihn und sprach: ‚Vergiß das Leid, mein Liebster. Von nun an bleiben wir immer beisammen und werden uns nie mehr im Leben trennen.‘

‚Ich weiß, du hast ein weites Herz, in dem eine reine, aufrichtige Liebe wohnt, aber einiges vergißt du. Nach alldem, was geschehen ist, können wir nicht beieinander bleiben. Dein reicher Vater und auch der Vater deines Bräutigams haben offen ihre Herzlosigkeit und ihre Macht bekundet, und sie werden sich grausam an mir rächen, sobald sie von deiner Tat erfahren, ja, mehr noch – sie werden meinen Vater und meine Mutter heimsuchen. Ich selbst will gern jede beliebige Strafe auf mich nehmen, ich kann es aber nicht zulassen, daß die Eltern um meinetwillen gequält und drangsaliert werden. Darum mußt du sofort zu deinem Mann zurückkehren. Ich werde dich nie vergessen, und die Erinnerung an dich bleibt für immer in meinem Herzen!‘

Tieftraurig kehrte das Mädchen zu ihrem Mann zurück und lebte fortan mit ihm zusammen.

He, mein lieber Freund", sagte nun der Hirtensohn zu seiner Puppe, „wer von diesen vier Personen hat am menschlichsten gehandelt?"

„Der Sohn des Hirten natürlich", sagte die Puppe, „denn er hat auf seine Herzallerliebste verzichtet, hat nicht nur sich und seine Eltern vor qualvollen Mißhandlungen bewahrt, sondern auch jenes Mädchen selber. Damit hat er ein Höchstmaß an Menschlichkeit bewiesen."

„Wie mir scheinen will", entgegnete darauf der Hirtensohn, „hat der Räuber am menschlichsten gehandelt. Dieser sonst so gewalttätige Mann ließ dem Mädchen gegenüber eine seltene Herzensgüte walten."

„Ach, wie engstirnig ihr doch seid!" rief Farischtamoch. „Beide seid ihr himmelweit von der Wahrheit entfernt. Ihr habt die Ergebenheit des Mädchens außer acht gelassen. Was sie nur konnte, tat sie, um treu zu bleiben, und legte obendrein noch eine unerhörte Tapferkeit an den Tag. Ist denn eure vielgerühmte Menschlichkeit im Benehmen des Mädchens ohne jede Bedeutung?"

Entzückt, wie klug Farischtamoch zu folgern wußte, sagte der Hirtensohn: „Ihr habt natürlich recht, herrliche Schöne! Auch ich war von des Mädchens Ergebenheit über die Maßen bezaubert!"

In diesem Augenblick fielen die hellen Strahlen der aufgehenden Sonne in das vor Begeisterung leuchtende Antlitz Farischtamochs. Es schien, als sei sie gerade aus süßem Schlummer erwacht. Das schöne Mädchen lachte vergnügt und fröhlich auf, und im gleichen Augenblick betraten die Eltern Farischtamochs mit ihrem Hofstaat das Zimmer.

„Teure Eltern", rief Farischtamoch, „ich bin, wie ihr wißt, nie auf Titel und Reichtümer ausgewesen bei der Suche nach einem Bräutigam für mich. Ich hatte nur einen Wunsch, mein Leben mit einem Mann zu vereinen, den ich als den klügsten und gütigsten erkennen würde."

Voller Neugierde und Ungeduld warteten alle darauf, was Farischtamoch, die doch so lange nach einem Bräutigam für sich gesucht hatte, noch sagen würde. Da blickte Farischtamoch zärtlich zu dem schönen Jüngling hinüber, der mit seiner hölzernen Puppe in der Hand bescheiden und ruhig dastand, und sie fuhr fort: „Dieser bescheidene Jüngling dort ist der klügste und gütigste Mann von allen, die ich je gesehen und gehört habe. Sein trefflicher Einfall, mir auf eine ganz ungewöhnliche Art Märchen zu erzählen, hat mich die ganze Nacht hindurch wach gehalten und ließ keine Langeweile in mir aufkommen. Und somit hat er meine schwierige Aufgabe gelöst, und ich bin bereit, die Gefährtin seines Lebens zu werden."

Die Blicke der Eltern und des gesamten Hofstaates wandten sich voller Freude dem Jüngling zu; der aber hob seine Augen ruhig zu Farischtamochs strahlendem Antlitz empor und sagte: „O Bezwingerin der Herzen, o du Schönste und Klügste von allen, denen ich je begegnet bin! Zum Gefährten deines Lebens sollst du den reichsten und vornehmsten Jüngling erwählen! Sieh ab davon, deine Wahl auf mich, den Sohn eines armen Hirten, zu richten, denn ich bin dir nicht ebenbürtig! Und um es zu bekennen, ich habe meine Mühe nur für meinen Prinzen aufgewandt, mit dem ich aufgewachsen bin und dessen Vater mich erzogen hat."

„Liebe Eltern! Jetzt habt ihr euch selbst überzeugen können von der seltenen Herzensgüte dieses schönen und klugen Jünglings, der alle Vorzüge eines Mannes, wie ich ihn mir erträumt habe, in sich vereinigt! Mein Entschluß steht fest, was aber nicht heißen soll, daß ich jemanden zwingen will, meiner Wahl zuzustimmen."

„O schönste und klügste Farischtamoch! Wo fände sich wohl ein Mann, der, kaum daß er dich erblickt, dir nicht in Liebe zugetan wäre?" rief da der Hirtensohn, denn nun wußte er, daß Farischtamoch keinen andern als ihn zum Gefährten ihres Lebens erkoren hatte. Sogleich ward in der ganzen Stadt verkündet, daß sich die schöne und kluge Farischtamoch einen Bräutigam erwählt hatte. Das Volk frohlockte und billigte die Wahl seiner vielgeliebten Schönen.

Die Hochzeit Farischtamochs mit dem Hirtensohn wurde ein Freudenfest für das ganze Volk. Als der Sohn des Padischahs erfuhr, daß es die Schöne verschmäht hatte, ihr Leben mit dem seinen zu vereinen, verließ er unverzüglich die Stadt. Er kehrte in seine Heimat zurück und blieb sein Leben lang unbeweibt.

Der Fleißige ist auch klug

Ein französisches Märchen

Es lebte einmal eine Frau, die hatte zwei Töchter, Yvonne und Azur mit Namen. Sie erzog die beiden Mädchen ordentlich, lehrte sie die Haus- und Gartenarbeit, zeigte ihnen, wie man Wäsche wäscht und Garn spinnt. Doch da sie keinen Ernährer hatten, wurde es immer knapper mit dem Geld, und am Ende konnte die Mutter nicht mehr das Nötigste für die heranwachsenden Mädchen kaufen.

Da sagte sie schweren Herzens: „Meine lieben Töchter, ich kann euch nicht bei mir behalten, denn wir leben ja nur von dem wenigen, das uns der Garten einbringt. Geht in die Fremde und verdient dort euer Brot, und wenn ihr euren Lohn erhalten habt, dann kommt zu mir zurück. Ich hatte einen Traum von zwei Garnknäueln, denen ihr nachgehen solltet. Vielleicht hat das etwas zu bedeuten. So wickelt jede einen Knäuel, du, Azur, aus blauem Garn, du, Yvonne, aus weißem."

Die Mädchen taten, was die Mutter wollte, dann nahmen sie tränenreich Abschied und warfen die Knäuel auf den Weg, die eine nach links, die andere nach rechts. Aber merkwürdigerweise fanden sich schon hinter dem Feldstück die Knäuel wieder zusammen und hüpften gemeinsam die Straße entlang. Darüber waren die Schwestern froh, denn es ist wahrlich nicht schön, so allein in die Welt zu ziehen. Sie gingen einen Tag und einen zweiten, da gelangten sie vor einen großen Garten, und die Knäuel waren verschwunden. Ein alter bärtiger Mann mit hohem Hut stand am Tor und winkte den Mädchen.

„Wo wollt ihr hin, meine Lieben?" fragte er freundlich.

„Ach, wir suchen einen Dienst um Lohn", antwortete Yvonne.

„Unsere Mutter kann uns nicht mehr ernähren", fügte Azur hinzu.

„Wollt ihr bei mir bleiben und mir helfen, so tretet näher!" sprach der Alte. „Es trifft sich gut, ich muß eine Reise unternehmen, und ihr könntet unterdes die Wirtschaft und den Garten versorgen."

„Sehr gern wollen wir Euer Anwesen in Ordnung halten", sagte Azur. „Fragt nur meine ältere Schwester, ob sie lieber im Haus oder draußen arbeiten will."

Yvonne entschied sich für die Gartenarbeit, und der Mann zeigte ihr, wo die Geräte standen und wie man damit umging.

„Du mußt vor allem das Unkraut vertilgen, sonst können die Blumen nicht wachsen." Dann wies er den Mädchen die Beerensträucher und erlaubte ihnen, von den Früchten der Bäume zu essen.

Azur führte er ins Haus, zeigte ihr die Vorratskammer und den Keller und bat sie, gut hauszuhalten.

„Es sind genügend Vorräte da, mein Kind, und sie reichen für euch beide. Außerdem wird euch von Zeit zu Zeit ein Mann aus der Nachbarschaft etwas Fleisch bringen, so seid ihr gut versorgt. Ich bitte euch, alles so zu verwalten, als gehörte es euch selbst. Wenn ihr zu meiner Zufriedenheit arbeitet, will ich es euch lohnen."

Damit ging der Alte fort.

Nachdem fast neun Monate verstrichen waren, kam er zurück und schritt zuerst durch das Haus. Er freute sich über die Sauberkeit und Ordnung, die in den Zimmern herrschte, dann begutachtete er die Vorräte und sprach erstaunt: „Du hast gut gewirtschaftet, Azur, es ist längst nicht alles aufgebraucht. Wie hast du das gemacht?"

„Ich weiß nicht, was Ihr meint", antwortete Azur. „Ich bin

sparsam erzogen und habe immer nur so viel gekocht, wie wir beide essen konnten. Nie blieb etwas übrig, und doch waren wir satt."

Darauf begab sich der alte Mann in den Garten. Aber o weh, wie sah es da aus! Überall hatte das Unkraut die Blumen erstickt, der Boden war rissig, die Gießkanne lag, von Spinnweben überzogen, in einer Ecke. An den Sträuchern hing keine einzige Beere mehr, die hatte Yvonne alle aufgegessen.

Da fragte der Alte: „Warum bist du nicht fleißig gewesen und hast nicht getan, was ich dir aufgetragen? Selbst die Früchte der Bäume sind winzig klein, die meisten vor der Zeit abgefallen und ungenießbar."

Doch Yvonne entgegnete: „Wozu soll ich im Garten fleißig sein? Es wächst ja alles von allein. Und bei der Hitze, wer mag sich da schinden und placken! Zuerst habe ich immer gegossen, doch gleich darauf war der Boden wieder trocken."

„Das kommt daher, daß du das viele Unkraut hast stehenlassen, das nahm den Blumen und Bäumen das Wasser weg."

Und der Alte sprach: „Wollt ihr es noch einmal bei mir versuchen? Es könnte sonst sein, daß nur Azur einen guten Lohn mit nach Hause nimmt, und das willst du doch nicht, Yvonne? Bleibt noch ein Jahr bis zum Herbst."

„Ja, ich bleibe gern!" sagte Azur. Yvonne aber antwortete gelangweilt: „Gut, aber nur, wenn ich diesmal die Arbeit im Haus tun darf, von der Gartenarbeit habe ich wahrlich genug."

So war es also beschlossen, und die beiden Mädchen tauschten die Plätze. Yvonne freute sich: Nun kann ich von den Vorräten schlecken und kann kochen, was mir Spaß macht. Azur hat uns wirklich zu knapp gehalten. Und sie wirtschaftete ohne Sorgfalt und Verstand. Häufig ließ sie die Nahrung verderben und verwendete die falschen Zutaten. Dann warf sie alles weg und fing noch einmal von vorn an. Auf Azurs Ermahnungen hörte sie nicht. Bald waren wieder neun Monate herum, und der Alte kehrte zurück. Diesmal ging er zuerst in den Garten.

„Nanu, Mädchen, wie hast du das zustande gebracht? Die Blumen blühen herrlicher denn je, die Bäume und Sträucher sind schwer von Früchten."

Azur hatte ihre Arbeit ernst genommen und von früh bis abends gewerkt. Das Unkraut war vertilgt, die Erde aufgelockert, die Wege geharkt; es war eine Lust, in dem Garten zu wandeln.

Der bärtige Mann sprach: „Ich bin außerordentlich zufrieden mit dir, so schön sah mein Garten noch nie aus. Über deinen Lohn sollst du dich nicht beklagen."

Dann ging er in die Küche und schaute nach dem Rechten. „Nun, Yvonne, wie bist du mit dieser Arbeit fertig geworden?"

„Schlecht!" sagte das Mädchen mürrisch. „Es war nicht genug zum Essen da, immer nur das Gleiche." Sie zeigte auf die leeren Dosen und Gefäße. Schmutzige Töpfe und Schüsseln türmten sich übereinander, Scherben lagen umher, die Messingbeschläge waren nicht blank geputzt. Auch in den Zimmern stand alles kreuz und quer. Verwundert fragte der alte Mann: „Ja, habt ihr denn nicht beide bei eurer Mutter gelernt? Warum hat sie euch so verschieden erzogen?"

„Sie hat uns immer dasselbe gesagt", antwortete Yvonne patzig, „aber Azur machte eben alles Spaß, mir nicht. Man schafft ja auch nicht alles auf einmal. Schließlich, wie konnte ich wissen, daß Ihr gerade heute zurückkämt?"

Der Alte schien verstimmt und ermahnte Yvonne, wenigstens die letzten drei Monate noch gut zu schalten und zu walten, aber das Mädchen dachte nicht daran, ihre Arbeit besser zu machen.

Das zweite Jahr ihrer Dienstzeit war um, und die Mädchen bekamen Sehnsucht, nach Hause zurückzukehren.

„Gut so", sagte der Alte, „jetzt sollt ihr euren Lohn erhalten. Ihr seid beide im heiratsfähigen Alter, darum will ich euch etwas geben, womit ihr einen Hausstand gründen könnt. Jeder bekommt eine Kuh und zwei Schäfchen, dazu einen Hund und eine Katze. Der Wagen und das Pferd gehört euch beiden. Nun habe ich noch ein besonderes Zimmer mit allerhand Dingen, die Mädchen Freude machen. Wählt euch drei von den Gegenständen aus und legt sie in jene Holztruhen!" Er schloß ein Zimmer auf, und da sahen die Mädchen zwei geöffnete Truhen stehen, außerdem viele herrliche Dinge, bei denen einem das Herz lachte.

Yvonne griff sogleich nach einem kostbaren, mit Perlen und Silber bestickten Kleid und den dazu passenden Schuhen. An der Wand hing ein Spiegel, mit Edelsteinen besetzt, der war mehr wert als der Arbeitslohn für viele Jahre; davor drehte sie sich hin und her und nahm ihn schließlich als drittes Geschenk von der Wand.

Azur suchte sich mehr praktische Dinge aus, ein Paar feste Lederschuhe, ein Gewand für die Mutter und ein Gerät für den Haushalt, das sie daheim nicht hatten.

Als die Schwestern zur Abfahrt bereit waren, bedankte sich Azur für die Gaben und wünschte dem alten Mann ein langes und gesundes Leben. Yvonne war viel zu beschäftigt, ihre Kleidertruhe auf den Wagen zu heben, und sagte nur kurz: „Lebt wohl."

Azur tränkte alle Tiere noch einmal, setzte sich auf den Kutschbock und nahm das bunte Kätzchen auf den Schoß. Das Hündchen sprang neben sie auf den Sitz. Dann knallte sie mit der Peitsche, und das Pferd zog an. Yvonne hatte es sich auf dem Wagen gemütlich gemacht. Sie legte ihren Kopf auf das weiche Fell der Lämmchen; den Hund, der sich an sie schmiegen wollte, stieß sie mit dem Fuß fort. Das Kätzchen saß im Heu und putzte sich.

Plötzlich liefen die beiden Garnknäuel, die sie vergessen hatten, wieder vor ihrem Wagen her, und Azur freute sich.

„Jetzt werden wir uns nicht verirren und schon morgen bei der Mutter sein."

Von dem Garten und dem Alten war bald nichts mehr zu sehen. Die beiden Kühe trotteten hinter dem Wagen her, und wenn sie muhten, gab Azur ihnen Heu und führte sie zur nächsten Tränke.

Plötzlich fing Azurs Hündchen zu singen an:

> „Mit Gold und Silber fährt Azur nach Haus,
>   und weil sie fleißig war,
>   blieb auch der Lohn nicht aus."

Yvonne wartete eine Weile, doch ihr Hündchen schlief, und das Kätzchen putzte sich.

„Warum sagt ihr nichts, Hund und Katze?" Sie stieß sie an. „Auch ich fahre auf dem Wagen und bringe Geschenke. Azurs Schuhe sind aus derbem Leder, meine dagegen aus Silber. Na los, singt!"

Da rief das Kätzchen:

> „Du hast gegessen,
>   hast uns vergessen,
>   nun rate dir selbst!"

Yvonne wurde zornig und warf die Katze aus dem Wagen. Da sagte plötzlich der Hund:

> „Kröten und Schlangen sind in der Truh gefangen,
>   hast nur an deinen Putz gedacht,
>   nun sieh zu, was du mitgebracht."

Da wuchs Yvonnes Zorn, und sie drohte auch den Hund aus dem Wagen zu werfen, wenn er nicht ein besseres Liedchen sänge. Doch der Hund sprang von selber hinaus und lief mit dem Kätzchen neben dem Pferd her.

Als die beiden Mädchen endlich zu Hause anlangten, kam die Mutter voller Freude herbei und umarmte sie. Wie hatte sie sich um ihre Kinder gesorgt! Als sie Wagen und Pferd, dazu die Tiere sah, wunderte sie sich über die reichen Gaben.

Azur spannte alsbald das Pferd aus, versorgte es und führte es zusammen mit den anderen Tieren in den kleinen Stall. Sie schüttete Stroh für das Lager auf und gab ihnen Heu zu fressen.

Yvonne dagegen hatte nur ihre Truhe im Sinn, hob sie vom Wagen und öffnete sie. Da kamen – wie das Hündchen es vorausgesagt – Schlangen und graue Kröten heraus, hüpften im Zimmer herum und krochen unter Stühle und Schränke. Yvonne schrie auf vor Ekel und stand bleich und zitternd da.

„Aber ich habe ja noch ein kostbares Kleid mit Perlenbesatz, silberne Schuhe und einen wunderbaren Spiegel!"

Doch nichts an dem Kleid glänzte mehr, die Schuhe hatten sich in Holzpantinen verwandelt, und der Spiegel sah aus wie jeder gewöhnliche Spiegel; seine Glasscheibe war sogar blind. Die vermeintlichen Edelsteine hatten sich in graue Steine verwandelt. Da weinte das Mädchen; die Mutter aber nahm aus der Truhe drei Golddukaten und las, was auf dem beiliegenden Zettel stand:

„Das Beste, was ich dir raten kann, Mädchen: Lerne gut und fleißig arbeiten!"

Yvonne stampfte vor Ärger mit dem Fuß, doch die Mutter sagte ernst: „Nicht den alten Mann, dich selbst trifft die Schuld. Hast dir wieder keine Mühe gegeben, wie so oft."

Dann hob die Frau Azurs Truhe vom Wagen und rief die Tochter herbei. Azur öffnete: Die Truhe war mit kostbaren Dingen angefüllt, mit silbernen Leuchtern, hübschen und warmen Gewändern, auch für die Mutter, zierlichen Ketten und Armreifen, dazu mit allem, was in der Wirtschaft gebraucht wurde. Ein Lederbeutel, gefüllt mit hundert Golddukaten, lag dabei und ein Zettel, darauf stand: „Das ist der Lohn für fleißige, sorgsame Arbeit."

„Ich habe es wohl nicht besser verdient", sagte Yvonne. „Alles habe ich mir viel zu leicht gemacht. Aber von heut an will ich mich bessern." Und das war das Beste, was sie tun konnte.

Da sie nun zu dritt die Wirtschaft führten, machten sie es wie bei dem Alten: Eine übernahm die Hausarbeit, die andere die Gartenarbeit, und die dritte versorgte die Tiere. Alles ging ihnen leicht von der Hand, weil sie es freudig taten.

Ilse Korn

Slawa

Ein rumänisches Märchen

Es war, wie es war. Und wäre es nicht gewesen, hätten es die
Leute nicht erzählt. Es waren einmal ein alter Mann und eine
alte Frau, so alt, daß sie die Jahre, die sie auf der Erde zugebracht
hatten, nicht mehr zu zählen vermochten, und so arm, daß man
in ihrer Hütte kein Krüglein zum Wassertrinken finden konnte.
Ihr ganzer Besitz war eine Sehnsucht, und die ging ihnen nicht
in Erfüllung.

„Ach, Alter, wie leer ist unsere Hütte.“

„Ach, Alte, mach mir nicht auch du noch das Leben schwer!“

Die armen Alten hatten weder ein Kind noch einen Hund oder
eine Katze. Nicht einmal eine Henne oder wenigstens einen
Frosch nannten sie ihr eigen.

Sie hatten rein gar nichts, was sie betreuen konnten und was
ihnen Freude brachte.

Eines Morgens stand der Alte auf, und plötzlich überkam es
ihn so, und er sagte: „Jetzt hab ich es aber satt, Alte, wie lange
sollen wir noch so allein wie zwei Käuzchen hocken und uns
gegenseitig bemitleiden? Ich will eine Kinderstimme in der Hütte
hören, sie soll rufen: Väterchen, mach's so! Väterchen, mach's
anders! Es ist doch nicht viel, was ich verlange!“

„Du bist wohl nicht mehr bei Trost", antwortete die Alte. „Woher ein Kind? Woher ein Stimmchen?"

„Woher? Woher nicht? Das ist es. Ich bin entschlossen!"

Mit diesen vielsagenden Worten ging der Alte und klaubte alles mögliche zusammen. Dann setzte er sich hin, knetete und formte und machte ein kleines Mädchen aus Ton. Auf die Wangen klebte er ihr zwei Rosenblätter, aus Wolle und Rabenfedern flocht er ihr schöne Zöpfe, aus zwei Kornblumen schnitt er die Augen, und langsam entstand so eine kleine Menschengestalt.

Als die Alte das alles sah, wollte sie den Alten auslachen.

Sie hielt aber inne und überlegte, ob er nicht recht handle. Warum sollten sie nicht ein Mädchen haben, und sei es auch klein und stumm? Die Alte nahm es, wiegte es, bereitete ihm ein weiches Bettchen und legte es schlafen.

„Essen wir denn nicht, Väterchen?" fragte das Erdmädchen.

Die Alten wurden starr vor Staunen. Am meisten war der Mann erschrocken, denn er hatte doch mit eigenen Händen das kleine Wesen geformt. Woher hatte es plötzlich eine Stimme bekommen?

„Nein, kleines Mädchen", sagte er endlich. „Wir essen nicht jeden Tag. Woher sollen wir es nehmen?"

Die Alte konnte sich gar nicht beruhigen. Mit der Hand am Mund trat sie vor das Bettchen des Kindes und schaute und wagte nicht, es zu berühren.

„Warum hast du mich nicht lieb, Mütterchen? Willst du mich nicht in den Arm nehmen?"

Als die Alte das hörte, wankten ihr die Knie. Jetzt ist es aus, dachte sie. Doch sie nahm das Kindchen in die Arme, herzte und küßte es, und kirschgroße Tränen flossen über ihre Wangen. Dann nahm es der Alte, dann wieder die Alte und dann wieder der Alte und so fort.

„Das hab ich gern", sagte das Mädchen. „Wir wollen uns aber nicht hungrig schlafen legen."

Die Alte hätte sich vor Scham am liebsten in der Ecke verkrochen. Was sollte sie tun? Wo nichts ist, da ist nichts.

„Warum kocht ihr nicht das große weiße Gemüse, das im Wasser wächst?" fragte das Mädchen.

An der Hütte floß ein Bach vorbei. Wenn aber keine Fische drin schwimmen, wozu war der Bach gut?

Jetzt mischte sich der Alte ein: „Wie sollen wir das kochen, liebes Kindchen? Das sind Flußsteine. Menschen mit gesunden Zähnen können die nicht beißen. Was sollen wir erst machen, die mehr mit dem Zahnfleisch mummeln als mit den wenigen alten Stummeln kauen?"

„Ich sag, wir sollen es versuchen."

Das Mädchen blieb zäh bei seinem Wunsch, und die Eltern sagten sich endlich: Woher soll denn das arme Kindchen wissen, daß man Flußsteine nicht essen kann? Kochen wir sie, damit es sich selbst davon überzeugt.

Die Alte zündete ein Feuer an und stellte einen Topf mit Wasser auf den Ofen. Der Alte ging Steine holen, und die Frau schüttete sie in das Wasser, als es zu kochen begann.

Nach einer Weile schöpfte sie die Steine heraus. Sie waren weich wie Kartoffeln und rochen so appetitlich, wie es die Alten noch bei keiner Speise erlebt hatten, am wenigsten bei unnützen Steinen.

Was sollten sie sagen? Sie sagten gar nichts. Sie aßen, und auch das Mädchen aß, und dann legten sie sich schlafen. Von jetzt an zerbrachen sich die Alten über nichts mehr den Kopf. Sie kochten die Steine, die jedesmal anders schmeckten, und richteten sich in allem nach dem Mädchen mit den Kornblumenaugen, den Rosenblattwangen und den Woll- und Rabenfederzöpfen.

„Wollt ihr mir keinen Namen geben?" fragte es eines Tages.

„Aber warum denn nicht? Natürlich!"

Sie nannten es Slawa. Das Mädchen war tüchtig, gescheit und folgsam, wie man es nur wünschen mochte. Nur es wuchs nicht. Es blieb handgroß. Da sprach der Alte eines Tages: „Liebes Kind, hilf mir überlegen. Du weißt doch alles, kennst du kein Mittelchen, das dich... ein klein wenig in die Höhe schießen läßt?"

„Daran habe ich noch gar nicht gedacht", sagte Slawa. „Du willst mich also größer sehen? Wenn du es wünschst, soll es so sein. Warte, bis es regnet, und dann besprenge mich mit ein wenig Regenwasser."

Als es bald darauf regnete, bespritzte sie der Alte, wie sie ihm

geraten hatte. Und siehe, Slawa wuchs. An einem Tag streckte sie sich wie andere in zehn Jahren.

„Soll ich weiterwachsen?"

„Noch ein klein wenig, Kindchen. Schau, bis zu diesem Nagel im Türrahmen."

„Gut." Und Slawa wuchs so groß, wie der Alte es gewünscht hatte. Sie war nun schlank, sauber und blitzschön.

„So reicht's?"

„Es ist genug, mein Kindchen."

Die Alten wußten vor Freude nicht aus noch ein. Es gab im ganzen Lande kein Mädchen, das man mit ihrer Slawa vergleichen konnte. Bald verbreitete sich die Kunde davon, und es darf uns nicht wundern, daß sie bis in den Palast des Zaren drang. Eine solche Zarin brauchte ich, sagte sich der Zar, denn er war Witwer.

Er überlegte nicht lange, stieg in die Kutsche, der Kutscher knallte mit der Peitsche, und in drei Tagen kam der Zar zur Erdhütte der Alten. Slawa hängte eben Wäsche zum Trocknen auf. Dem Zaren blieb der Atem weg, als er sie erblickte.

„Slawa", rief er, „du bist unter einem glücklichen Stern geboren. Deine niedrige Herkunft geht mich nichts an. Freue dich, du wirst Zarin!"

Slawa aber freute sich nicht. Warum sollte sie sich auch freuen? Der Zar war alt, lahm und zahnlos.

„Such dir unter den Zarinnen deine Frau, Herr", sagte sie. „Laß mich bei meinen alten Eltern!"

Da wurde der alte Zar dunkelrot vor Zorn. Je widerspenstiger sich Slawa zeigte, um so heißer entflammte er und beharrte auf seinem Wunsche.

„Du wirst alles haben, was dein Herz begehrt. Du wirst in goldenen Karossen fahren, und tausend Diener werden für dich dasein."

Slawa aber wollte von alldem nichts hören. Der Zar blieb und sprach auf sie ein. Erst als er sah, daß sich Leute angesammelt hatten und über ihn lachten, stieg er in seine Kutsche und hieß den Kutscher fahren. Er fuhr aber nicht weit. Er konnte einfach nicht weit fahren. Nach einem kurzen Stück stieg er aus und gab Befehl, man solle sogleich an dieser Stelle einen Palast erbauen.

Erdarbeiter, Zimmerleute und Maurer kamen und arbeiteten um die Wette. Der Palast wuchs zusehends. Während der ganzen Zeit schickte der Zar Edelleute mit Geschenken zu Slawa. Sie aber ließ alle unverrichteterdinge umkehren. Sie nahm nichts an. Da gebot der Zar, man solle den Alten in den Palast bringen.

„Hör mal, Alter", sprach er. „Warum will mich Slawa nicht nehmen?"

„Kann ich es wissen? Eure Herrlichkeit werden ihr nicht nach Geschmack sein."

Der Zar wurde böse. Er schrie, klatschte in die Hände, und da er alt war, packte ihn ein heftiger Hustenanfall, so daß sich seine Augen mit Tränen füllten. Als er sich beruhigt hatte, sagte er: „Hier, Alter, sind dreißig gekochte Eier. Bringe sie deiner Slawa und teile ihr mit, daß es mein kaiserlicher Wille und Befehl ist, daß sie diese Eier einer Glucke zum Brüten gebe. Wenn nicht dreißig Küchlein herauskommen, wehe dir und ihr. Ich lasse euch beide köpfen."

Der Alte wandte sich zum Gehen. Der Zar aber rief ihn zurück: „Hör! Ich glaube, du hast auch eine Frau zu Hause. Du sollst wissen, auch ihr lasse ich den Kopf abschlagen, wenn Slawa nicht meinen Wunsch erfüllt."

Der Alte wußte kaum, wie er aus dem Palast gekommen war. Vor der Hütte stand Slawa und fragte: „Was wollte denn der Zar, Väterchen?"

Der Alte erzählte und sagte dann: „Oh, mein Kind, es ist um uns geschehen! Um mich tut es mir nicht leid, ich bin alt. Ich denke an dich, mein Täubchen, nur an dich und weiß nicht, was ich beginnen soll."

Da lehrte ihn Slawa, was er tun müsse: „Fürchte dich nicht, Vater! Geh zum Zaren und sage ihm, wir hätten nichts, um die Glucke zu füttern. Bring ihm zwei gekochte Maiskolben und bitte ihn, sie auszusäen. So wie aus den Körnern junger Mais sprießen wird, werden wir auch aus den gekochten Eiern Küchlein haben."

Der Alte drehte sich so schnell wie ein Kreisel und lief schnurstracks zum Palast. Als er vor den Zaren gebracht wurde, sprach er, wie ihm Slawa geraten hatte.

„Schlau war, wer dir diesen Rat eingeblasen hat", sagte der Zar.

„Warte, warte, ich habe schon eine Nadel, um euren Pelz zu flicken!"

Er gab dem Alten einen Rocken und befahl, Slawa solle aus dem Flachs Taue und Segel für ein großes Schiff spinnen und weben. Wenn sie es nicht zustande bringe, würde allen dreien der Kopf abgeschlagen werden.

Fröhlich war der Alte gekommen. Tief bekümmert ging er nach Hause.

Slawa fragte ihn: „Nun, hast du dem Zaren den Mund gestopft, Väterchen?"

„Hätte ich ihn doch nicht wiedergesehen", antwortete der Alte. „Das Feuer soll ihn verschlingen! Denk dir, was der Gottverfluchte sich wieder ausgedacht hat."

Der Alte berichtete alles; Slawa aber sagte: „Geh zum Zaren, Vater! Fürchte dich nicht! Sage ihm, wir hätten weder Spindel noch einen Webstuhl. Bring ihm dieses Stückchen Holz und bitte ihn, uns daraus Spindel und Webstuhl zu schnitzen. Wenn es ihm gelingt, wollen wir ihm auch Taue und Segel für sein Schiff machen."

Der Alte wurde wieder froh und lief in einem Atem zum Zaren.

„Eure Herrlichkeit, die Sache steht so und so..."

Der Zar wurde böse. Er berief seinen Obersten Rat und beriet sich flüsternd mit ihm. Dann reichte er dem Alten ein Krüglein, Slawa solle damit das Meer ausschöpfen. Er wolle Trockenland sehen.

Der Alte war dem Weinen nahe. Er merkte, daß ihnen der Zar um jeden Preis den Kopf abschlagen wollte, ihm, seiner Alten und Slawa. Wird Vaters Kindchen noch einmal etwas ersinnen, was uns rettet? dachte er bangen Herzens, als er sich der Hütte näherte.

Slawa fragte ihn sogleich: „Nun, hat sich der Zar jetzt beruhigt?"

„Oh, was für ein Schurke er doch ist!" schimpfte der Alte. „Hör an, was er ausgeheckt hat", und er berichtete alles.

Slawa aber lachte nur und sprach: „Fürchte dich nicht, Vater! Geh zum Zaren und sage ihm, daß wir bereit seien, seinem Befehl nachzukommen. Er möge jedoch alle Flüsse der Welt stauen und aufhalten, damit sie ihre Fluten nicht mehr ins Meer tragen, sonst könnten wir nicht zu einem Ende kommen."

Als der Zar die Antwort hörte, kannte er sich nicht mehr vor Zorn, und fürs erste ließ er den Obersten Rat köpfen, der ihn nutzlos beraten hatte. Er rief einen anderen Minister, und die beiden steckten die Köpfe zusammen und tuschelten. Dann schickten sie den Alten nach Hause und gaben ihm keinen Auftrag mehr.

„Ist der Zar diesmal zufrieden?" fragte Slawa, als sie den Alten erblickte.

„Wir haben ihn besiegt, Kindchen", antwortete er. „Er hat es nicht gewagt, etwas Neues auszutüfteln."

Slawa aber zog die Augenbrauen zusammen, und ihre blauen Augen wurden dunkel: „Das bedeutet nichts Gutes, Vater. So mir nichts, dir nichts gibt der Zar nicht nach."

Der Alte aber wollte von keiner Gefahr etwas wissen, und die Alte kochte doppelt soviel Steine wie sonst. Sie aßen ihr Mahl mit größerem Wohlbehagen als alle Zaren der Welt – die Hölle möge sie verschlingen! – ihre köstlichen Speisen.

Als es dunkel wurde, legten sich die Alten schlafen. Slawa konnte aber kein Auge schließen. Sie wußte, daß der Zar Böses im Schilde führte, und dieser Gedanke hielt sie wach. Sie trat aus der Hütte, und alle Glühwürmchen begannen sogleich zu funkeln.

„Nein, meine Kleinen", flüsterte Slawa. „Löscht euer Licht! Der Zar könnte uns sehen."

Die Glühwürmchen gehorchten, und das Mädchen stand im Dunkeln. Sie lauschte eine Weile, bis sie in der Ferne Fakkelschein gewahrte und Waffengeklirr vernahm.

„Ei, Zar, gar zu boshaft ist dein Sinn!" sprach Slawa.

Sie ging in das Haus und zog abgelegte Kleider des Alten an. Dann trat sie wieder vor die Hütte und rief einen Maikäfer. Den blies sie an und verzauberte ihn in einen feurigen Hengst, einen Rappen, schwarz wie die Nacht. Als sie ihn bestiegen hatte, verwandelten sich die alten Kleider in eine Kriegsausrüstung. Dann brach das Mädchen einen Weidenstecken, der in ihrer Hand zum Schwert wurde.

„Ihr Alten werdet von mir hören!" rief Slawa. „Bleibt gesund!"

Wie der Blitz sprengte sie den Abgesandten des Zaren entgegen. Als diese einen unbekannten Helden auf sich zustürmen sahen, zogen sie gar nicht erst die Schwerter, sondern wendeten sich zur Flucht. Der Zar hatte ihnen wohl aufgetragen, das Mädchen zu rauben, aber daß sie auch kämpfen müßten, davon war nicht die Rede gewesen.

Slawa zerstreute sie wie eine Herde Schafe und jagte voller Zorn zum Zarenpalast. Der Zar ging unruhig auf und ab. Ständig spitzte er die Ohren, um zu hören, ob die Kriegsknechte noch nicht zurückkehrten. Er erschrak sehr, als plötzlich ein fremder Krieger mit seinem Pferd durch das offene Fenster sprengte, mitten in seine Stube.

„Wer, wer... bist du?" stammelte er.

„Nun ist es genug!" rief Slawa. „Ich habe gewartet und gewartet und gehofft, du würdest Vernunft annehmen. Du aber bist auf immer neue Ränke verfallen. Blicke noch einmal durchs Fenster, Zar, denn du wirst die Welt niemals wiedersehen!" Mit diesen Worten verließ Slawa das Zimmer, wie sie gekommen war, und verschwand im Dunkel der Nacht.

Sie ritt um den Palast, zuerst im Schritt, dann im Trab, schneller, immer schneller, bis der Palast sich rasch wie ein Kreisel zu drehen begann. Drinnen hörte man das Wehgeschrei des Zaren.

Der Palast aber kreiste und wirbelte und begann plötzlich im Erdboden zu versinken, als hätte er in seinen Grundfesten einen riesigen Bohrer. Immer kreisend, sank er allmählich tiefer, bis in die tiefsten Tiefen. Von oben sah man nur noch einen grundlosen Brunnen, sonst nichts.

„So!" sagte Slawa, wendete den Rappen und galoppierte zur Erdhütte der Alten.

Die beiden schliefen friedlich und ahnten nichts von allem, was sich ereignet hatte. Slawa ließ sie schlafen. Frühmorgens aber sprach sie zu ihnen: „Ich habe euch etwas zu sagen, Väterchen und Mütterchen. Von heute ab gehört euch dieses Kaiserreich, und ihr werdet Gerechtigkeit darin üben. Der böse Zar ist gestorben und verdorben."

Slawa ließ ihnen keine Zeit, sich von ihrem Staunen zu erholen. Sie durften kein Wort sagen. Das Mädchen nahm eine Nußschale, einige Spinnenfäden und vier Maikäfer. Dann blies sie darüber hin, und vor der Hütte stand ein prächtiger Wagen, der wurde von vier Rossen gezogen. Sie blies dann über einen jener Bachkiesel, die sie immer gekocht hatten, und auf dem Kutschbock saß plötzlich ein weißgekleideter dicker Kutscher.

Die Alten mußten einsteigen, und Slawa brachte sie in einen großen Palast, wo sie die beiden zum Zaren und zur Zarin salbte.

„Wie sollen wir diese Arbeit verstehen, mein Kindchen?" fragte der Alte flüsternd, als er wieder ein bißchen zu sich gekommen war.

„Seit Jahrhunderten waren die Zaren faule Nichtstuer", antwortete Slawa. „Die Menschen haben ihnen Ehre gezollt. Jetzt soll mal ein ordentlicher Mensch Zar sein!"

Der Alte und die Alte wurden ein guter Zar und eine gute Zarin, aber sie waren zu alt. Bald starben sie, und nach ihrem Tode wurde der übelste Tagedieb ihr Nachfolger, und die Zaren waren wieder habgierig und tückisch wie vorher. Versteht mich richtig, das ereignete sich erst später. Vorderhand lebten alle zufrieden, und die tapfere Slawa zog auf ihrem Rappen in die Welt, um Heldentaten zu vollbringen, wie sie noch kein Mensch gesehen hatte.

Vladimir Colin

Der Mann, der das Haus beschicken sollte

Ein Märchen aus Norwegen

Es war einmal ein Mann, der war immer so mürrisch und vergnatzt, und nie konnte die Frau ihm genug tun oder etwas zu Dank machen im Hause.

Einmal, in der Erntezeit, kam er spät am Abend vom Felde zurück, und nun ging es an ein Schelten und an ein Toben, daß es ganz entsetzlich war; bald war ihm dies, bald war ihm das nicht recht.

„Ach, Väterchen", sagte die Frau, „sei doch nicht immer so böse. Morgen wollen wir mal mit der Arbeit umtauschen: Ich will dann mit den Schnittern ins Feld gehen, und du kannst das Haus beschicken." Ja, das war dem Mann schon recht, und er ging sogleich auf den Vorschlag ein.

Früh den andern Morgen nahm die Frau die Sense auf den Nacken und ging mit den Schnittern ins Feld, um zu mähen; der Mann dagegen sollte das Haus beschicken.

Nun wollte er zuerst Butter machen; als er aber eine Weile gebuttert hatte, wurde er durstig und ging hinunter in den Keller, um sich Bier zu zapfen. Während er nun aus dem Faß in die Bierkanne zapfte, hörte er, daß ein Ferkel in die Küche kam. Er fort, mit dem Zapfen in der Hand, und die Treppe hinauf, so schnell er nur konnte, damit das Ferkel nicht das Butterfaß umwerfen sollte. Als er aber sah, daß das Faß schon auf der Seite lag und das Ferkel in dem Rahm schmatzte, der auf dem Boden floß, geriet er so in Wut, daß er ganz und gar das Bierfaß vergaß und dem Ferkel nachrannte. Bei der Tür holte er es ein, und da gab er ihm einen so derben Schlag, daß es auf der Stelle liegenblieb. Nun fiel es ihm wieder ein, daß er noch den Bierzapfen in der Hand hatte! Als er aber hinunterkam in den Keller, da war alles Bier auf den Boden gelaufen.

Er ging nun in die Milchkammer, füllte aufs neue das Butterfaß mit Rahm und fing wieder an zu buttern; denn Butter wollte er durchaus zum Mittag haben. Als er aber eine Weile gebuttert hatte, fiel es ihm ein, daß die Milchkuh noch im Stall stand und weder zu fressen noch zu saufen bekommen hatte, obgleich es schon hoch am Tage war. Weil er nun dachte, es wäre doch zu weit, sie nach der Koppel zu treiben, wollte er sie oben aufs Dach bringen; denn das Dach war mit Rasen gedeckt, und es stand darauf schönes hohes Gras. Und weil nun das Haus an einem steilen Hügel lag, glaubte er, es wäre ein leichtes, sie hinaufzubringen, wenn er bloß eine Planke von dem Hügel aufs Dach hinüberlegte. Das Butterfaß wollte er aber nicht stehenlassen; denn sein kleiner Junge krabbelte da an der Erde herum und könnte es nachher umstoßen, dachte er. Darum nahm er es auf den Rücken und ging hinaus. Ehe er aber die Kuh auf das Dach ließ, wollte er ihr noch mal zu saufen geben und nahm einen Eimer, um damit Wasser aus dem Brunnen zu schöpfen. Als er sich aber hinunterbückte, floß aller Rahm aus dem Faß ihm an dem Nacken herunter und lief ins Wasser.

Wie es nun gegen Mittag ging, dachte er, weil's ihm mit der Butter nicht geglückt war, er wolle sich Grütze zum Mittag kochen, und hängte den Kessel mit Wasser übers Feuer. Kaum hatte er das getan, so fiel es ihm ein, daß die Kuh, die er aufs Dach gebracht hatte, herunterfallen und Hals und Bein brechen könne. Darum nahm er einen Strick und ging hinauf, um sie festzubinden. Das eine Ende band er ihr um den Hals, und das andere Ende warf er durch den Schornstein, ging dann hinunter und band es sich in aller Eile ums Bein; denn das Wasser kochte schon im Kessel, und er mußte die Grütze umrühren. Während er nun damit beschäftigt war, fiel die Kuh vom Dach herunter und zog den Mann an dem Strick in den Schornstein hinauf. Da hing er nun und konnte weder vorwärts noch rückwärts, und die Kuh hing draußen zwischen Himmel und Erde und konnte auch nicht loskommen.

Die Frau hatte schon lange Zeit gewartet, daß der Mann kommen und sie zum Mittag abrufen solle; aber er war nicht da und kam nicht. Zuletzt dauerte es ihr doch zu lange, und sie ging mit den Leuten nach Hause. Als sie die Kuh sah, die da zwischen Himmel und Erde hing, ging sie hinzu und hieb mit der Sense den Strick entzwei. Da fiel der Mann herunter durch den Schornstein, und als sie in die Küche kam, stand er da auf dem Kopf im Grützkessel.

Peter Christen Asbjörnsen und Jörgen Moe

Wie die Indianergroßmutter
den Hunger bannte

Ein Indianermärchen

Durch die weiten Prärien Nordamerikas wanderte vor langer
Zeit eine alte Indianerfrau mit ihrem Enkelsohn Adlerauge. Sie
waren die letzten ihres Stammes, alle anderen hatten in zahlreichen Kämpfen das Leben verloren. Wohin die beiden auch
kamen und wie oft sie bei fremden Stämmen um einen Platz am
Lagerfeuer baten, sie wurden überall abgewiesen. Die einen
fürchteten überflüssige Esser, die anderen vermuteten in der
Alten eine Späherin. Es herrschte wieder einmal Unfrieden unter
den Stämmen, die Streitaxt war ausgegraben. Seit Monaten
waren die beiden unterwegs.

Glücklicherweise hatte Adlerauge schon als Kind gelernt, mit
Pfeil und Bogen, aber auch mit der Angelschnur umzugehen, und
so fehlte es den beiden Wanderern nicht an Nahrung. Durch das
Herumziehen war die Großmutter müde und kraftlos geworden,
aber die Hoffnung auf eine Heimstatt war gering.

„Warum können wir Indianer nicht friedlich miteinander
leben?" fragte Adlerauge eines Tages die alte Frau, die sich an
einem Bach ausgeruht und erfrischt hatte.

„Das ist unser aller Unglück, und schuld daran ist der Hunger",
sagte sie traurig. „Wenn wir feste Wohnsitze hätten, wäre alles

95

anders. Komm, laß uns weitergehen. Wir müssen noch vor dem Winter eine Unterkunft finden. Drüben bei den roten Bergen gibt es vielleicht eine geräumige Höhle, die wir mit Gras ausstopfen können." Sie nahm den schweren Sack auf den schmerzenden Rücken, und die beiden wanderten auf die ferne Hügelkette zu. Vor den Felsen lag versteckt ein kleines Indianerdorf. Hier lebte, diesseits des großen Flusses, der Stamm der Alligatoren. So mächtig auch ihr Name, so furchterregend der ihres Häuptlings Drachenzahn klang, sie nahmen die Heimatlosen freundlich auf und wiesen ihnen einen leerstehenden Wigwam zu. Wenige Minuten später trat der Häuptling unter ihr Dach und sagte mit sorgenvoller Stimme: „Ihr könnt bei uns bleiben, solange ihr wollt. Doch wißt, wir sind nur noch ein kleiner Stamm. Viele der Unseren sind vor einem Jahr bei der großen Dürre verhungert, andere im Kampf gefallen. Wir wollen fortan nicht mehr fremde oder neue Jagdgründe aufsuchen und haben beschlossen, seßhaft zu bleiben."

Die Augen der Großmutter leuchteten auf, denn gerade das hatte sie sich so gewünscht.

Der Häuptling aber fuhr fort: „Das ist auch mit Mühsal verbunden, glaube mir. Es bedeutet weite Märsche, um das Wild aufzuspüren. Sehr üppig wirst du mit deinem Enkelsohn bei uns nicht leben können."

Die Indianerin war froh über die ehrlichen Worte des Häuptlings und bot ihm ihre Hilfe an.

„Ich danke dir, Häuptling Drachenzahn", sprach sie. „Wenn es dir recht ist, so will ich auf die Kinder aufpassen. Sie können ja nicht täglich mit euch ziehen. Ich werde für sie kochen und ihren Schlaf behüten, wenn ihr durch Dunkelheit oder Gefahren aufgehalten seid. Geht nur getrost und ohne Furcht auf die Jagd. Mein Enkelsohn Adlerauge wird euch begleiten, er läuft wie eine Antilope und hat scharfe Augen wie ein Raubvogel. Er handhabt die Jagdgeräte gewiß zu deiner Zufriedenheit. Wir haben nur einen Wunsch, unter guten Menschen zu leben. An Hunger sind wir gewöhnt."

Die Indianer des Alligatoren-Stammes merkten bald, was für eine tüchtige Frau sie aufgenommen hatten. In den Tagen, wo der Stamm auszog, um zu jagen oder Ahornzucker zu beschaffen, scharte die Großmutter die Kinder um sich, lehrte sie, nützliche Arbeit zu verrichten, und erzählte ihnen alte Geschichten. Kamen die Jäger und Frauen zurück, so half sie beim Zerlegen der Beute. Nur etwas wollte ihr nicht gefallen: Das Beste von jedem Fang, die Bärenkeule, der größte Lachs oder Herz und Leber eines Vogels, wurde jedesmal, ohne daß einer murrte, zu den roten Felsen hinübergetragen, um den Drachengeistern zu opfern. Die Indianergroßmutter verlor kein Wort. Sie blickte in die verschlossenen Gesichter der Frauen und wußte, was sie empfanden. Angestrengt überlegte sie, wie man, vielleicht sogar mit Hilfe der Frauen, die Jäger davon abbringen könnte, das kostbare Fleisch wegzugeben. Wen sie auch fragte, keiner hatte je die Stimme eines Drachengeistes vernommen, niemand seine Gestalt erblickt. Doch alle fürchteten sie und wollten durch ihre Gaben künftigem Unglück vorbeugen.

Wenn die Indianer von ihren Beutegängen zurückkehrten, fanden sie die Kinder friedlich neben der Alten sitzen, die Kleinsten schmiegten sich an sie und lauschten ihren Märchen.

Einmal erzählte die Großmutter das Märchen von den sieben Sternbrüdern, die auf der Erde so viel hatten hungern müssen, daß sie der große Manitu hinauf an den Himmelssaum setzte, wo es keinen Mangel mehr für sie gab. „Seht nur hinauf, ihr findet das Siebengestirn, sobald es dunkel geworden ist." Und zu den hinzugetretenen Indianerfrauen sagte sie: „Sie gingen fort, weil der Hunger auf der Erde zu groß war, doch manchmal schicken sie einen Stern herunter, der sagt den Alten, wie man den Hunger überwinden könnte."

„Auch wir sind heute ohne Fleisch nach Hause gekommen", sagte eine Indianerfrau. Doch das früher so oft gehörte Hungergeschrei blieb an diesem Abend aus, fröhlich gingen die Kinder schlafen und versuchten noch die sieben Sternbrüder am Himmel zu entdecken. Das erschien den Frauen wie ein großes Wunder, und sie verehrten die Alte noch mehr. Was haben wir für ein Glück, daß die Großmutter den Weg zu uns fand! dachten sie.

Der Winter kam. Nicht jeden Tag gab es warme Mahlzeiten. Adlerauge blieb jetzt öfter bei der Großmutter, er hatte bemerkt, wie schwerfällig ihr Gang, wie faltig ihr Gesicht geworden war. An einem Tag, als wieder einmal der ganze Stamm auf Beutefang ausgezogen und keine Nahrung für die Daheimgebliebenen vorhanden war, wunderte sich Adlerauge, daß die Kinder friedlich miteinander spielten und kleine Arbeiten verrichteten. Sie klagten nicht, während sein Magen fürchterlich knurrte. Neugierig sah er der Großmutter nach, wie sie zu den roten Felsen hinüberging, wiederkam und in ihrem Wigwam verschwand. Wenige Zeit später stand für alle ein Fleischgericht bereit, dazu eine Schale, gefüllt mit duftendem gelbem Brei. Adlerauge erhielt, wie jedes der Kinder, seinen Anteil. Da erinnerte er sich an den Brei, den er früher als Kleinster der Familie von der Mutter bekommen hatte.

„Ist das unser Mais, Großmutter? Wächst er auch hier?"

Die Großmutter schüttelte den Kopf, schaute ihn aber bedeutsam an.

„Ich habe Mais mitgenommen, habe den schweren Sack auf meinem Rücken getragen. In diesem Frühjahr sollst du, Enkelsohn, mir bei der Aussaat helfen. Bald ist der Winter vorbei, und wir können beginnen. Die schönsten und größten Körner habe ich ausgesucht, sie kommen in die Erde. Die übrigen halfen mir, den Hunger der Kinder zu stillen. Sie alle haben Wort gehalten und mich nicht verraten. Schweige auch du über das, was du sahst. Ich will dem guten Alligatoren-Stamm den Mais als Dank für die freundliche Aufnahme hinterlassen."

Als der Winter vergangen war, bemerkten die Indianer, wie die alte Großmutter außerhalb der Umzäunung und in Richtung der roten Felsen den Boden hackte und einen Streifen Land vorbereitete. Adlerauge trug viele Male am Tag Gefäße mit Wasser vom Fluß zum Feld, und als die Sonne höher stieg und der Sommer sich ankündigte, waren aus den winzig kleinen grünen Pflanzen – die alle bestaunten – stattliche hohe Stangen mit buschigem Blattwerk gewachsen. Jetzt holte die Indianergroßmutter den Häuptling Drachenzahn auf das Feld und erklärte ihm, was das für wunderbare Pflanzen waren.

„Ich habe bei euch freundliche Aufnahme gefunden und weiß auch, daß mein Adlerauge es gut haben wird, wenn ich davongegangen bin. Zum Dank schenke ich euch eine lebenspendende Pflanze, Mais genannt. Die Kinder deines Stam-

mes und mein Enkelsohn wissen, wie nahrhaft er ist und wie gut
er den Hunger stillt. Wenn ihr alle mitarbeitet, könnt ihr große
Felder auch jenseits des Flusses anlegen. Ich bin alt und werde
nicht mehr lange unter euch weilen, aber Adlerauge soll euch
zeigen, wie der Mais angebaut wird. Natürlich müßt ihr gute
Hacken haben und den Boden auflockern, müßt auch Wasser
hinüberleiten, kurz, ihr müßt Sorge tragen, daß die Frucht
wächst."

Der Häuptling hatte aufmerksam zugehört.

„Bist du gar eine Zauberin?" fragte er. „Du wagst dich in die
Gegend der unheimlichen Drachen, und dir ist kein Leid geschehen? Warum hast du die gelben Körner nicht an einer anderen Stelle angebaut?"

„Das hat zweierlei Gründe", sagte die alte Indianerin geheimnisvoll. „Eine Zauberin bin ich nicht, doch ich besitze einen
Kopf, um nachzudenken. Ich liebe eure Kinder, und sie taten mir
leid, wenn sie hungern mußten. So wagte ich mich hinüber in den
Opferhain und holte in der Not kleinere, später aber alle Fleischbrocken, die ihr dort niederlegtet. Auch die Hirschkeule und den
großen Bärenschinken hielt ich in meinem Wigwam verborgen
und ernährte damit deine Kinder. Darum sind sie so kräftig und
gesund. Kein Drachengeist hat mich angefallen oder bestraft,
es geschah gar nichts. Denn wisse, Häuptling, es gibt keine
mehr."

Der Häuptling wich erschrocken zurück und hob entsetzt die
Hände.

„Was hast du getan, Unglückselige? Hast die Opfergaben
meines Stammes mit den Kindern gemeinsam verzehrt. Wehe
uns! Die Drachen werden sich schrecklich rächen!"

„Das hätten sie längst tun können, wenn es welche gäbe",
entgegnete mutig die Alte. „Doch höre den zweiten Grund, der
mich bewog, das Feld gerade hier anzulegen. Die Drachen —
wenn es wirklich welche geben sollte —", sie lächelte listig, „werden meinen, ihr hättet für sie eine neue Nahrung angebaut, und
zwar in allernächster Nähe. Sie können sich nehmen, soviel sie
wollen. Denn nie haben sie euch wissen lassen, was sie am liebsten essen." Sie brach einen Maiskolben aus der Staude und
reichte ihn dem Häuptling. „Probiere selbst, die Körner schmek-

100

ken in halbreifem Zustand süß und saftig, erst später werden sie so hart, daß man sie stampfen und Mehl daraus gewinnen kann." Aufmerksam blickte sie den Häuptling an und merkte, wie seine Sorge sich verflüchtigte. „Und noch etwas ist wichtig zu wissen. Die Maiskolben bricht man heraus, die Stengel aber mit ihrem buschigen Blattwerk wachsen mannshoch und können bis zum nächsten Frühjahr an Ort und Stelle stehenbleiben. Wenn ihr nun einmal ein Wild erlegt habt, dann verbergen die dichten Stauden euch vor den Blicken der Drachen, und ihr könnt ohne Sorge das Fleisch allein verzehren. An eure Kinder müßt ihr denken und an die jungen Leute, sie sollen einmal stark und voller Kraft sein. Dazu brauchen sie jeden Fleischbrocken, den ihr für euch gewinnt."

Die weise Indianerfrau hatte ihr Werk vollbracht.

Als sie merkte, daß ihre Kraft nachließ, ging sie in einer dunklen Herbstnacht hinüber zu den Felsen, legte sich in eine längst vorbereitete Höhle und starb. Der ganze Stamm trauerte um sie. Für seine Gastlichkeit den Fremden gegenüber war er reich belohnt worden. Die Indianergroßmutter hatte die Kinder zu fleißigen und furchtlosen Menschen erzogen; dabei hatten auch ihre Märchen geholfen.

Von nun an gab es bei den Alligatoren keinen Hunger mehr; mit dem Mais sorgten sie für den Winter vor.

Den Drachengeistern wurde nicht mehr geopfert. Sie können sich vom Mais nehmen, was sie benötigen − damit beruhigten sich allmählich auch die Zweifler. So blieb das beste Fleisch den Menschen erhalten.

Jedes Jahr, wenn die weißgelben Büschel der Maiskolben im Winde wehten, riefen die Kinder: „Seht nur, dort geht die gute Großmutter mit ihrem hellen Haar durch die Felder. Sie hat uns nicht vergessen und sorgt für eine gute Ernte."

Ilse Korn

Eine tüchtige Frau

Ein tadshikisches Märchen

Einstmals lebte in einer Stadt ein Bei, der legte sich jeden Morgen nach dem Frühstück auf sein Sofa, über das sieben Decken gebreitet waren, rief sodann seine Frau und begann, sich vor ihr herauszustreichen: „Bedenke, Frau, daß du im Schatten meines großen Verstandes und meines unerschöpflichen Reichtums in Glück und Wohlleben schwelgst. Dank meinem hohen Stand und meinem großen Einfluß genießest du, die du ein einfaches und armes Mädchen gewesen bist, die Achtung aller Frauen in der Stadt. Dank meiner Wohlhabenheit bist du stets satt, bist gut gekleidet. Tausendmal mußt du Gott dafür preisen, daß du einen so angesehenen Mann hast."

Die Frau des Reichen aber stand jeden Tag vor dem Morgengrauen auf, fütterte das Vieh, melkte die Kühe, fegte den Hof, säuberte das Haus, kochte Essen und bereitete jeden Abend für die unersättlichen Gäste ihres Mannes schmackhafte Speisen.

Für das große Hauswesen gab ihr der Bei keinen einzigen Gehilfen, dennoch kam sie, ohne zu murren, all ihren Verpflichtungen nach, schaffte die ganze Arbeit allein und stickte in der übrigen Zeit noch Tjubetekas, die ihr die Nachbarinnen

102

zu einem guten Preis verkauften. Den Erlös für ihre Mühe gab die Frau dem Bei.

Eines Tages, als sich der Bei wieder herausstrich und seiner Frau Vorhaltungen machte, riß dieser die Geduld, und sie sagte: „Auch ich glaubte anfangs, ich hätte es Euch zu verdanken, wenn ich satt zu essen hätte und ordentlich gekleidet wäre. Schon lange aber habe ich die Gewißheit erlangt, daß in Eurem wachsenden Reichtum ein gut Teil meiner Arbeit steckt und Ihr mir ganz zu Unrecht Vorhaltungen macht."

Zum ersten Mal bekam der Bei eine so bittere Wahrheit von seiner Frau zu hören. Jäh übermannte ihn der Zorn, er sprang vom Sofa auf und schrie erbost: „Ach, du! Lange Haare – kurzer Verstand! Wie kannst du dich unterstehen, solche Worte zu mir zu sprechen? Ohne mich wärst du eine Bettlerin! Ohne mich wärst du längst verreckt und im Dreck erstickt! Scher dich weg, und komm mir nicht wieder unter die Augen!"

Dieses Mal aber erschrak die bedauernswerte Frau nicht vor den Drohungen und Vorwürfen ihres Mannes. Sie sah ihm nur voll Abscheu in sein feistes Gesicht, das rot war wie eine rote Rübe, und sagte: „Mir recht, ich werde Euch nicht mehr unter die Augen kommen! Aber habt keine Bange, zur Bettlerin werde ich nicht, und ich werde auch nicht Hungers sterben! Im Gegenteil, selbst wenn mich der allerärmste Mann zur Frau nähme, ich würde ihm nicht zur Last fallen!"

Sie band ihre dürftigen Habseligkeiten in ein Tuch und verließ das Haus des Beis.

Draußen am Rande der Stadt fragte die Frau herum, wer wohl hier der ärmste und einsamste Mann sei. Sie wurde an Said verwiesen, der arm wie ein Bettler war und sich mühsam von dem wenigen ernährte, das er für gesammeltes dürres Gras bekam. In seinem ganzen Leben hatte er noch nie etwas andres gegessen als trockenes Brot und Mehlsuppe und noch kein andres Gewand getragen als ein schmutziges, über und über geflicktes Hemd.

Nach einigem Suchen fand die Frau das Haus des armen Said. Die Pforte zu seinem Hof war zerbrochen und stand offen. Der Hof war schmutzig und nicht gekehrt. Als sie das halbzerfallene Haus betrat, sah sie auf dem Fußboden eine alte, zerrissene

Steppdecke liegen, darauf ein schmieriges Kopfkissen, das starrte vor Schmutz und war hart wie ein Brett. Saids alter Kochkessel hatte einen abgeschlagenen Rand, der eiserne Teekessel war rußgeschwärzt, eine Kürbisschale diente als Trinkgefäß.

Die Frau holte Wasser aus dem Graben, bespritzte den Hof und den Fußboden und kehrte alles sauber. Dann trennte sie den Oberstoff von der Decke, zog den Kissenbezug ab und wusch beides aus. Nachdem alle Arbeit getan war, zog sie ihr Nähzeug hervor und machte sich daran, eine Tjubeteka zu sticken.

Da endlich kam Said nach Hause. Er hatte sich zwei Bündel dürres Gras auf den Rücken geladen und ging mit tief gesenktem Kopf. In einem Winkel des Hofes setzte er das Bündel ab und sah nun, daß der Hof gefegt war und Wäsche darin zum Trocknen hing. Verwundert schaute er ins Haus hinein und sah dort eine Frau sitzen. Das brachte ihn noch weit mehr in Erstaunen, und er sprach vor sich hin: „Ich muß mich wohl geirrt haben, das hier ist gar nicht mein Haus.“

Als die Frau merkte, daß er sich anschickte, wieder wegzugehen, erhob sie sich und sagte: „Ihr irrt Euch nicht, das hier ist Euer Haus!“

Said wollte seinen Augen und Ohren nicht trauen. Arm, wie er war, wagte er nicht einmal im Traum an eine Hausfrau zu denken; kein Mensch hätte ihm seine Tochter zur Frau gegeben. So nahm es denn nicht wunder, daß er wie angewurzelt stehenblieb, als er die Frau erblickte. Sie aber fuhr fort: „Wenn Ihr nichts dagegen habt, will ich gern in Eurem Hause bleiben.“

Vor Freude schwanden Said beinahe die Sinne. Er hielt sich nur mit Mühe auf den Beinen und brachte ein kaum hörbares „Aber gewiß doch“ über die Lippen.

Die schöne und, wie es Said dünkte, auch kluge Frau fragte ihn nun nach diesem und jenem und wovon er denn lebe.

„Jeden Tag gehe ich frühmorgens aufs Feld und sammle dürres Gras“, erzählte Said. „Wenn ich zwei Bündel beisammen habe, bringe ich sie auf den Markt zum Verkauf. Für den kargen Erlös kaufe ich mir Brot oder Mehl für eine Suppe. Und wenn ich dann gegessen habe, lege ich mich schlafen bis zum nächsten Tag.“

„Nun“, meinte die Frau, „so bringt jetzt gleich Euer Gras auf den Markt. Kauft jedoch nur für den halben Erlös Mehl, den Rest des Geldes aber bringt nach Hause."

Said wollte einwenden, das für den halben Erlös gekaufte Mehl werde unmöglich für sie beide reichen, doch er schwieg und dachte nur bei sich: Die Frau scheint genau zu wissen, was sie sagt; mal abwarten, wie es weitergeht.

Er nahm die Bündel und trabte auf den Markt, die Frau aber stickte weiter an ihrer Tjubeteka.

Gegen Abend kehrte Said zurück und gab der Frau das Mehl und den halben Erlös für das Gras. Sie stand auf, kochte eine Mehlsuppe, und sie aßen gemeinsam zu Abend. Nach dem Essen sagte die Frau zu Said: „Jetzt könntet Ihr noch Lehm anrühren und die abgebröckelten Stellen im Dach und an der Wand ausbessern und sie auch gleich mit einem Gemisch von Lehm und feinem Sand glattstreichen."

Said, der sonst um diese Zeit schon süß zu schlafen pflegte, machte sich nur ungern daran, den Lehm anzurühren und Dach und Wand auszubessern. Die Frau aber stickte eifrig weiter an der Tjubeteka.

Am andern Tag bat sie, Said solle doch statt der zwei Bündel dürren Grases vier holen und sie gar nicht erst nach Hause, sondern gleich zum Markt bringen.

„Und auf dem Markt verkauft Ihr mir auch diese hier." Sie reichte Said die fertige Tjubeteka. „Die Hälfte des Erlöses bringt Ihr nach Hause, für den Rest kauft Ihr Mehl, Öl, Zwiebeln und Rettich und außerdem auch noch zwei Tonschüsselchen."

Said führte alles aus, was sie ihm aufgetragen hatte, und kehrte nach Hause zurück. Als er eintrat, legte die Frau sogleich ihre Stickerei beiseite, machte Feuer auf dem Herd, buk rasch im Kessel einen ungesäuerten Fladen und kochte dann eine Gemüsesuppe. Sie füllte die Suppe in die neuen Schüsselchen und stellte sie auf ein sauberes Tischtuch. Said aß die Suppe, dazu den mürben heißen Fladen und murmelte dabei: „Ach, wie schmeckt die Suppe gut, und wie süß ist doch der Fladen! Jeden Tag müßte man so etwas essen können!"

„Es heißt doch, Arbeit versüßt das Leben", sagte die Frau. „Wenn wir beide fleißig arbeiten, werden wir nicht nur Gemüsesuppe und einen dünnen, im Kessel gebackenen Fladen

105

essen, sondern Fleischsuppe und dazu einen in Fett gesottenen Fladen, einen richtigen Fatir!"

„Wenn das so ist", rief Said hocherfreut, „so sag mir nur, was ich weiter tun soll."

„Jetzt ist es noch früh am Tag", sagte die Frau, „vielleicht könntet Ihr noch zwei Bündel Gras holen?"

Said nahm schnell seinen Strick und ging noch einmal Gras holen.

Mit jedem Tag wuchs Saids Eifer, denn er merkte, wie sein Leben an der Seite einer solchen Frau zusehends besser wurde.

Eines Morgens, als er gerade seiner Arbeit nachgehen wollte, reichte ihm die Frau das erarbeitete und von ihr zurückgelegte Geld und sagte: „Kauft einen neuen Kochkessel und Stoff für die Steppdecke."

Jede freie Minute widmete Said jetzt der Instandsetzung ihrer Behausung. Weil es die Hausfrau wünschte, umgab er den Hof mit einem neuen Zaun; er baute ein neues Tor und bepflanzte den Hof mit verschiedenen Bäumen. Und bei allen Arbeiten half ihm die Frau.

Eines Tages sagte sie zu Said: „Ich möchte, daß Ihr Gäste zu uns einladet." Sie zählte einige wohlhabende Männer aus der Stadt auf, darunter auch ihren früheren Mann.

Said, der alle Wünsche seiner tüchtigen Frau erfüllte, ging auch diesmal bereitwillig los, die genannten Gäste einzuladen. Unterdes rief die Frau einige Nachbarinnen zu sich und bereitete mit ihrer Hilfe verschiedenerlei schmackhafte Speisen.

Die Gäste erschienen und nahmen an der gedeckten Tafel Platz. Als das üppige Gastmahl so recht im Gange war, richtete einer der Gäste an Said folgende Worte: „Wie wir alle wissen, Said, warst du der ärmste Mann in unserer Stadt. Später dann kam uns zu Ohren, dein Leben hätte sich verbessert; heute aber haben wir uns selber überzeugt, es geht dir wirklich gut. Willst du uns nicht verraten, wie du es fertiggebracht hast, so wohlhabend zu werden?"

„Das verdanke ich meiner tüchtigen Frau", entgegnete Said treuherzig.

Seine Antwort versetzte alle Gäste in Erstaunen, und sie wollten ihm nicht recht glauben. Der frühere Mann von Saids

Frau aber sagte: „Ich wundere mich durchaus nicht und muß Said recht geben, denn ich habe am eigenen Leibe erfahren, wie wahr das ist, was er gesagt hat. Ich hatte eine sehr arbeitsame und rechtschaffene Frau, die ich nicht zu schätzen wußte. Erst nachdem sie mich verlassen hatte, erkannte ich ihren Wert."

Und er erzählte, wie sich sein Leben, seit seine Frau nicht mehr im Hause war, immer schlechter und schlechter anließ, einerlei, wieviel Arbeiter er auch dingte. Immer mehr verlor er sich in Erinnerungen an seine Frau, er bereute sein Benehmen ihr gegenüber und auch die kränkenden Worte, die er so oft zu ihr gesprochen hatte. An seinem vernachlässigten Äußeren konnten die Zuhörer nur zu gut erkennen, wie schlecht der Erzähler jetzt lebte. Da blickte jener zufällig nach der halbgeöffneten Tür. In dem Spalt konnte er ein lächelndes Gesicht sehen, das dem seiner früheren Frau ähnelte. Zur gleichen Zeit fragte ein anderer Gast: „Wo hast du denn eine so tüchtige Frau gefunden, Said?"

„Sie ist selber zu mir gekommen!" rief Said frohlockend.

Da mußte der Bei erkennen, daß seine arbeitsame und tüchtige Frau, der alles so leicht von der Hand ging, nun bei Said lebte. Mit dem Gastmahl hatte sie ihm bewiesen, daß sie seinerzeit im Recht gewesen war.

Das Binsenmädchen

Ein englisches Märchen

Vor langer Zeit lebte einmal ein reicher Kaufmann, der viele seiner Waren aus dem Orient bezog. Seine drei Töchter kleidete er so gut und außergewöhnlich, daß sie wie Edelfräulein aussahen. Er hatte schon Verbindungen zu vornehmen Familien geknüpft, um sie gut zu verheiraten. So lebte er glücklich, nichts schien ihm zu fehlen. An einem Geburtstagsfest, als ihm seine drei Töchter wohlausgesuchte Geschenke überreichten, verlangte ihn nach der Bestätigung seines Glücks, und er fragte die älteste Tochter: „Sag mir, mein liebes Kind, wie lieb hast du mich? Kannst du es in schönen Worten ausdrücken?"

Die Älteste antwortete rasch: „Ich liebe dich so wie mein Leben."

Der Vater war's zufrieden und befragte die zweite: „Wie lieb hast du mich, mein Turteltäubchen?"

Die zweite Tochter antwortete: „O lieber Vater, mehr als die ganze Welt!"

Der Vater schmunzelte und sprach: „Die Welt kennst du noch wenig", doch er war's zufrieden.

Besonders neugierig war er auf die Antwort der Jüngsten, die er am meisten liebte.

„Nun sprich, mein Herzenskind, wie lieb du mich hast."

Die Jüngste dachte nach, und weil sie wußte, wie gern der Vater an reichbesetzter Tafel speiste, sagte sie: „Du bist mir so lieb und wert wie das Salz, denn alle Speisen tragen Verlangen danach. Ohne Salz bleiben die Speisen fad und ohne Geschmack. Stell dir vor, du müßtest deinen geliebten Putenbraten ungesalzen essen."

Der Vater sprang zornig auf.

„Was hast du gesagt?" rief er. „Du liebst mich wie Salz? Weißt du nicht, daß das Salz von allen Handelswaren die billigste ist? Geh mir aus den Augen und verlaß das Haus für immer. Wahrlich, deine Liebe ist gering, und meine Liebe zu dir ist wie ausgelöscht."

Er stieß das Tor auf und verschloß es hinter ihr.

Die arme Jüngste stand lange Zeit voller Trauer vor dem väterlichen Haus. Endlich ging sie über Wiesen und Felder bis zum nahe gelegenen Bruch. Dort wuchsen viele Binsen, die sammelte sie und flocht sich daraus einen Rock und eine Jacke, um ihr kostbares Kleid und ihren Schmuck darunter zu verbergen. Ihre Locken versteckte sie unter einer geflochtenen Binsenkappe. Dann wanderte sie weiter, entfernteren Ortschaften zu. Sie nächtigte am Waldrand und stillte ihren Hunger mit einigen Beeren. Bei mehreren Bauernhäusern und Wirtschaften machte sie Rast und bat um Arbeit, doch man wies sie ab. Endlich fand sie ein schönes Haus unweit einer großen Stadt, dort wohnte ein Goldschmiedemeister mit Gesellen und Lehrlingen, auch Gesinde für Küche und Haushalt war vorhanden.

„Braucht Ihr nicht noch eine Magd? Es ist schon dunkel, und ich weiß nicht wohin", bat die Jüngste.

Zuerst wollte man die Fremde fortschicken, doch sie ließ sich nicht abweisen und flehte immer eindringlicher: „Nehmt mich doch. Ich verrichte alle Arbeit und fordre keinen Lohn, nur eine Schlafstelle und etwas zu essen."

„Nun gut", meinte die Hausherrin, „wenn du Schüsseln spülen und Kochtöpfe scheuern kannst, auch sonst fleißig bist, dann sollst du bleiben."

Von nun an lebte sie im Hause des Goldschmiedemeisters, wischte die Küche, putzte die verrußten Töpfe blank und verrichtete ohne Murren alle schmutzigen Arbeiten. Weil sie ihren Namen nicht nennen wollte, rief man sie Binse oder Binsenmädchen. Sie war still und bescheiden, und bald gewannen die Leute im Haus des Meisters sie lieb. Doch sie blieb immer traurig.

Um sie auf andere Gedanken zu bringen, sagte einer der Goldschmiedegesellen zu ihr: „Komm morgen mit zum Tanz, Binsenmädchen. Die Herren Meister der Stadt feiern ein großes Jahresfest, das Gesinde darf beim Tanz zusehen. Essen und Trinken ist frei. Bei Anbruch der Dunkelheit dürfen dann auch wir ein Tänzchen drehen. Du hast so zierliche Schuhe an, man müßte meinen, du könntest gut tanzen."

Das Binsenmädchen bedankte sich, lehnte aber ab.

„Ich muß schwer arbeiten und schaffen, bin viel zu müde. Auch ist mir der Weg zu weit."

Da ließ man sie in Ruhe. Kaum war das Gesinde und auch der Meister mit Frau und Sohn aus dem Hause, legte das Mädchen ihr Binsengewand ab, säuberte sich und holte ihr kostbares Kleid hervor, das sie gut versteckt hatte. Dann kämmte sie ihre Locken und ging auch zum Fest. Der Sohn des Goldschmieds erblickte das schöne Mädchen und holte es zu jedem Tanz. Er ließ ihr keine Minute Zeit zum Verschnaufen und verliebte sich über die Maßen in sie. Doch kurz vor Beendigung des Festes entschlüpfte ihm die Schöne, lief barfuß über die Wiesen und Straßen, und als sehr viel später das Gesinde lärmend und fröhlich nach Hause kam, lag sie im ärmlichen Gewand auf ihrem harten Lager.

Am nächsten Tag wurde von nichts anderem erzählt als von der schönen Fremden, die jeden Tanz mit dem Sohn des Meisters getanzt habe.

„Die hättest du sehen müssen, Binse, eine Schönere hat es auf dem Fest nicht gegeben."

„Ach ja, die hätte ich auch recht gern gesehen", sagte das Binsenmädchen.

Am zweiten Tag fand das Fest seine Fortsetzung, und es wurde wieder getanzt. Alles wiederholte sich wie am Abend zuvor, die Jüngste und Schönste tanzte nur mit dem Meisterssohn und verschwand, als er sie nach ihrem Namen fragte.

Noch ein dritter Abend war für das Fest vorgesehen. Wieder

bestürmten die Gesellen des Hauses das Mädchen, diesmal mitzukommen, erhielten aber die gleiche Antwort.

Doch auf dem Tanzplatz war sie erschienen. Der junge Goldschmied hatte schon voller Verlangen auf sie gewartet. Nun ging er keine Minute von ihrer Seite. Weil er befürchtete, sie könne ihm wieder entschwinden, steckte er ihr einen kostbaren Ring an den Finger und bat sie, seine Frau zu werden, er müsse sonst sterben vor Sehnsucht.

Sie nickte ihm freundlich zu, doch bevor der Tanz ein Ende hatte, war sie verschwunden, wie zweimal vorher.

In der Nacht schwatzten die Mägde in ihrer Kammer: „Unser junger Herr hat seine Schöne wieder nicht halten können. Überall hat er sie gesucht. Schwermütig ist er vom Fest nach Hause gekommen. Nun hast du sie nicht gesehen, Binse, sie war schön wie keine andere."

Das Binsenmädchen seufzte: „Ach, hätte ich sie doch gesehen!"

Der junge Sohn des Meisters suchte seine Liebste in den umliegenden Ortschaften und Städten. Schließlich kehrte er nach Hause zurück, um sich ins Bett zu legen.

Die Ärzte konnten keinen Krankheitsgrund an ihm entdecken, doch der Jüngling blieb teilnahmslos und kam nicht mehr in die Werkstatt.

Eines Tages, als die Hafersuppe dem jungen Herrn ans Bett gebracht werden sollte, die Köchin aber noch am Herd hantierte, warf das Binsenmädchen den kostbaren Ring in die Terrine.

Es kam, wie vorauszusehen, der Jüngling schrie auf, als er den Ring erblickte, und ließ die Köchin rufen, die die Suppe gekocht hatte.

„Du hast mir einen rostigen Nagel in die Terrine geworfen", sprach er barsch. „Gestehe! Hat dir jemand beim Kochen geholfen? War jemand in deiner Nähe?"

Die Köchin versicherte, sie habe gut und sorgsam gearbeitet. Nur das Binsenmädchen sei in der Küche gewesen, vielleicht wisse die etwas von dem Nagel?

Nun mußte Binse zum Herrn kommen. Sie wischte sich rasch den Schmutz aus dem Gesicht und stand dann ganz steif in ihrem Binsenrock vor dem Kranken.

„Hast du etwas in den Haferbrei geworfen?" fragte der junge Herr.

Das Mädchen nickte.

„Was war es? Ein rostiger Nagel? Oder etwas anderes?"

„Ein goldener Ring", sagte das Binsenmädchen leise.

„Und wo hast du ihn her?"

„Man hat ihn mir beim Tanz geschenkt", entgegnete sie ebenso schüchtern.

„Wer bist du?" rief der junge Meister aufgeregt. Er sprang auf und stieß ihr die Binsenkappe vom Kopf. Die goldenen Haare fielen ihr über die Schultern, und sie errötete über und über. Der Jüngling lachte übers ganze Gesicht und zog ihr Jacke und Rock aus. Da stand sie vor ihm in ihrem kostbaren Gewand, zierlich an Gestalt.

Noch einmal bat sie der junge Goldschmied, seine Frau zu werden, wer immer sie auch sei. Und sie willigte ein.

Da war es vorbei mit der Krankheit des Sohnes, und im Hause wurde für die Hochzeit gerüstet.

Die junge Braut bat darum, ihren Vater unter irgendeinem Vorwand zur Hochzeit zu laden, ohne ihren Namen zu nennen. Dann bat sie die Hausfrau, das erste Gericht, das den Gästen gereicht werden sollte, selbst anrichten zu dürfen, was ihr zugebilligt wurde.

Als die Gäste an der Hochzeitstafel Platz genommen hatten, wurden sieben lecker gebratene Puten aufgetragen. Die Köchin hatte sie, den Wünschen der Braut entsprechend, ohne ein Krümchen Salz zubereitet. Zwar hatte sie sich mit Händen und Füßen gesträubt. „Ohne Salz keine Freude am Essen", hatte sie gejammert, sich aber endlich gefügt.

Als nun alle zu speisen begannen, gab es eine große Verwirrung an der Tafel. Der Goldschmiedemeister sprang auf, stieß den Teller beiseite und rief: „So eine Blamage! Die Köchin ist entlassen. Was hat sie uns da vorgesetzt?" Auch die anderen Gäste schüttelten sich und bedauerten lebhaft, das prächtig gebratene Fleisch nicht essen zu können, weil man das Salz vergessen habe. Nur der Vater der jungen Frau stützte den Kopf in die Hand und begann zu weinen.

„Was fehlt Euch?" fragte der Hausherr besorgt.

„Ach!" seufzte der Kaufmann, „ich habe drei schöne Töchter, aber die Jüngste war mir die liebste. Doch ich war in meinem Glück so eitel, die Mädchen zu befragen, wie lieb sie mich hätten. Jede sollte ihre Liebe mit etwas Wertvollem vergleichen. Die Jüngste sprach damals: ‚Ich liebe dich so sehr wie das Salz. Denn ohne Salz bleiben die Speisen fad und ohne Geschmack.‘ In meinem Zorn habe ich sie verstoßen. Wie oft habe ich es bereut. Was wohl aus ihr geworden ist? Heute nun, da man versehentlich dieses köstliche Putenfleisch, mein Leibgericht, ohne Salz zubereitet hat, spüre ich deutlich, wie fade auch mein Leben geworden ist."

Da schlug die junge Frau den Schleier zurück und sagte: „Es ist deine Tochter, die heute Hochzeit feiert und wieder glücklich ist. Eine kleine Lehre wollte sie dir erteilen, lieber Vater."

Der Kaufmann eilte auf seine Tochter zu, nahm die Langentbehrte in die Arme und weinte und lachte in einem.

Als nun die Diener mit neuen und diesmal richtig zubereiteten Puten den Raum betraten, waren alle nach der kleinen Verstimmung zufrieden und über die Maßen fröhlich.

Und wer war wohl der Glücklichste an diesem Tag?

Der Vater, der seine Tochter wiedergefunden hatte?

Die Tochter, die einen guten und fleißigen Mann zur Ehe bekam?

Oder der junge Goldschmied, der nicht nur eine schöne und reiche, sondern vor allem eine fleißige und kluge Frau gewonnen hatte?

Wer kann das sagen? Die Antwort müßt ihr euch selber geben.

Ilse Korn

Das singende, springende Löweneckerchen

Ein deutsches Märchen

Es war einmal ein Mann, der hatte eine große Reise vor, und beim Abschied fragte er seine drei Töchter, was er ihnen mitbringen sollte. Da wollte die älteste Perlen, die zweite wollte Diamanten, die dritte aber sprach: „Lieber Vater, ich wünsche mir ein singendes, springendes Löweneckerchen (Lerche)."

Der Vater sagte: „Ja, wenn ich es kriegen kann, sollst du es haben", küßte alle drei und zog fort.

Als nun die Zeit kam, daß er wieder auf dem Heimweg war, so hatte er Perlen und Diamanten für die zwei Ältesten gekauft, aber das singende, springende Löweneckerchen für die Jüngste hatte er umsonst allerorten gesucht, und das tat ihm leid, denn sie war sein liebstes Kind. Da führte ihn der Weg durch einen Wald, und mitten darin war ein prächtiges Schloß, und nah am Schloß stand ein Baum, ganz oben auf der Spitze des Baumes aber sah er ein Löweneckerchen singen und springen.

„Ei, du kommst mir gerade recht", sagte er ganz vergnügt und rief seinen Diener, er sollte hinaufsteigen und das Tierchen fangen. Wie er aber zu dem Baum trat, sprang ein Löwe darunter auf, schüttelte sich und brüllte, daß das Laub an den Bäumen zitterte.

„Wer mir mein singendes, springendes Löweneckerchen stehlen will", rief er, „den fresse ich auf."

Da sagte der Mann: „Ich habe nicht gewußt, daß der Vogel dir gehört. Ich will mein Unrecht wiedergutmachen und mich mit schwerem Golde loskaufen, laß mir nur das Leben."

Der Löwe sprach: „Dich kann nichts retten, als wenn du mir zu eigen versprichst, was dir daheim zuerst begegnet, willst du das aber tun, so schenke ich dir das Leben und den Vogel für deine Tochter obendrein."

Der Mann aber weigerte sich und sprach: „Das könnte meine jüngste Tochter sein, die hat mich am liebsten und läuft mir immer entgegen, wenn ich nach Hause komme."

Dem Diener aber war angst, und er sagte: „Muß Euch denn gerade Eure Tochter begegnen, es könnte ja auch eine Katze oder ein Hund sein."

Da ließ sich der Mann überreden, nahm das singende, springende Löweneckerchen und versprach dem Löwen zu eigen, was ihm daheim zuerst begegnen würde. Wie er daheim anlangte und in sein Haus eintrat, war das erste, was ihm begegnete, niemand anders als seine jüngste, liebste Tochter: Die kam gelaufen, küßte und herzte ihn, und als sie sah, daß er ein singendes, springendes Löweneckerchen mitgebracht hatte, war sie außer sich vor Freude.

Der Vater aber konnte sich nicht freuen, sondern fing an zu weinen und sagte: „Mein liebstes Kind, den kleinen Vogel habe ich teuer gekauft, ich habe dich dafür einem wilden Löwen versprechen müssen, und wenn er dich hat, wird er dich zerreißen und fressen", und erzählte ihr da alles, wie es zugegangen war, und bat sie, nicht hinzugehen, es möchte auch kommen, was da wollte. Sie tröstete ihn aber und sprach: „Liebster Vater, was Ihr versprochen habt, muß auch gehalten werden. Ich will hingehen und will den Löwen schon besänftigen, daß ich wieder gesund zu Euch komme." Am anderen Morgen ließ sie sich den Weg zeigen, nahm Abschied und ging getrost in den Wald hinein.

Der Löwe aber war ein verzauberter Königssohn und war bei Tag ein Löwe, und mit ihm wurden alle seine Leute Löwen, in der Nacht aber hatten sie ihre natürliche menschliche Gestalt.

Bei ihrer Ankunft ward sie freundlich empfangen und in das Schloß geführt. Als die Nacht kam, war er ein schöner Mann, und die Hochzeit ward mit Pracht gefeiert. Sie lebten vergnügt miteinander, wachten in der Nacht und schliefen am Tag. Zu einer Zeit kam er und sagte: „Morgen ist ein Fest in deines Vaters Haus, weil deine älteste Schwester sich verheiratet, und wenn du Lust hast hinzugehen, so sollen dich meine Löwen hinführen.“

Da sagte sie ja, sie möchte gern ihren Vater wiedersehen, fuhr hin und ward von den Löwen begleitet.

Da war große Freude, als sie ankam, denn sie hatten alle geglaubt, sie wäre von dem Löwen zerrissen worden und schon lange nicht mehr am Leben. Sie erzählte aber, was sie für einen schönen Mann hätte und wie gut es ihr ginge, und blieb bei ihnen, solang die Hochzeit dauerte, dann fuhr sie wieder zurück in den Wald.

Als die zweite Tochter heiratete und sie wieder zur Hochzeit eingeladen war, sprach sie zum Löwen: „Diesmal will ich nicht allein sein, du mußt mitgehen.“ Der Löwe aber sagte, das wäre zu gefährlich für ihn, denn wenn dort der Strahl eines brennenden Lichts ihn berührte, so würde er in eine Taube verwandelt und müßte sieben Jahre lang mit den Tauben fliegen.

„Ach“, sagte sie, „geh nur mit mir; ich will dich schon hüten und vor allem Licht bewahren.“

Also zogen sie zusammen und nahmen auch ihr kleines Kind mit. Sie ließ dort einen Saal mauern, so stark und dick, daß kein Strahl durchdringen konnte, darin sollt er sitzen, wann die Hochzeitslichter angesteckt würden. Die Tür aber war von frischem Holz gemacht, das sprang und bekam einen kleinen Ritz, den kein Mensch bemerkte. Nun ward die Hochzeit mit Pracht gefeiert, wie aber der Zug aus der Kirche zurückkam mit den vielen Fackeln und Lichtern an dem Saal vorbei, da fiel ein haarbreiter Strahl auf den Königssohn, und wie dieser Strahl ihn berührt hatte, in dem Augenblick war er auch verwandelt, und als sie hineinkam und ihn suchte, sah sie ihn nicht, aber es saß da eine weiße Taube. Die Taube sprach zu ihr: „Sieben Jahr muß ich in die Welt fortfliegen. Alle sieben Schritte aber will ich einen roten Blutstropfen und eine weiße Feder fallen lassen, die sollen

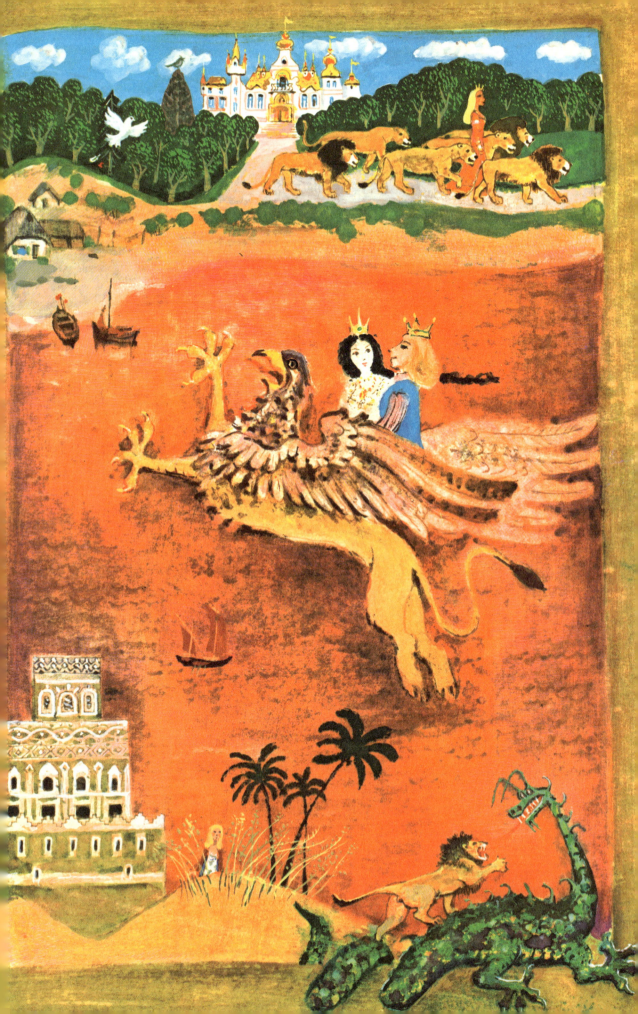

dir den Weg zeigen, und wenn du der Spur folgst, kannst du mich erlösen."

Da flog die Taube zur Tür hinaus, und sie folgte ihr nach, und alle sieben Schritte fiel ein rotes Blutströpfchen und ein weißes Federchen herab und zeigte ihr den Weg. So ging sie immerzu in die weite Welt hinein und schaute nicht um sich und ruhte sich nicht, und waren fast sieben Jahre herum, da freute sie sich und meinte, sie wären bald erlöst, und war noch so weit davon. Einmal, als sie so fortging, fiel kein Federchen mehr und auch kein rotes Blutströpfchen, und als sie die Augen aufschlug, so war die Taube verschwunden. Und weil sie dachte: Menschen können dir da nicht helfen, so stieg sie zur Sonne hinauf und sagte zu ihr: „Du scheinst in alle Ritzen und über alle Spitzen, hast du keine weiße Taube fliegen sehen?"

„Nein", sagte die Sonne, „ich habe keine gesehen, aber da schenk ich dir ein Kästchen, das mach auf, wenn du in großer Not bist."

Da dankte sie der Sonne und ging weiter, bis es Abend war und der Mond schien, da fragte sie ihn: „Du scheinst ja die ganze Nacht und durch alle Felder und Wälder, hast du keine weiße Taube fliegen sehen?"

„Nein", sagte der Mond, „ich habe keine gesehen, aber da schenk ich dir ein Ei, das zerbrich, wenn du in großer Not bist."

Da dankte sie dem Mond und ging weiter, bis der Nachtwind herankam und sie anblies. Da sprach sie zu ihm: „Du wehst ja über alle Bäume und unter allen Blättern weg, hast du keine weiße Taube fliegen sehen?"

„Nein", sagte der Nachtwind. „Ich habe keine gesehen, aber ich will die drei andern Winde fragen, die haben sie vielleicht gesehen." Der Ostwind und der Westwind kamen und hatten nichts gesehen, der Südwind aber sprach: „Die weiße Taube habe ich gesehen, sie ist zum Roten Meer geflogen, da ist sie wieder ein Löwe geworden, denn die sieben Jahre sind herum, und der Löwe steht dort im Kampf mit einem Lindwurm, der Lindwurm ist aber eine verzauberte Königstochter."

Da sagte der Nachtwind zu ihr: „Ich will dir Rat geben, geh zum Roten Meer, am rechten Ufer, da stehen große Ruten, die zähle, und die elfte schneid dir ab und schlag den Lindwurm damit, dann kann ihn der Löwe bezwingen, und beide bekommen ihren menschlichen Leib wieder. Hernach schau dich um, und du wirst den Vogel Greif sehen, der am Roten Meer sitzt, schwing dich mit deinem Liebsten auf seinen Rücken: Der Vogel wird euch übers Meer nach Haus tragen. Da hast du auch eine Nuß, wenn du mitten über dem Meere bist, laß sie herabfallen, alsbald wird sie aufgehen, und ein großer Nußbaum wird aus dem Wasser hervorwachsen, auf dem sich der Greif ausruht; und könnte er nicht ruhen, so wäre er nicht stark genug, euch hin-überzutragen. Und wenn du vergißt, die Nuß herabzuwerfen, so läßt er euch ins Meer fallen.‘‘

Da ging sie hin und fand alles, wie der Nachtwind gesagt hatte. Sie zählte die Ruten am Meer und schnitt die elfte ab, damit schlug sie den Lindwurm, und der Löwe bezwang ihn. Alsbald hatten beide ihren menschlichen Leib wieder.

Aber wie die Königstochter, die vorher ein Lindwurm gewesen war, vom Zauber frei war, nahm sie den Jüngling in den Arm, setzte sich auf den Vogel Greif und führte ihn mit sich fort.

Da stand die arme Weitgewanderte und war wieder verlassen und setzte sich nieder und weinte. Endlich aber ermutigte sie sich und sprach: ‚‚Ich will noch so weit gehen, als der Wind weht, und so lange, als der Hahn kräht, bis ich ihn finde.‘‘ Und ging fort, lange, lange Wege, bis sie endlich zu dem Schloß kam, wo beide zusammen lebten. Da hörte sie, daß bald ein Fest wäre, wo sie Hochzeit miteinander machen wollten. Und sie öffnete das Kästchen, das ihr die Sonne gegeben hatte, da lag ein Kleid darin, so glänzend wie die Sonne selber. Da nahm sie es heraus und zog es an und ging hinauf in das Schloß, und alle Leute und die Braut selber sahen sie mit Verwunderung an; und das Kleid gefiel der Braut so gut, daß sie dachte, es könnte ihr Hochzeitskleid geben, und fragte, ob es nicht feil wäre. ‚‚Nicht für Geld und Gut‘‘, antwortete sie, ‚‚aber für Fleisch und Blut.‘‘ Die Braut fragte, was sie damit meinte. Da sagte sie: ‚‚Laßt mich eine Nacht in der Kammer schlafen, wo der Bräutigam schläft.‘‘

Die Braut wollte nicht und wollte doch gerne das Kleid haben, endlich willigte sie ein, aber der Kammerdiener mußte dem Königssohn einen Schlaftrunk geben.

Als es nun Nacht war und der Jüngling schon schlief, ward sie in die Kammer geführt. Da setzte sie sich ans Bett und sagte: „Ich bin dir nachgefolgt sieben Jahre, bin bei Sonne und Mond und bei den vier Winden gewesen und habe nach dir gefragt und habe dir geholfen gegen den Lindwurm, willst du mich denn ganz vergessen?" Der Königssohn aber schlief so hart, daß es ihm nur vorkam, als rauschte der Wind draußen in den Tannenbäumen. Wie nun der Morgen anbrach, da ward sie wieder hinausgeführt und mußte das goldene Kleid hingeben. Und als auch das nichts geholfen hatte, ward sie traurig, ging hinaus auf eine Wiese, setzte sich da hin und weinte. Und wie sie so saß, da fiel ihr das Ei noch ein, das ihr der Mond gegeben hatte; sie schlug es auf, da kam eine Glucke heraus mit zwölf Küchlein ganz von Gold, die liefen herum und piepten und krochen der Alten wieder unter die Flügel, so daß nichts Schöneres auf der Welt zu sehen war. Da stand sie auf, trieb sie auf der Wiese vor sich her, so lange, bis die Braut aus dem Fenster sah, und da gefielen ihr die kleinen Küchlein so gut, daß sie gleich herabkam und fragte, ob sie nicht feil wären.

„Nicht für Geld und Gut, aber für Fleisch und Blut; laßt mich noch eine Nacht in der Kammer schlafen, wo der Bräutigam schläft." Die Braut sagte: „Ja", und wollte sie betrügen wie am vorigen Abend. Als aber der Königssohn zu Bett ging, fragte er seinen Kammerdiener, was das Murmeln und Rauschen in der Nacht gewesen sei. Da erzählte der Kammerdiener alles, daß er ihm einen Schlaftrunk hätte geben müssen, weil ein armes Mädchen heimlich in der Kammer geschlafen hätte, und heute nacht sollte er ihm wieder einen geben. Sagte der Königssohn: „Gieß den Trank neben dem Bett aus."

Zur Nacht wurde sie wieder hereingeführt, und als sie anfing zu erzählen, wie es ihr traurig ergangen wäre, da erkannte er gleich an der Stimme seine liebe Gemahlin, sprang auf und rief: „Jetzt bin ich erst recht erlöst, mir ist gewesen wie in einem Traum, denn die fremde Königstochter hatte mich bezaubert, daß ich dich vergessen mußte."

Da gingen sie beide in der Nacht heimlich aus dem Schloß, denn sie fürchteten sich vor dem Vater der Königstochter, der ein Zauberer war, und setzten sich auf den Vogel Greif, der trug sie über das Rote Meer, und als sie in der Mitte waren, ließ sie die Nuß fallen. Alsbald wuchs ein großer Nußbaum, darauf ruhte sich der Vogel, und dann führte er sie nach Haus, wo sie ihr Kind fanden, das war groß und schön geworden, und sie lebten von nun an vergnügt bis an ihr Ende.

Brüder Grimm

Wassilissa und das Püppchen

Ein russisches Märchen

Irgendwann vor langer Zeit lebten einmal am Rande eines großen Waldes, in einer kleinen Hütte, ein alter Mann und eine alte Frau mit ihrer Tochter, der kleinen Wassilissa. Sie lebten gut und fröhlich miteinander, bis die Mutter krank wurde und fühlte, daß sie sterben würde. Sie rief Wassilissa zu sich und gab ihr ein kleines Püppchen.

„Hör zu, mein liebes Töchterchen", sagte sie, „bewahre diese Puppe gut, und zeige sie niemandem! Wenn dir ein Leid widerfährt, dann gib ihr zu essen und frage sie um Rat! Die Puppe wird essen und dir dann helfen, meine kleine Tochter!"

Nach diesen Worten küßte die Mutter Wassilissa noch einmal und starb.

Der alte Mann trauerte lange Zeit um sie, doch dann heiratete er eine andere Frau, die hatte selber zwei Töchter. Das waren boshafte, schlechte, nörgelnde Mädchen. Für die kleine Wassilissa begann nun eine schlechte Zeit. Die beiden Schwestern waren immer böse auf sie, schimpften und quälten das Mädchen mit schwerer Arbeit, daß es vor Anstrengung abmagerte und von Wind und Sonne ganz braun wurde. Den ganzen Tag über hörte man nur: „Wassilissa, koch das Essen, Wassilissa, räume auf, hol

Holz, melk die Kühe, arbeite munter, und mach ein fröhliches Gesicht dazu!" Und das Mädchen tat alles, sie war jedem gefällig und bewältigte alle Arbeit.

Doch nach einiger Zeit wurde Wassilissa mit jedem Tage schöner. Man kann es gar nicht richtig erzählen und beschreiben, wie schön sie war. Und zu alldem verhalf ihr das Püppchen.

Jetzt melkte Wassilissa am frühen Morgen die Kühe und schloß sich dann in die Vorratskammer ein. Dort gab sie dem Püppchen Milch zu trinken und sagte: „Nun, mein Püppchen, trink Milch und hör dir meinen Kummer an!"

Das Püppchen trank die Milch, tröstete Wassilissa und verrichtete dann alle Arbeit für sie. Das Mädchen saß im Schatten der Bäume, pflückte Blümchen, und neben ihr wurden von der Puppe die Beete gejätet, Wasser geholt, der Ofen angeheizt und der Kohl begossen. Zum Schluß zeigte das Püppchen der kleinen Wassilissa noch ein Wunderkraut, und Wassilissa wurde davon immer schöner.

Da mußte der Vater einmal eine weite Reise machen. Die Stiefmutter saß mit ihren Töchtern in der Hütte. Draußen war es ganz dunkel, es regnete, und der Wind heulte um das Haus. Es war im Spätherbst. Rings um die Hütte stand dichter Wald, und im Walde lebte eine alte böse Hexe.

Die Mutter teilte den Mädchen die Arbeit zu, die eine sollte Spitzen häkeln, die andere Strümpfe stricken, und Wassilissa sollte spinnen. Dann löschte die Mutter im ganzen Hause das Feuer und ließ nur einen einzigen Holzspan brennen, bei dem die Mädchen arbeiten sollten, und legte sich selber schlafen.

Der Birkenspan knisterte und prasselte, und plötzlich ging er aus.

„Was sollen wir machen?" sagten die Stiefschwestern. „Im ganzen Hause ist kein Feuer, und wir sollen doch arbeiten. Man muß bei der alten Hexe Feuer holen."

„Ich geh nicht", sagte die ältere, „ich häkle meine Spitzen, mir leuchtet der Häkelhaken."

„Ich geh auch nicht", sagte die jüngere, „ich stricke Strümpfe, mir leuchten die Stricknadeln."

Und beide riefen: „Wassilissa, Wassilissa, hol du Feuer! Geh zur alten Hexe!"

Sie stießen sie aus der Hütte in die finstere Nacht. Im dichten Wald pfiff ein böser Wind. Da weinte Wassilissa und holte ihr Püppchen aus der Tasche.

„Mein liebes Püppchen, sie schicken mich zu der bösen alten Hexe nach Feuer, aber die Hexe verschlingt die Menschen, nur die Knöchelchen läßt sie übrig."

„Fürchte dich nicht!" sagte das Püppchen. „Ich bin ja bei dir. Es wird dir kein Leid geschehen!"

„Ich danke dir für deine guten Worte", sagte Wassilissa und machte sich auf den Weg.

Ringsum stand der Wald wie eine Wand, am Himmel blinkte kein Stern, kein heller Mond leuchtete. Das Mädchen ging zitternd weiter und drückte das Püppchen an sich.

Plötzlich sprengte ein Reiter vorbei, ganz weiß, auf weißem Roß, mit weißem Zaumzeug. Der Morgen dämmerte.

Und weiter ging das Mädchen. Es fiel hin und stieß sich an den Baumstümpfen, der Tau bedeckte sein Haar und ließ seine Hände erstarren.

Plötzlich kam ein anderer Reiter vorbei, ganz rot, auf rotem Roß, mit rotem Zaumzeug. Die Sonne kam. Sie streichelte Wassilissa, trocknete ihr Haar vom Tau und wärmte sie.

Den ganzen Tag lang lief sie weiter und kam gegen Abend auf eine kleine Waldwiese. Als sie sich umsah, erblickte sie das Häuschen der Hexe. Und um das Häuschen war ein Zaun. Da stand das Mädchen wie festgebannt, starr vor Schrecken. Und wieder sprengte ein Reiter vorüber, ganz schwarz, auf einem schwarzen Roß, mit schwarzem Zaumzeug. Er galoppierte bis zum Gartentor und verschwand dort, als ob ihn die Erde verschluckt hätte. Die Nacht brach herein. Glühwürmchen saßen auf dem Dach und dem Zaun des Häuschens, so daß es auf der Wiese ganz hell wurde, wie am Tage.

Wassilissa zitterte vor Angst. Die Füße versagten den Dienst. Sie trugen sie nicht von der fürchterlichen Stelle weg.

Plötzlich hörte sie, wie der Boden erzitterte, wie die Erde bebte und wankte. Da flog die Hexe auf einem Mörser herbei. Mit dem Stößel trieb sie ihn an, und mit dem Besen fegte sie die Spur. Sie fuhr herunter zum Tor und schrie: „Pfui, pfui, pfui, hier riecht man Menschenduft. Wer ist denn da?"

Nun trat Wassilissa zu der alten Hexe, verbeugte sich tief vor ihr und sagte ganz bescheiden: „Ich bin's, Mütterchen, meine Stiefschwestern haben mich zu dir nach Feuer geschickt."

„So", sagte die Hexe. „Nun gut! Bleib mal bei mir, arbeite hier, dann werden wir sehn!"

Und wieder schrie sie mit lauter Stimme: „He! Ihr meine starken Riegel, geht auf! Du mein breites Tor, öffne dich!"

Das Tor öffnete sich, die Hexe fuhr hinein, und Wassilissa folgte ihr. Am Tor wuchs eine Birke, die das Mädchen durchpeitschen wollte.

„Peitsche das Mädchen nicht, Birke! Ich hab sie ja hergeführt!" rief die alte Hexe.

An der Tür lag ein Hund, der das Mädchen beißen wollte.

„Rühr sie nicht an! Ich hab sie selber hergebracht!" sagte die alte Hexe.

Im Flur saß ein diebischer Kater, der das Mädchen zerkratzen wollte.

„Laß sie in Ruhe, Kater, ich hab sie selber hergeführt", murmelte die alte Hexe wieder. „Du siehst, Wassilissa, bei mir kommt man nicht so leicht wieder heraus. Die Katze kratzt, der Hund beißt, die Birke schlägt dir die Augen aus, und das Tor öffnet sich nicht."

Die Hexe ging in die Hütte hinein und streckte sich auf der Bank aus.

„He! Schwarzbraunes Mädchen, bring mir das Essen!"

Das sprang ein schwarzbraunes Mädchen herein und brachte der Hexe zu essen. Einen Kessel Fleischsuppe, einen Eimer Milch, zwanzig Küchlein, vierzig Entlein, einen halben Ochsen, zwei Kuchen und Met und Kwaß und Dünnbier ohne Maß. Das alles vertilgte die alte Hexe. Wassilissa aber gab sie nur einen Kanten Brot.

„Nun", sagte sie, „nimm da den Sack Hirse, den sollst du Körnchen für Körnchen auslesen und jedes schwarze heraussuchen. Wenn du's nicht tust, freß ich dich!"

So sprach die Hexe, und schon begann sie zu schnarchen.

Da nahm Wassilissa das Brotränftchen, legte es vor ihre Puppe und sagte: „Mein liebes Püppchen, mein Täubchen! Hilf mir, rette mich, hab Mitleid mit mir!"

Und das Püppchen gab ihr zur Antwort: „Weine nicht, sei nicht traurig, leg dich lieber schlafen! Guter Rat kommt über Nacht!"

Kaum war das Mädchen eingeschlafen, da rief das Püppchen: „Ihr Vöglein, ihr Meisen, Spatzen und Täubchen, fliegt herbei und rettet Wassilissa aus der Not!"

Da flogen Vögel in großer Zahl herbei. Sie machten sich daran, die Hirse auszulesen, und piepten und gurrten laut: „Die weißen ins Töpfchen, die schwarzen ins Kröpfchen!" Die ganze Hirse lasen sie Körnchen für Körnchen aus und reinigten sie von jedem schwarzen Korn.

Kaum hatten sie ihr Werk vollbracht, da sprengte am Tor der weiße Reiter auf weißem Roß vorüber. Es wurde hell.

Nun wachte die alte Hexe auf und fragte Wassilissa: „Ist die Arbeit getan?"

„Ja, sie ist fertig, Mütterchen!"

Da ärgerte sich die Hexe, sagte aber nichts.

„Jetzt", brummte sie, „fliege ich auf Beute aus — du aber nimm den Sack dort. Da sind Erbsen drin, vermischt mit Mohn, die sollst du alle Korn für Korn auslesen und auf zwei Haufen schichten. Wenn du's nicht tust, fresse ich dich."

Dann ging die Hexe auf den Hof, pfiff, und schon rollte der Mörser mit dem Stößel zu ihr heran.

Der rote Reiter sprengte vorüber. Die Sonne ging auf.

Die Hexe setzte sich in den Mörser, trieb ihn mit dem Stößel an, fuhr aus dem Hofe hinaus und fegte mit dem Besen die Spur.

Wassilissa aber legte ein Brotränftlein vor ihr Püppchen.

„Mein liebes Püppchen, mein Täubchen, hilf mir!"

Und das Püppchen rief mit heller Stimme: „Herbei, ihr Mäuse, kommt vom Felde, vom Hause und vom Speicher!"

Da kamen Mäuse ohne Zahl herbeigeeilt, und in einer Stunde war die ganze Arbeit getan.

Gegen Abend deckte das schwarzbraune Mädchen den Tisch und wartete auf die alte Hexe. Da ritt vor dem Tore der schwarze Reiter vorbei. Die Nacht brach an. Die Glühwürmchen leuchteten; die Bäume krachten, es rauschte das Laub — die alte Hexe kam angefahren.

„Na, wie steht's, Wassilissa, ist die Arbeit getan?"

„Es ist alles fertig, Mütterchen!"

Die alte Hexe war böse, aber sie sagte nichts.

„Schon gut, geh schlafen, ich leg mich auch gleich hin."

Wassilissa ging hinter den Ofen und hörte, wie die Hexe sagte: „Du, schwarzbraunes Mädchen, heize den Ofen an und schüre das Feuer! Wenn ich aufwache, will ich Wassilissa braten."

Die Alte legte sich auf die Bank, drehte sich zur Wand, deckte sich zu, und dann dröhnte ihr Schnarchen durch den ganzen Wald.

Wassilissa weinte, zog ihr Püppchen hervor und gab ihm Brot zu essen.

„Püppchen, mein liebes Täubchen, iß und hör dir meinen Kummer an! Die alte Hexe will mich morgen braten und fressen."

Nun sagte ihr das Püppchen, was sie tun sollte, um dem Unheil zu entrinnen.

Wassilissa warf sich dem schwarzbraunen Mädchen zu Füßen und umklammerte ihre Knie: „Liebes schwarzbraunes Kind, nimm dir mein seidenes Tuch, aber hilf mir! Begieße das Holz erst mit Wasser und steck nicht alles in den Ofen!"

Die Schwarzbraune antwortete ihr: „Schon gut, mein liebes Kind, ich will dir helfen. Ich werde den Ofen langsam heizen, und ich werde der alten Hexe die Fersen kraulen, damit sie fester schläft. Und nun geh fort, kleine Wassilissa!"

„Aber werden mich auch nicht die Reiter fangen? Kommen sie nicht zurück?"

„Nein", sagte die Schwarzbraune, „die Reiter dienen der alten Hexe nicht. Der weiße Reiter, das ist der helle Tag, der rote Reiter ist die goldene Sonne, der schwarze ist die dunkle Nacht. Die tun dir nichts."

Wassilissa lief schnell in den Flur, dort stürzte sich der diebische Kater auf sie, er wollte sie gleich kratzen, aber sie warf ihm Kuchen hin. Da rührte er sie nicht an. Nun eilte sie die Freitreppe hinunter. Der Hund sprang heraus und wollte sie beißen. Das Mädchen gab ihm ein Stückchen Brot, und der Hund ließ sie in Ruhe.

Sie rannte vom Hause fort. Die Birke wollte ihr die Augen

auspeitschen. Aber das Mädchen nahm ein Bändchen aus seinem Haar und schmückte damit ein Zweiglein; da ließ die Birke sie passieren.

Das Tor wollte zuschlagen. Wassilissa schmierte ihm die Türangeln mit Fett ein, da tat es sich weit auf, und sie lief hinaus in den Wald.

Hier sprengte der schwarze Reiter vorbei. Es wurde nun ganz finster. Wie sollte sie aber ohne Licht nach Hause gelangen? Und konnte sie denn ohne Feuer in die Hütte zurückkommen? Die Schwestern würden sie bestimmt schlagen.

Wieder belehrte sie das Püppchen. Wassilissa nahm ein Glühwürmchen vom Zaun und setzte es in ihr Haar. Sie lief durch den dunklen Wald, das Glühwürmchen leuchtete, und in der dunklen Nacht war's hell wie am Tage.

Als die böse alte Hexe erwachte, dehnte sie sich und wollte Wassilissa greifen. Sie stürzte in den Flur.

„Kater Dieb, ist das Mädchen vorbeigekommen? Hast du sie zerkratzt?"

Der Kater antwortete ihr: „Ich diene dir nun zehn Jahre, alte Hexe, niemals hast du mir auch nur eine Brotkruste vorgeworfen, aber sie hat mir Kuchen gegeben; da hab ich sie durchgelassen."

Die Alte stürzte in den Hof.

„Mein treuer Hund, hast du das ungehorsame Mädchen gebissen?"

Der Hund antwortete: „Ich diene dir nun so viele Jahre. Doch niemals hast du mir ein Knöchelchen hingeworfen, sie aber hat mir Brot gegeben; da hab ich sie durchgelassen."

Nun schrie die Hexe mit schallender Stimme: „Birke, meine Birke, hast du ihr die Augen ausgepeitscht?"

Die Birke antwortete: „Ich wachse bei dir über zehn Jahre, niemals hast du meine Zweiglein auch nur mit einem Stricklein umwunden, sie aber hat mich mit einem Bändchen geschmückt. Da hab ich sie durchgelassen."

Die alte Hexe rannte zum Tor: „Du mein starkes Tor, hast du dich geschlossen, hast du das ungehorsame Mädchen festgehalten?"

Und das Tor antwortete ihr: „Ich habe dir nun schon so lange gedient, nicht einmal Wasser hast du in meine Angeln gegossen, sie aber hat sie mit Fett geschmiert. Da hab ich sie durchgelassen."

Da wurde die alte Hexe furchtbar böse. Sie fing an, den Hund zu schlagen, die Katze zu zausen, das Tor zu zerbrechen und die Birke abzuhauen.

Sie geriet außer sich, kochte vor Zorn und wurde ganz matt, so kam sie gar nicht dazu, dem Mädchen nachzusetzen.

Die kleine Wassilissa aber eilte nach Hause. Da sah sie, daß es im Hause ganz dunkel war, in keinem Fenster brannte Licht. Die Töchter der Stiefmutter liefen herbei, keiften und schimpften: „Wo bleibst du denn so lange, und warum bringst du uns kein Feuer? Wir haben im Hause kein Licht machen können. Wir haben immer wieder den Feuerstein geschlagen, aber Feuer bekamen wir nicht, und wenn wir von den Nachbarn Feuer holten, dann ist's in der Hütte geschwind wieder ausgegangen. Vielleicht wird dein Feuer brennen bleiben."

Sie trugen das Glühwürmchen in die Stube. Da flog es umher und setzte alles in Brand.

Wassilissa aber eilte fort in die Stadt und lebte dort bei einer freundlichen alten Frau.

Einmal sagte sie zu der Alten: „Ich langweile mich, Mütterchen, wenn ich hier ohne Arbeit sitze. Kauf mir doch Flachs, aber vom allerbesten!"

Die alte Frau kaufte ihr Flachs, und Wassilissa setzte sich hin und spann.

Die Arbeit ging ihr nur so von der Hand, die Spindel surrte, und der Faden spannte sich glatt und dünn, wie goldenes Haar. Da begann sie Leinwand zu weben; die webte sie so fein wie Seide und bleichte sie weißer als Schnee.

„Hier, Mütterchen", sagte sie, „verkauf die Leinwand, und nimm dir das Geld!"

Das Mütterchen sah die Leinwand und staunte: „Nein, mein Kindchen, solch feine Leinwand soll nur der Zarensohn tragen. Ich werde sie ins Schloß bringen."

Der Zarensohn erblickte die Leinwand und bestaunte sie wie ein Wunder.

„Was willst du dafür haben?" fragte er.

„Einen Preis gibt's für solche Leinwand nicht, lieber Zarewitsch, ich bring sie dir als Geschenk."

Da bedankte sich der Zarensohn bei der Alten und entließ sie reich beschenkt nach Hause.

Nun wollte man ihm von dieser Leinwand Hemden nähen, aber niemand traute es sich zu — so fein war die Arbeit.

Da ließ er die alte Frau holen und sagte: „Wenn du solche Leinwand zu weben verstehst, so wirst du auch Hemden daraus nähen können."

Sie antwortete: „Nicht ich, Zarewitsch, habe sie gesponnen und gewebt, sondern das Mädchen Wassilissa."

„Nun, dann soll sie auch die Hemden nähen!"

Da kehrte die Alte nach Hause zurück und erzählte Wassilissa alles.

Wassilissa nähte die Hemden, bestickte sie mit Seide und verzierte sie mit einer prächtigen Perle. Dann trug die Alte die Hemden ins Zarenschloß.

Nun saß Wassilissa einmal mit ihrem Stickrahmen am Fensterchen. Da sah sie, wie ein Diener des Zaren eilig herankam.

„Der Zarewitsch wünscht, daß du in sein Schloß kommst!" Und das Mädchen ging ins Schloß.

Als der Zarensohn Schön Wassilissa sah, wurde er ganz starr vor Staunen.

„Ich will mich nicht mehr von dir trennen", sagte er, „du sollst meine liebe Frau werden."

Er faßte sie an ihren weißen Händen, setzte sie neben sich, und so feierten sie Hochzeit. Bald darauf kehrte Wassilissas Vater zurück und wohnte bei seiner Tochter. Wassilissa nahm auch die alte Frau zu sich, und das Püppchen trug sie immer in der Tasche.

So leben sie fröhlich und erwarten uns zu Gast.

Karnauchowa

Anaït

Ein armenisches Märchen

Watschagan, der Sohn des Zaren, begab sich mit Waginak, seinem besten Freund, auf die Jagd. Lange Zeit durchstreiften sie die Täler und Anhöhen, erlegten viel Wild und freuten sich an der Schönheit ihrer Heimat. Heiß war der Tag, weiß schimmerten die Schneehäupter der Berge. Die Freunde waren durstig und beschlossen, in einem Dorf Rast zu machen. An der Quelle versammelten sich gerade die Mädchen, um mit Krügen und Eimern Wasser zu schöpfen. Watschagan sprang als erster vom Pferd, lief auf eins der dunkeläugigen Mädchen zu und bat sie um einen Trunk.

Sie nickte lächelnd, aber statt ihm den Krug zu reichen, schüttete sie das Wasser aus und beugte sich zur Quelle, um ihn abermals zu füllen.

Watschagans Kehle war wie ausgedorrt, doch das Mädchen schien mit seiner Ungeduld zu spielen, es goß das helle Gebirgswasser noch einmal aus und füllte den Krug wiederum langsam. Das wiederholte sie ein drittes Mal. Gerade wollte Watschagan zornig werden, da reichte sie ihm den Krug, und er konnte seinen Durst stillen.

„Warum ließest du mich so lange warten?" fragte er das

Mädchen. „Wolltest du mich kränken, da du immer wieder den Krug vor meinen Füßen ausleertest?"

„Wie könnte ich die Gebote der Gastfreundschaft verletzen, Fremdling?" erwiderte das Mädchen mit klangvoller Stimme. „Ich zögerte nur, um Euch keinen Schaden zuzufügen. Vor Hitze glühend, seid Ihr vom Pferd gesprungen. Das eiskalte Wasser unserer Bergquelle wäre Euch übel bekommen!"

Die Antwort versetzte Watschagan in Erstaunen, und als er die Fremde nun näher betrachtete, fand er, daß er noch nie ein so schönes Mädchen erblickt habe.

„Wie heißt du?" fragte er.

„Ich bin Anaït, die Tochter des Berghirten Aran", erwiderte das Mädchen und sprach leise weiter: „Aus welchem Ort kommt Ihr, Jäger? Selten verirrt sich jemand in unsere Abgeschiedenheit."

Watschagans Blick senkte sich tief in die goldbraunen Augen Anaïts, als er sprach: „Noch kann ich dir die Wahrheit über mich nicht sagen, doch ich gebe dir mein Wort, daß du sie bald erfahren und mich wiedersehen wirst."

Wortlos ritt Watschagan neben dem Freund zum Zarenschloß, suchte auch nicht seine Eltern auf, sondern begab sich sofort in seine Gemächer. Dort lehnte er sich an das Gitter des Balkons und blickte über den blühenden Garten zu den Berggipfeln, von denen er gerade heimgekommen war. Er rührte sich auch nicht von der Stelle, als die Sonne unterging. Während das Lied der Nachtigall aus dem Garten erklang, fühlte er, daß es sein Herz zu der anmutigen Anaït hinzog.

Plötzlich stand seine Mutter neben ihm, berührte seine Schulter und fragte: „Was betrübt dich, mein Sohn, daß du deine Eltern meidest? Verheimliche deinen Kummer nicht. Du weißt, dein Vater und ich sind jederzeit bereit, dir alle Wünsche zu erfüllen."

„Dann gebt mir die Erlaubnis, mich mit einem Mädchen ohne Rang und stolze Herkunft zu vermählen", rief Watschagan erfreut. „Es ist nicht nur das schönste, sondern auch das klügste und mitfühlendste Mädchen, das ich heute gefunden habe. Eine andere mag ich nicht."

Die Zarin war entsetzt zurückgefahren.

„Das steht nicht in meiner Macht, Watschagan. Dein Vater führt dir fast täglich neue Schönheiten aus den reichen Familien unseres Landes vor, mit einer von ihnen mußt du dich vermählen."

Stumm wandte sich Watschagan ab, stützte den Kopf in die Hände und dachte: Seit Wochen quälen sie mich, eine Frau zu wählen, doch heute habe ich sie gefunden.

Von Stund an erschien Watschagan nicht mehr an der königlichen Tafel, er aß und trank nicht, legte sich nicht auf sein bequemes Lager, sondern schlief auf jenem Balkon. Niemand konnte ihn von dort fortlocken. Dreimal senkte sich die Abenddämmerung über den Garten, dreimal stieg die Morgenröte über die Berggipfel, nichts änderte sich für den Zarensohn. Mochte ihm die Zarin die köstlichsten Gerichte bringen, die erfrischendsten Getränke zubereiten, Watschagan lehnte Essen und Trinken ab. Sein Gesicht wurde blaß und schmal. Da ergriff die Eltern heftige Angst, sie beschlossen, ihm seinen Wunsch zu erfüllen. Watschagan durfte Anaït die Botschaft zukommen lassen, durfte Brautgeschenke zu ihr senden. Glücklich erteilte er seinem Freunde Waginak den Auftrag, sein Brautwerber zu sein.

Der Schäfer Aran nahm den vornehmen Gast freundlich auf und geleitete ihn zu einem kostbaren Teppich. Als Waginak die mitgebrachten Kostbarkeiten ausbreitete, verzog der Alte keine Miene, und als er von der Werbung des Zarensohnes hörte, meinte er gleichmütig: „Ich kann dir keine Zusage geben. Anaït, meine Tochter, wird entscheiden, ob sie Watschagans Frau werden will."

Das war so ungewöhnlich, daß Waginak der Mund vor Staunen offenblieb. Da nun Anaït mit einer Schale voller Früchte den Raum betrat, wiederholte er seine Werbung. Doch auch in ihrem Gesicht fand er keine Spur der überquellenden Freude oder des Stolzes.

„Einen Zarensohn hätte ich in dem jungen Jäger nicht vermutet", sagte sie, dann glitt ihr Blick über die Brautgeschenke, und sie fragte: „Sag mir, Freund des Watschagan, auf welches Handwerk versteht sich der Zarensohn?"

Waginak lachte aus vollem Halse.

„Wie töricht du sprichst. Die Menschen unseres Landes sind seine Untertanen und bringen ihm, was er verlangt. Jeder Wunsch wird ihm erfüllt. Aus welchem Grund sollte er ein Handwerk ausüben?"

Anaït blickte Waginak verwundert an.

„Weil jeder Mensch, ob arm, ob reich, mit seinen Händen etwas Nutzbringendes schaffen sollte. Jemand, der nur zu befehlen braucht, kennt nicht den Wert und das Glück, die dem Menschen durch die Arbeit zuteil werden. Auch ein Zarensohn kann einmal ins Unglück geraten, wehe, wenn er dann nicht mit seiner Hände Arbeit sein Leben zu erhalten vermag." Anaït wies auf die Kostbarkeiten. „Bitte, nimm all das wieder mit. Sage Watschagan, daß ich gern seine Frau werden will und die Werbung annehme. Doch ein Brautgeschenk erbitte ich mir, das er mit eigener Hand gefertigt hat." Sie senkte den Blick, verneigte sich höflich und verließ den Raum.

Zar Watschag und seine Frau vernahmen die Botschaft Waginaks mit geheimer Freude, meinten sie doch, ihr Sohn werde eine so unbillige Forderung zurückweisen.

Doch Watschagan sagte nachdenklich: „Jetzt wird mir noch klarer, wie klug sie ist. Niemand, auch nicht ein Fürst, sollte sich zu gut für ein Handwerk sein. Unnütz sind meine Hände bis heute gewesen. Darf ein Zar ungeschickter sein als seine Untertanen? Ich will Anaïts Bedingung erfüllen."

Waginak verstand den Freund nicht und blieb bei seinem Lachen. Auf Watschagans Geheiß rief er die besten Handwerksmeister des Reiches zusammen, damit sie den Zarensohn berieten.

Jetzt erst erfuhr Watschagan, wieviel Kunstfertigkeit, Fleiß und Geduld notwendig waren, um ein Handwerk meisterlich auszuüben. Er entschied sich für die Brokatweberei. Sein Wunsch war es, Anaït einen kostbaren Stoff für den Mantel zum Brautkleid zu weben.

Bald lobte der Meister seine Ausdauer und Geschicklichkeit. Tag für Tag saß der Jüngling bei der Arbeit, alle Vergnügungen und Jagden mußten ohne ihn vonstatten gehen. Rastlos arbeitete er an seinem Webstuhl, bis er erlernt hatte, was der Meister ihm von der hohen Kunst vermitteln konnte. Alle bewunderten das herrliche Stück Brokat, das aus dem Rahmen gelöst wurde. Waginak brachte es alsbald der schönen Anaït. Das Mädchen betrachtete lange den goldschimmernden Stoff mit den seltsamen Zeichen und drückte ihn an ihr Herz.

„Mit diesem Brautgeschenk", sagte sie, „hat Watschagan mich gewonnen. Jetzt sehe ich seine tiefe Zuneigung zu mir."

Die Hochzeit des Zarensohnes mit Anaït wurde sieben Tage und sieben Nächte gefeiert. Überall sprach man von Anaïts Schönheit, und auch der Zar und die Zarin mußten zugeben, daß es im Land kein liebreizenderes Mädchen gab.

Watschagan und Anaït lebten lange Zeit glücklich miteinander. Bald nachdem der alte Zar dem Sohn die Herrschaft übergeben hatte, starb er, und seine Frau folgte ihm nach.

Eines Tages war Waginak, Watschagans Freund, verschwunden. Er hatte eine kurze Reise unternommen und kehrte nicht zurück. Alle Nachforschungen blieben erfolglos. Nachdem Wochen vergangen waren, verlor Watschagan die Hoffnung und wurde von Tag zu Tag trauriger.

Anaït grübelte, wie sie ihm helfen könnte. Als er, wie so oft, eines Tages auf dem Balkon stand und zu den fernen Berggipfeln schaute, strich sie ihm über die Hand und sagte mit sanfter Stimme: „Der Kummer nagt an dir. Zeigt das Verschwinden deines Freundes nicht, daß es in deinem Reich Dinge gibt, die du nicht kennst?"

„Wie recht du hast", erwiderte Watschagan. „Rate mir, was ich tun soll. Vielleicht könnte ich mit einem Trupp meiner ergebensten Krieger das Land durchstreifen?"

Anaït schüttelte den Kopf.

„Besser, du gehst allein und im Gewand eines armen Mannes. Kämst du in der Rüstung des Fürsten, stolz zu Roß, du würdest nichts über das Leben deiner Untertanen erfahren. Wer wagt es schon, einem Hochgestellten die Wahrheit anzuvertrauen! Als Bettler aber wird man dir manches erzählen. Vielleicht findest du dabei Waginaks Spur."

„Und wer führt die Regierungsgeschäfte, wenn ich fort bin?"

„Ich werde dich in deiner Abwesenheit vertreten", sagte Anaït, und Watschagan nahm das Angebot dankend an.

„Ich bin sicher, daß du gut und gerecht regieren wirst", sagte er. „Wenn ich nach vierzig Tagen nicht wieder bei dir bin, dann muß mir etwas zugestoßen sein. Leb wohl, meine Anaït."

Als armer Handwerksgesell wanderte Zar Watschagan durch die Dörfer und Städte seines Landes. Viel sah, viel hörte er, von Waginak fand er keine Spur. Schließlich gelangte er an die südliche Grenze des Reiches, in die Stadt Perosch. Auf dem Markt waren zahllose Menschen versammelt, und Watschagan ging an den Kaufmannsständen entlang. Da sah er auf einmal, wie einige Leute ehrfürchtig auf die Knie fielen und mit der Stirn die Erde berührten. Durch die Menge schritt ein Greis im zerschlissenen Gewand eines Tempelpriesters.

Watschagan trat näher und beobachtete voller Staunen, daß die Leute dem Priester einen Teppich vor die nackten Füße breiteten.

„Wer ist jener Mann, und warum werft ihr euch vor ihm zu Boden?" fragte er einen der Umstehenden.

„Du mußt fremd hier sein, daß du unseren weisen und freundlichen Oberpriester nicht kennst", wurde ihm geantwortet. „Dieser Greis ist wahrhaft anbetungswürdig. Er lebt wie ein Bettler und zeigt sich gütig zu allen Kreaturen. Er ist mildtätig, hilft allen Armen und besonders denen, die fremd in der Stadt sind und keine Arbeit finden können..."

Als diese Worte gesprochen wurden, befand sich der Priester gerade in Watschagans Nähe. Er blieb stehen und musterte den Bettler mit durchdringenden Blicken.

„Ich habe dich noch nie in den Mauern unserer Stadt gesehen", redete er Watschagan an. „Wer bist du, und was führt dich nach Perosch?"

Der junge Zar gab zur Antwort, daß er eine Arbeit suche, um sich seinen Lebensunterhalt zu verdienen.

„Folge mir", sprach da der Priester. „In unserem Tempel gibt es gute Werkstätten, dort finden tüchtige Handwerker ausreichend Brot und Lohn." Mit diesen Worten ging er weiter, und Watschagan schloß sich einigen Männern an, die, wie er fremd in der Stadt, ohne Unterkunft und Arbeit waren. Sie folgten dem Priester und den Mönchen, die ihn begleiteten, bis zum Stadttor. Dort erhoben sich wuchtig und düster die Mauern eines gewaltigen Tempels. Durch ein Eisentor, das sich alsbald dröhnend hinter ihnen schloß, wurden sie eingelassen. Der greise Priester zeigte auf eine Tür im Innenhof.

„Geht dort hinein, und ihr findet alles, was ihr braucht!"

Bei diesen Worten huschte ein grausames Lächeln über sein Gesicht. Eine böse Ahnung befiel Watschagan, der als letzter das Tempelgebäude betrat. Dunkelheit und dumpfe Luft umfing ihn. Ausgetretene Stufen führten in ein Gewölbe hinab. Er wollte umkehren, aber die Tür ins Freie war versperrt. Schaudernd folgte er dem Weg in die Tiefe, und langsam gewöhnten sich seine Augen an die Finsternis. Wehklagen und Stöhnen drang den Ankommenden entgegen. Am Ende der Treppe gelangten sie in einen riesigen Raum. Einige Fackeln gaben spärliches Licht. Doch was mußten die Entsetzten erblicken: Überall hockten Menschen, mit langen Eisenketten an die Wand geschmiedet. Sie arbeiteten hastig und zitternd, den Kopf gebeugt. Da sah man Korbflechter und Sattler, Weber und Schuhflicker, Töpfer, Kupferschmiede und Schneider. Keiner von ihnen blickte auf. Aber es gab auch einige, die untätig auf dem kalten Steinfußboden lagen und teilnahmslos in die Düsternis starrten. Zu einem von ihnen trat Watschagan. Als er sich niederbeugte, spürte er, daß der Mann ein Sterbender war, tief lagen seine Augen in den Höhlen, sein Körper war zum Skelett abgemagert.

„Brot!" flüsterten die Lippen des Ärmsten, der merkte, daß jemand sich teilnehmend über ihn beugte.

Watschagan zog die Reste seines Mundvorrats aus der Tasche. Als der Mann sich gestärkt hatte, richtete er sich ein wenig auf. „Danke, Fremder!" murmelte er kaum hörbar. „Das ist seit Wochen der erste Bissen."

„Ja, wie denn?" stammelte Watschagan. „Läßt man euch lebendigen Leibes verhungern?"

„Hier muß jeder Hungers sterben, der sich die Mahlzeit nicht mit seiner Hände Arbeit verdienen kann", wurde ihm erwidert. „In dieser Hölle schmachte ich nun, werde den blauen Himmel nicht wiedersehen und muß meine Neugier mit dem Tode büßen. Einst war ich der Freund eines reichen Zaren. Wie hätte ich glauben sollen, daß mein Leben einmal von meiner Hände Arbeit abhängt?" Er fiel erschöpft zurück.

Watschagan bedeckte die Augen mit der Hand, denn er erkannte in dem Unglückseligen seinen Freund Waginak. Er wagte nicht, sich zu erkennen zu geben; gewiß hätte die Wiedersehensfreude Waginaks schwache Lebensflamme zum Erlöschen gebracht.

Diener des greisen Oberpriesters betraten jetzt das Gewölbe, um die Neuankömmlinge an Ketten zu schmieden. Vorher wurde jeder befragt, welches Handwerk er verstünde. Als Watschagan an der Reihe war, sprach er: „Ich bin Brokatweber. Das ist eine seltene Kunst. Ich benötige dazu kostbare Seiden- und Goldfäden, aber der Stoff, den ich webe, wird dem Herrn des Tempels Reichtum bringen."

Über diese Worte zeigten sich die Diener erfreut und brachten alle geforderten Werkzeuge, dazu seidenes und goldenes Garn herbei. Auch wurden mehr Fackeln angezündet, denn Watschagan hatte zu verstehen gegeben, daß er in dem Dämmerlicht nicht arbeiten könne. Er ließ sich neben Waginak an die Mauer schließen und teilte brüderlich alle seine Mahlzeiten mit dem Hungernden. Dadurch rettete er ihm das Leben, doch er gab sich ihm auch weiterhin nicht zu erkennen.

Watschagan arbeitete Tag und Nacht, er gönnte sich keine Ruhe, und die Aufseher lobten ihn wegen seines Eifers. Endlich war der Brokatschal vollendet, er konnte ihn aus dem Webrahmen nehmen.

Der Oberpriester kam selbst in das Gewölbe, er wollte den Mann sehen, der so eine kostbare Arbeit geliefert hatte. Wie unterschied er sich diesmal von dem armselig gekleideten Greis, vor dem die Leute auf dem Markt in die Knie gesunken waren. Hier in seinem Machtbereich trug er goldene Sandalen und einen Mantel aus Seidenstoff, der über und über mit Edelsteinen und Diamanten besät war. Er musterte Watschagan lange, doch erkannte er in der abgehärmten Gestalt nicht den jungen Zaren des Landes. Voller Hohn sprach er: „Mit dir habe ich wohl einen besonderen Fang gemacht. Bis an dein Lebensende sollst du solche Brokatstoffe für mich weben und meinen Reichtum vermehren."

Als der Oberpriester den Raum verließ und sein oberster Diener ihm folgen wollte, winkte Watschagan jenen zurück und flüsterte: „Hör zu, für den Fall, daß du mir etwas mehr Gemüse und Obst verabreichst, will ich dir ein Geheimnis verraten. Du kannst die zehnfache Summe für den Brokatstoff erhalten, wenn du ihn in der Zarenstadt feilbietest, wo ich gelernt habe. Die Zarin Anaït hat eine besondere Schwäche für diese Art Stoffe und kauft viel davon, zumal dann, wenn sie ihr Lieblingsmuster zeigen. Sie zahlt dafür jeden Preis."

Der erste Diener des Oberpriesters, der mit dem Verkauf der gefertigten Waren beauftragt war, sagte ebenso leise: „Ich will dir Erleichterungen verschaffen und deinen Rat befolgen."

Am nächsten Tag begab sich der Diener, als Kaufmann verkleidet, zur Zarin Anaït. Anfangs wollte man den Händler aus Perosch nicht vorlassen. Man bedeutete ihm, die Zarin sei krank und wolle niemanden sehen.

Ja, Anaït war außer sich vor Kummer. Zweimal vierzig Tage waren vergangen, und von ihrem geliebten Mann, dem Zaren Watschagan, war keine Nachricht zu ihr gelangt. Alle Späher, die sie durch das Land geschickt hatte, waren unverrichtetersache zurückgekehrt.

Der Kaufmann ließ sich jedoch nicht so schnell abweisen.

„Sagt eurer Herrscherin, daß ich ihr einen kostbaren Brokatschal anbieten will, so schön, wie sie bisher keinen gesehen hat."

Als Anaït das hörte, schlug ihr Herz schneller. Brokat sandte man ihr? War das vielleicht die Nachricht, auf die sie sehnsüchtig wartete? Wußte der Händler etwas von Watschagan? Sie ließ ihn zu sich rufen und betrachtete den ausgebreiteten Stoff. Er war in den gleichen Farben und einem ähnlichen Muster gewebt wie der Brokat, den sie als Brautgeschenk erhalten hatte. Sie verbarg ihre Erregung und fragte gleichmütig: „Wo hast du diesen Stoff her? Weißt du, wer ihn gewebt hat?" Dabei betrachtete sie immer aufmerksamer die geheimnisvollen Zeichen, die mit dem Muster verbunden waren, und entnahm ihnen folgenden Sinn: „Ich bin in einer Hölle gefangen. Der dir den Brokat bringt, ist Diener des Teufels im Tempel von Perosch. Auch Waginak ist hier. Hilf uns."

Um den Händler keinen Verdacht schöpfen zu lassen, wandte Anaït sich ab; ihre Augen standen voller Tränen. Sie verließ das

Audienzzimmer, wie der Diener glaubte, um die reiche Bezahlung holen zu lassen. Doch kam sie mit bewaffneten Kriegern zurück, die den Elenden fesselten und in den Kerker brachten.

Zarin Anaït rief ihre Getreuen zusammen und befahl ihnen, sich gut zu rüsten. Am nächsten Morgen brachen sie auf. Anaït, von Kopf bis Fuß bewaffnet, sprach, bevor sie losritten: „Das Leben eures Zaren ist in höchster Gefahr. Wer ihm treu ist und mir beistehen will, der reite mit mir in die Stadt Perosch, die wir noch vor Abend erreichen müssen."

Dann bestieg sie ihr Roß und ritt voraus. Auf dem Marktplatz von Perosch angelangt, zügelte Anaït das Pferd. Ihre langen schwarzen Zöpfe hatten sich gelöst, ihre Augen blitzten heller als das glänzende Schwert an ihrer Seite.

„Holt mir rasch den Statthalter herbei", rief sie. „Sagt, die Zarin Anaït sei gekommen. Und folgt mir in den Tempel!"

Nachdem der Statthalter erschienen war, bewegte sich der Zug zum Felsentempel, und viele Einwohner folgten ihm neugierig. Manch einer wollte die Krieger zurückhalten, das Tor mit Gewalt zu öffnen. Als sie aber Anaïts zornsprühende Augen sahen, schwiegen sie. Die Zarin drang als erste in den Innenhof ein und ließ sogleich die Diener des Oberpriesters in Fesseln legen. Der Herr des Tempels lag auf den Knien vor einem goldenen Götterbild und winselte um Rettung und Erbarmen. Laut rief Anaït: „Packt diesen Teufel in Menschengestalt, der Unschuldige in seinen Kerkern gefangenhält! Soll er uns eigenhändig die Türen zu den Verliesen öffnen!"

Und so geschah es. Zögernd folgten die Einwohner in das unterirdische Gewölbe, starr vor Entsetzen bei dem Bild, das sich ihnen bot. Viele weinten, als sie die ausgemergelten Gestalten erblickten, die nicht begriffen, was um sie her geschah.

Man befreite die Elenden von ihren Ketten und trug sie ins Freie, denn es gab nur wenige, die auf den eigenen Füßen gehen konnten. Auf seinen Armen trug Watschagan den zu Tode geschwächten Freund ans Licht des Tages. Bevor Anaït als eine der letzten das schauerliche Gewölbe verließ, befahl sie, den teuflischen Priester an die Mauern zu schließen.

„Mögen in Euren Ohren die Seufzer und Flüche der Unglücklichen gellen, die Ihr hier zugrunde gehen ließet!"

„Ja, das soll die gerechte Strafe für seine Untaten sein!" riefen die Einwohner von Perosch, als Anaït, wieder auf dem Tempelhof angelangt, das Urteil verkündete.

Nun war der Augenblick gekommen, da Anaït und Watschagan einander gegenüberstanden. Sie sahen sich in die Augen und fanden keine Worte.

Die unermeßlichen Schätze, die in den Kammern des Tempels gefunden wurden, ließ Anaït an jene verteilen, die in dem furchtbaren Gewölbe hatten leiden müssen.

Als sie längst wieder im heimatlichen Schloß weilten und Waginak, der Freund des Zaren, zu Kräften gelangt war, erfuhr er, wie die Rettung zustande gekommen war.

„Unvergleichliche Zarin, du hast uns mit deinem Mut und deiner Klugheit aus dem Kerker befreit", sagte er zu Anaït.

Doch sie wehrte ab: „Unvergleichlich war der kühne Gedanke Watschagans, mir durch den Brokat Nachricht zu geben. Bedenke, Waginak, ohne dieses Stück Stoff wären wir zeit unseres Lebens die unglücklichsten Menschen gewesen."

Watschagan, nun wieder froh und zuversichtlich, umfaßte seine schöne junge Frau und lächelte dem Freund zu.

„Ich glaube, Waginak, unsere Rettung begann schon damals, als Anaït fragte, auf welches Handwerk sich der junge Zar verstehe. Weißt du noch, wie du darüber gelacht hast?"

Durch alle Städte und weit über die Grenzen des Landes flog die Kunde von den Erlebnissen des jungen Zaren Watschagan und seiner klugen Gemahlin. Die Lieder sind verklungen, Märchen aber erzählt man sich bis in unsere Tage.

Ilse Korn

Das kluge Mädchen aus den Bergen

Ein Märchen aus der Tschechoslowakei

Es waren einmal zwei Brüder. Der eine war ein reicher Bauer, er hatte keine Kinder und war sehr geizig. Der andere, ein armer Häusler, hatte eine einzige Tochter und war ein gutherziger Mensch. Als das Mädchen zwölf Jahre alt war, gab er sie als Gänsemagd zu seinem Bruder. Zwei Jahre diente sie nur für die Kost, dann wurde sie Kleinmagd.

„Manka, arbeite treu und brav!" sagte der Onkel zu ihr. „Sobald du ausgedient hast, gebe ich dir anstelle des Lohns eine Kuh. Ich habe gerade ein vier Wochen altes Färsenkalb, das ziehe ich für dich auf; sicherlich ist dir das lieber als Geld."

„Da habt Ihr recht", erwiderte Manka, und von diesem Augenblick an war sie wie ein Teufel hinter der Arbeit her und sorgte dafür, daß der Onkel keinen Kreuzer verlor. Aber der Onkel war ein Betrüger. Nachdem Manka drei Jahre fleißig und ohne zu murren gedient hatte, wurde ihr alter Vater krank, und sie mußte nach Hause. Sie bat also um das Kalb, das schon eine ordentliche Kuh geworden war. Da machte der Onkel Winkelzüge, redete allerlei, sagte, er könne ihr nicht soviel geben und die Kuh habe er ihr gar nicht versprochen, kurz, er wollte die arme Manka mit wenigen Groschen abfinden.

143

Aber die war nicht so dumm, daß sie das Geld genommen hätte, sondern sie erzählte dem Vater alles und beschwor ihn unter Tränen, zum Richter zu gehen und auf Herausgabe der Kuh zu klagen. Der Vater, der über seinen gewissenlosen Bruder aufgebracht war, ging auch ohne Zögern in die Stadt und brachte seine Klage vor. Der Richter hörte ihn an und ließ den Bauern holen. Der wußte sehr wohl, daß er, wenn der Richter nicht ein Auge zudrückte, die Kuh herausgeben müsse, deshalb trachtete er danach, ihn auf seine Seite zu ziehen.

Der Richter war in großer Verlegenheit. Den Reichen wollte er nicht gegen sich aufbringen, doch der Arme hatte das Recht auf seiner Seite. Deshalb entschloß er sich zu einem schlauen Vorgehen. Er rief jeden allein zu sich und gab ihnen ein Rätsel auf: „Was ist das Schnellste, was das Süßeste und was das Reichste?" Wer er herausbekäme, dem wollte er die Kuh zusprechen.

Verdrossen gingen die Brüder nach Hause und überlegten auf dem ganzen Wege, was das wohl sein könnte, doch keiner fand die Lösung.

„Na, wie steht es?" fragte die Frau des reichen Bauern, als dieser nach Hause kam.

„Der Teufel soll die Gerichte holen! Jetzt sitze ich in der Patsche", sagte der Bauer und warf seine Otterfellmütze auf den Tisch.

„Warum? Was ist geschehen, hast du den Prozeß verloren?"

„Ach was, verloren! Bisher nicht, aber wahrscheinlich sehr bald. Der Richter hat mir ein Rätsel aufgegeben: Was ist das Schnellste, was das Süßeste und was das Reichste? Wenn ich es nicht errate, verliere ich die Kuh."

„Soviel Gerede um ein Rätsel! Das kann ich doch lösen! Was gibt es Schnelleres als unseren schwarzen Spitz, was Süßeres als unser Faß Honig, was Reicheres als unsere Truhe voller Taler?"

„Gut, Frau, du hast es erraten, die Kuh gehört uns", beruhigte sich der Bauer und ließ sich schmecken, was seine Frau gekocht hatte.

Auch der Häusler kam ganz traurig nach Hause, hängte seinen Hut an den Nagel und setzte sich an den Tisch.

„Nun, Vater, was habt Ihr ausgerichtet?" fragte Manka.

„Ach, ausgerichtet! Das sind Herren, die halten unsereinen ja nur zum Narren!"

„Was war denn? Erzählt!"

Da berichtete der Vater, was ihm der Richter auferlegt hatte.

„Wenn es sonst nichts ist! Das Rätsel löse ich, seid nur nicht traurig! Morgen früh sage ich Euch die Antwort."

Trotzdem tat der Häusler die ganze Nacht kein Auge zu.

Am Morgen kam Manka in die Stube und sagte: „Wenn Euch der Richter fragt, so antwortet: Das Süßeste ist der Schlaf, das Schnellste das Auge und das Reichste die Erde, aus der alles hervorgeht. Aber das sage ich Euch, Ihr dürft nicht verraten, von wem Ihr das habt."

Der Häusler ging also zum Richter und war gespannt, ob die Antwort richtig sein werde.

Zuerst rief der Richter den Bauern zu sich und fragte ihn nach seiner Lösung.

„Nun, ich meine", erwiderte der Bauer, „daß es nichts Schnelleres geben kann als meinen Spitz, der überall herumschnüffelt und alles auskundschaftet, nichts Süßeres als mein Faß Honig, das schon vier Jahre liegt, und nichts Reicheres als meine Truhe voller Taler."

„Mein lieber Bauer", sagte der Richter und zuckte die Schultern, „das will mir nicht gefallen, aber ich will hören, welche Lösung dein Bruder hat."

„Euer Gnaden, ich meine, das Schnellste ist das Auge, das im Nu alles überblickt, das Süßeste der Schlaf, denn der Mensch mag noch so betrübt und ermattet sein, wenn er schläft, weiß er von nichts, und manchmal findet er im Schlaf sogar Trost, das Reichste aber ist die Erde, aus der all unser Reichtum hervorgeht."

„Du hast es erraten, und deshalb bekommst du die Kuh. Aber verrate mir, wer dir die Lösung gesagt hat, denn ich weiß, daß sie nicht aus deinem Kopf stammt."

Lange wollte der Häusler nichts verraten, aber als der Richter immer wieder in ihn drang, verheddderte er sich und bekannte schließlich Farbe.

„Nun gut, wenn deine Tochter so schlau ist, soll sie morgen zu mir kommen, doch weder bei Tag noch bei Nacht, weder gekleidet noch nackt, weder gegangen noch gefahren."

Das war für den Häusler wieder eine drückende Last.

„Liebe Manka", sagte er, als er nach Hause kam, „du hast das Rätsel richtig gelöst, aber der Richter wollte nicht glauben, daß es aus meinem Kopf entsprungen ist, und ich mußte sagen, was ich wußte. Und nun sollst du zu ihm kommen, aber weder bei Tag noch bei Nacht, weder gekleidet noch nackt, weder gegangen noch gefahren."

„Laßt mich nur machen! Ich finde schon eine Lösung."

Um zwei Uhr morgens stand Manka auf, nahm einen schütteren Sack, streifte ihn über, zog über ein Bein einen Strumpf, an den anderen bloßen Fuß einen Schuh, und als es auf die dritte Stunde ging, also zwischen Tag und Nacht war, setzte sie sich auf eine Ziege und gelangte halb gehend, halb reitend in die Stadt.

Der Richter schaute aus dem Fenster und erwartete bereits das schlaue Mädchen aus den Bergen. Als er sah, wie gut sie die gestellte Aufgabe erfüllt hatte, ging er ihr entgegen und sagte: „Jetzt sehe ich, daß du ein gewitztes Mädchen bist, und wenn du willst, nehme ich dich zur Frau."

„Warum nicht, ich bin es zufrieden", erwiderte Manka und maß den Richter von Kopf bis Fuß.

Der Bräutigam faßte seine schöne Braut am Arm und führte sie ins Haus. Dann schickte er nach ihrem Vater und nach einem Schneider und ließ für seine künftige Frau ein Kleid nähen.

Am Tag vor der Hochzeit sagte der Richter zu seiner Braut, sie solle sich nie in seine Angelegenheiten einmischen, in keinen Urteilsspruch und auch in nichts anderes, sonst schicke er sie unverzüglich zu ihrem Vater zurück.

„Ich will alles tun, wie du es willst", erwiderte Manka.

Am nächsten Tag fand die Hochzeit statt, und Manka wurde eine große Dame. Sie liebte ihren Mann, schickte sich gut in alles und war zu jedermann freundlich; dafür genoß sie auch allgemein großes Ansehen.

Einmal kamen zum Richter zwei Bauern. Der eine besaß einen Hengst, der andere eine Stute, beide Pferde aber hielten sie gemeinsam. Als die Stute ein Füllen warf, entstand die Frage, wem es gehöre. Der Bauer, dem der Hengst gehörte, behauptete, das Füllen gehöre Rechtens ihm, der Bauer aber, der die Stute besaß, wies nach, daß er auf das Füllen ein noch größeres Anrecht habe. So stritten sie miteinander und brachten ihre Sache schließlich vor den Richter. Der Bauer, dem der Hengst gehörte, war sehr reich; er zog den Richter beiseite und gab ihm ein gutes Wort. So wurde das Füllen dem Hengst zugesprochen. Manka hatte im Nebenzimmer alles mit angehört. Das ungerechte Urteil ihres Mannes wollte ihr nicht gefallen. Als der ärmere Bauer herauskam, winkte sie ihn zu sich und sagte zu ihm: „Warum habt Ihr Euch so übers Ohr hauen lassen? Wer hat je gehört, daß ein Hengst ein Füllen hat?"

„Nun, ich bin zwar überzeugt, daß mir ein großes Unrecht widerfahren ist, aber wenn der gnädige Herr so entschieden hat, was kann ich dagegen tun?"

„Ich glaube Euch ja. Aber hört gut zu, was ich Euch sage, allerdings unter der Bedingung, daß niemand erfährt, wer Euch diesen Rat gegeben hat. Nehmt morgen um die Mittagsstunde ein Netz, steigt auf den Berg Skarman in der Nähe von Taus und tut, als wolltet Ihr Fische fangen! Mein Mann kommt um diese Zeit mit einigen Herren dort vorbei. Wenn die Euch sehen, werden sie fragen, was Ihr da macht, und Ihr antwortet: Wenn Hengste Füllen haben können, ist es auch möglich, daß auf einem Berg Fische wachsen." Der Bauer dankte der Frau und versprach, ihren Rat zu befolgen.

Am nächsten Tag ging der Richter mit einigen Herren auf die Jagd. Da sahen sie schon von weitem auf dem Skarman einen Bauern ein Netz auswerfen. Alle lachten, und als sie auf den Gipfel kamen, fragten sie den Bauern, was er hier tue.

„Ich fange Fische", erwiderte der Bauer.

„Du Narr!" schrie ihn der Richter an. „Wer hat je gehört, daß man auf einem Berg Fische fangen kann?"

„Wenn Hengste Füllen haben können, ist es auch möglich, daß auf einem Berg Fische wachsen."

Da wurde der Richter puterrot im Gesicht, rief den Bauern zu sich, zog ihn beiseite und sagte: „Das Füllen gehört dir. Aber zuvor sag mir, wer dir diesen Rat gegeben hat!"

Der Bauer leugnete, was er konnte, aber schließlich verriet er die Frau des Richters doch.

Gegen Abend kam der Richter nach Hause und schenkte seiner Frau keinen Blick. Lange ging er im Zimmer auf und ab, sagte kein Wort und beantwortete keine Frage.

Die Frau merkte gleich, was in seinem Kopf rumorte, doch sie wartete geduldig ab, zu welchem Ende die Sache komme.

Nach geraumer Weile blieb ihr Mann mit düsterer Miene vor ihr stehen und fragte: „Weißt du noch, was ich dir vor unserer Hochzeit gesagt habe?"

„Gewiß, ich weiß es."

„Warum hast du dann dem Bauern einen Rat gegeben?"

„Weil ich keine Ungerechtigkeit ertragen kann. Der arme Bauer wurde betrogen."

„Ob betrogen oder nicht, dich geht das nichts an. Nun kehre dorthin zurück, von wo du gekommen bist! Damit du aber nicht sagst, ich hätte auch dich ungerecht behandelt, erlaube ich dir, von hier mitzunehmen, was dir das Liebste ist."

„Ich danke dir, lieber Mann, für deine Güte, und wenn es denn nicht anders sein kann, gehorche ich. Aber gestatte, daß ich noch ein letztes Mal mit dir zu Abend esse, und zwar so fröhlich, als wäre nichts zwischen uns vorgefallen!" Damit lief sie in die Küche, ließ ein gutes Abendessen bereiten und den besten Wein auftragen.

Als die Speisen auf dem Tisch standen, nahmen beide Platz, aßen, tranken und unterhielten sich wie bei einem Fest. Die Frau trank ihrem Mann immer wieder zu, und als sie merkte, daß er ein wenig angeheitert war, befahl sie dem Diener, ihr noch ein volles Glas Wein zu reichen.

„Lieber Mann! Trink zum Abschied dieses Glas Wein auf meine Gesundheit! Sobald du das getan hast, gehe ich nach Hause."

Der Richter nahm das Glas und trank es auf einen Zug aus. Er war kaum noch Herr seiner Zunge. Nach einer Weile wurde sein Kopf schwer, und er schlief tief und fest ein.

Die Herrin verschloß alles, und die Diener brachten ihren Herrn zu Bett. Dann nahmen sie ihn samt dem Bett auf die Schultern und folgten ihrer Herrin.

Der Häusler schlug die Hände über dem Kopf zusammen, als

er spät in der Nacht den sonderbaren Zug auf seine Hütte zukommen sah. Doch als ihm seine Tochter alles erklärte, war er damit einverstanden.

Die Sonne stand schon recht hoch am Himmel, als der Richter erwachte. Er schaute sich verwundert um, rieb sich die Augen, konnte sich aber nicht erinnern, was mit ihm geschehen war.

Da trat seine Frau in die Stube. Sie trug einen einfachen, aber sauberen ländlichen Rock und auf dem Kopf eine schwarze Haube.

„Du bist noch da?" fragte er sie.

„Warum sollte ich nicht dasein? Ich bin doch hier zu Hause!"

„Und was mache ich hier?"

„Hast du mir denn nicht erlaubt mitzunehmen, was mir das Liebste ist? Du bist mir das Liebste, also habe ich dich mitgenommen."

Da mußte der Richter lachen, und er sagte: „Es sei dir verziehen! Aber nun sehe ich klar, daß du klüger bist als ich; deshalb wirst von nun an du richten und nicht ich."

Die Frau des Richters war es zufrieden; von diesem Tage an sprach sie Recht, und alles war gut.

Božena Němcová

Die mutige Häuptlingstochter

Ein Indianermärchen

Am Rande des großen Meeres lebte ein Indianerstamm, klein an Zahl, doch tapfer und unerschrocken. Viele Tage des Jahres fuhren die Männer auf ihren schmalen Booten zum Walfischfang hinaus. Mancher kam dabei ums Leben, denn das Meer war oft wild und ungebärdig. Die Walfische, groß wie Ungeheuer, nahmen mit Leichtigkeit ein Kanu auf ihren Rücken und kippten es einfach um.

So groß auch die Gefahr war, nichts hielt die Jäger davon ab, diese riesengroßen Tiere zu erbeuten, spendeten sie doch alles, was für das Leben des Stammes nützlich war: gewaltige Fleischberge, Tran für die Lampen und eine zähe Haut. Sie diente vor allem zur Bespannung der Kanus und zur Anfertigung von Mokassins. War ein Walfisch erlegt worden, dann feierten die Indianer ein Fest.

Eines Tages kam der Rabe Gelbschnabel zu dem Dorf geflogen und ließ sich auf einem Kiefernast nieder. Ein riesiger erbeuteter Wal lag am Ufer, Frauen und Kinder flochten Blumen- und Muschelketten, sangen und waren fröhlich. Alles deutete auf die Vorbereitung eines Festes hin.

Ha! dachte der Rabe, vor diesem Wal brauche ich mich nicht

mehr zu fürchten, er ist tot, er kann mir nichts anhaben, wie
jener, der mich mit der Schwanzflosse beinahe zu Tode schlug.
Hier werde ich übernachten und mir die besten Stücke aus den
Opfergaben genehmigen. Zu lange schon habe ich Hunger leiden
müssen.

Von dem hohen Ast aus konnte er das Indianerdorf über-
blicken. Die Wigwams waren kreisförmig angeordnet, und hinter
jeder Behausung war ein geschnitzter und buntbemalter Pfahl
in die Erde gerammt. Die Pfähle trugen Tierköpfe, die ebenfalls
geschnitzt und bemalt waren: die Totems, die von den Indianern
wie Götter verehrt wurden.

Die Häuptlingstochter Seeblüte und einige ihrer Freundinnen
schmückten noch vor Anbruch der Dunkelheit die hölzernen
Totems mit Blumen, Tang und Seegras. Vor dem größten Totem
verneigte sich die Jungfrau und bat den weisesten der Schutz-
geister, er möge ihren Liebsten, den Jäger Wellenflug, von seiner
gefährlichen Meerreise gesund zurückbringen. Dann lag tiefe
Stille über dem Hain.

Plötzlich vernahm der Rabe ein Raunen und Wispern. Die
hölzernen Pfähle mit den Tierköpfen schienen lebendig zu werden. Sie umringten die größte Säule, verneigten sich und schweb-
ten geistergleich hin und her. Vorsichtig flog der Rabe näher, um
zu lauschen, doch sosehr er sich auch anstrengte, er konnte den
Sinn der sonderbaren Beratung nicht begreifen. Nur einzelne
Worte fing er auf. Von einem Geschenk war die Rede, das die
Totems den Indianern zukommen lassen wollten. Auf den Flügeln von Seeadlern sollte es gebracht werden: eine goldene Kugel,
mit deren Hilfe sich die Indianer mehr Nahrung beschaffen
könnten.

Mehr zu essen wäre auch mir zu gönnen, dachte der Rabe. Wie
muß ich mich doch plagen, um ein saftiges Stück Fleisch zu
erbeuten! Meistens bleibt mir nur ein abgenagter Knochen und
Spott und Gelächter der Männer über meine schwarzen Federn,
die niemandem gefallen. Diesmal will ich wachsam sein. Ein Teil
dieses goldenen Geschenks soll mir gehören.

Am nächsten Morgen standen die Totems wieder an ihren
Plätzen, geschmückt mit den Blumen und Muschelketten der
Frauen. Von überall kamen die Jäger und Fischer herbei, der Wal

wurde zerlegt und die besten Fleischstücke als Opfergaben im Totemhain niedergelegt. Mit Gesängen, Tänzen und Schmausen feierte der Stamm das Fest des großen Wals.

Nur Seeblüte war traurig und schaute oft übers Meer, in der Hoffnung, der Liebste möchte rechtzeitig zum großen Trommeltanz erscheinen. Er war heimlich ausgezogen, um für ihren Vater eine kostbare Hochzeitsgabe heimzubringen. Viele Tage war er schon unterwegs. Waren er und sein Kanu gar ein Opfer der Wale geworden?

Der Tag neigte sich. Die Sonne versank im Meer. Da vernahmen die Feiernden plötzlich ein gewaltiges Brausen. Eine große graue Wolke kam rasch näher, und bald erkannten alle, daß es ein Schwarm Seevögel war. Mit ihren mächtigen Schwingen ruderten sie unmittelbar auf das Indianerdorf zu. Auf den ausgebreiteten Fittichen trugen sie eine rotgoldene Kugel. Wäre nicht die Sonne vor den Augen der Indianer soeben untergegangen, sie hätten geglaubt, die Seeadler brächten sie auf ihren Flügeln herbei. Geblendet von der Feuerkugel, aber auch ängstlich wandten sie die Köpfe in die Richtung des Totemhains. Von dort ertönte eine gewaltige, weithallende Stimme: „Fürchtet euch nicht, tapfere Indianer! Die Totems, die in eurem Dorf wohnen und denen ihr die Treue haltet, bringen euch ein Geschenk: eine Kugel aus rotgoldenem Kupfer. Daraus werdet ihr für eure Speere, Pfeile und Harpunen bessere Spitzen schmieden können. Mit den neuen Waffen gewinnt ihr mehr Fleisch für euren Stamm und damit ein Leben ohne Hunger."

Die Indianer erwarteten nun ohne Furcht die Vogelwolke.

Plötzlich schoß pfeilgeschwind ein schwarzer Vogel vorbei und schrie heiser: „Von diesem Geschenk gehört mir ein Teil, den will ich mir nehmen, bevor es in eure Hände kommt." Er hackte mit seinem spitzen Schnabel auf die Kugel ein, und die Seeadler – überrascht von dem unerwarteten Angriff – flogen auseinander. Die Kupferkugel fiel ins Meer.

Der Rabe verbarg sich erschrocken im dichten Laub eines Baumes.

Traurig standen die Indianer am Ufer, dann liefen sie ratlos in den Totemhain, Antwort erhoffend. Doch dort herrschte tiefe Stille. Endlich sprach der Häuptling: „Wir sollten versuchen, das

153

kostbare Geschenk, das unserem Stamm mehr Nahrung und ein besseres Leben verheißt, zu bergen. Zieht mit euren Booten hinaus, vielleicht gelingt es einem kräftigen Fischer, die Kugel aus der Tiefe heraufzuholen. Wer sie uns zurückgewinnt, dem will ich meine einzige Tochter, Seeblüte, zur Frau geben."

Seeblüte war aufs tiefste erschrocken. Hatte der Vater vergessen, daß sie seit langem dem jungen Indianer Wellenflug versprochen war? Sie hob bittend die Hände, doch der Häuptling hatte keinen Blick für sie, sondern schaute unverwandt aufs Meer. Sein Wort hatte Gültigkeit.

Während einige Indianer ihre Waffen in die Boote trugen, lief Seeblüte zu der höchsten Totemsäule und rief: „Hilf mir, großer Geist! Was kann ich tun? Wie entgehe ich dem väterlichen Spruch?"

Das Totem, das Seeblüte von Kind auf kannte und wußte, wie furchtlos und kühn sie war, sprach leise und nur ihr vernehmbar: „Bist du nicht ausgebildet im Waffenhandwerk der Männer? Wenn du Mut hast und dich allein auf das weite Meer hinauswagst, wollen wir dir helfen und dir raten."

Seeblüte hob den Kopf.

„Ich höre und gehorche", sagte sie. „Jede Furcht will ich aus meinem Herzen bannen."

Das Totem empfahl nun der Häuptlingstochter, Männerkleidung anzulegen und mit dem Boot, das in der Mündung des Lachsbaches bereitstand, hinauszufahren. Im Boot befinde sich eine metallene Harpune, die habe die Macht, sich in das Kupfer zu bohren, so daß sie die Kugel ins Boot heben könne. Sollte jedoch Angst sie befallen, wäre alles vergebens.

Seeblüte zog hastig die Kleider ihres Bruders an, versteckte ihre langen Zöpfe unter einer Federkrone, beschmierte sich das Gesicht mit Tierblut und lief unerkannt an die Mündung des Baches. Dort lag unter herabhängendem Strauchwerk ein hochwandiges Kanu mit steilem Bug. Im Boot fand sie alles, wie das Totem es gesagt hatte.

Mittlerweile waren schon einige Indianer weit aufs Meer hinausgefahren. Da brachte ein gewaltiger Windstoß die Wasseroberfläche in Aufruhr. Schaumgekrönte Wellen überschlugen sich, graugrün war die See, schwarz der Himmel, von Blitzen hin und wieder schrecklich erhellt. Einige Boote hielten der Wucht der Wellen nicht stand, sie überschlugen sich, und die Männer ertranken. Andere Fischer erreichten schwimmend den fernen Strand.

Seeblüte erschauerte vor dem aufgewühlten Meer. Wirbel drehten das kleine Kanu wie einen Kreisel, riesige Wellenberge hoben es hoch und ließen es in schwarzgähnende Abgründe stürzen. Das Mädchen konnte nichts anderes tun, als sich am Rand des Bootes festzuklammern. Insgeheim wunderte sie sich, daß das Kanu nicht längst von der Wucht der Wellen zerbrochen war. Plötzlich leuchtete es rot aus der Tiefe. Hier muß die Kugel liegen, dachte Seeblüte und schleuderte mit aller Kraft die Harpune. Um sie herum war nichts als kochender Gischt. Sie fühlte, wie sich die Fangleine straffte. Mit größter Anstrengung zog sie daran, und auf einmal rollte die rotgoldene Kugel ins Boot. Zugleich ertönte ein heftiger Donnerschlag, das graue Gewölk zerriß, und ein heller Abendhimmel zeigte sich, der das Meer in gelbem Licht erstrahlen ließ. Wie von Zauberhänden geglättet, beruhigte sich die See, und Seeblüte lenkte das Kanu mit schnellen Schlägen in die Lachsbucht.

Die Indianer hatten vom Strand her dem Kampf um die Bergung der Kugel zugesehen. Jetzt liefen sie zur Mündung des Baches und erwarteten mit ihrem Häuptling den Sieger. Wie staunten sie aber, als Seeblüte aus dem Boot sprang. Der Sturm hatte ihren Federschmuck zerrissen, ihr schwarzes Haar wehte. Bescheiden lächelnd stand sie vor den Männern. Die hoben vorsichtig die rotschimmernde Kugel aus dem Boot und schleppten sie vor den Häuptling.

Doch noch bevor er ein Wort der Freude sprechen und seine kühne Tochter begrüßen konnte, ertönte ein kreischendes Gelächter. Der Rabe Gelbschnabel stieß wie ein schwarzer Schatten hernieder, packte das Netz mit den Krallen und verschwand damit in den höchsten Baumspitzen.

Das Geschenk der Totems war zum zweiten Mal verloren. Ohne Aufforderung bildete sich ein Ring der besten Schützen um den Baum, und ein Hagel von Pfeilen traf die Kugel. Doch alle prallten ab und fielen zu Boden. In ohnmächtigem Zorn verharrten die Indianer, schon erwog man, den Baum umzuschlagen. Da landete ein zweites Boot in der Lachsbucht, und heraus sprang der Jäger Wellenflug, der gerade im rechten Augenblick von seiner Fahrt zurückgekehrt war. Seeblüte lief ihm glücklich entgegen und berichtete in wenigen Sätzen, was sich bei ihnen zugetragen. Da erbat sich Wellenflug Pfeil und Bogen, doch er zielte nicht auf das schimmernde Gold der Kugel, sondern auf den Krallenfuß des Vogels. Vor Schmerz ließ der Rabe die Beute fahren. Die Kugel rollte aus dem Netz, fiel von Ast zu Ast und zerbrach mit Getöse. Vor den Füßen der Indianer lagen viele große und kleine Splitter.

Fassungslos betrachteten der Häuptling und seine Männer das scheinbar verdorbene Geschenk, keiner wagte die Stücke zu berühren. Nur Seeblüte hob ohne Furcht einen der Splitter auf und sagte: „Die Totems wollen uns zeigen, wie das Kupfer zu gebrauchen ist. Seht nur, es sind große und kleine scharfkantige Spitzen für unsere Pfeile, Speere und Harpunen. Hatten uns die Totems nicht mehr Beute und ein besseres Leben versprochen? Wir wollen nun diese Spitzen für unsere Waffen benutzen."

Der Häuptling nahm vorsichtig ein Stück Kupfer und befühlte die harten Kanten, dann blickte er auf seine Tochter und wunderte sich.

„Du bist der Sieger dieses Tages", sagte er. „Du hast uns nicht nur das Geschenk zurückgebracht, sondern auch seinen Sinn erklärt. Nun geh und wähle dir deinen Mann."

Lachend faßte Seeblüte nach Wellenflugs Hand.

Da sagte der Häuptling betroffen: „Verzeih mir, meine Tochter. Wie konnte ich vergessen, daß ich dich dem tapferen Wellenflug versprochen hatte. Morgen soll eure Hochzeit gefeiert werden." Und zu Wellenflug gewandt, fügte er hinzu: „Du bekommst nicht nur eine schöne, sondern auch furchtlose und kluge Frau."

Der junge Indianer legte die Hand aufs Herz, bedankte sich und sprach: „Bei allem, was geschehen ist, möchte ich zuerst den Totems danken, die mir die Braut heil und unversehrt zurückgaben. Nur eins betrübt mich. Ich war ausgezogen, um für dich, Häuptling, ein großes Geschenk zu holen. Viele Tagereisen von hier erlegte ich einen Riesenwal. Die Fischer eines anderen Stammes halfen mir, ihn zu bergen. Als ich aber merkte, daß sie mit ihren Kindern dem Hungertod nahe waren, überließ ich ihnen die Beute und stehe nun mit leeren Händen vor dir. Nur meiner Braut bringe ich etwas mit."

Er holte ein zierliches, geschnitztes Kästchen hervor, öffnete es und sagte: „Diese köstlich duftende Salbe wird Ambra genannt. Ein alter Fischer schenkte sie mir und lehrte mich, wie man sie aus dem Wal gewinnt. Nimm sie als Hochzeitsgabe an."

Seeblüte und Wellenflug wurden am nächsten Tag Mann und Frau, und alle Mädchen waren sich einig, daß die Braut, die sich Wangen und Haar mit Ambra eingerieben hatte, besser duftete als die schönste Blume des Landes.

Ilse Korn

Die Kluge

Ein ukrainisches Märchen

Es waren einmal zwei Brüder: ein armer und ein reicher. Dem Reichen tat es leid, daß der Bruder nichts zu beißen und zu brechen hatte. Er gab ihm eine Milchkuh und sprach: „Nach und nach arbeitest du sie schon bei mir ab.‟

Der arme Bruder arbeitete und arbeitete, doch als er es geschafft hatte, tat dem Reichen seine Milde leid, und er sagte: „Gib mir die Kuh wieder.‟

Der Arme jammerte: „Bruder, ich habe doch dafür bei dir gearbeitet!‟

„Was hast du schon gearbeitet – das war ja für die Katz! Was ist das dagegen für eine Kuh! Gib sie nur wieder heraus!‟

Dem Armen tat es um seine Arbeit leid, und er wollte die Kuh nicht hergeben. Da gingen sie beide zu ihrem Herrn mit ihrem Streit. Der Herr nun mochte sich wahrscheinlich nicht den Kopf zerbrechen, wer von ihnen im Recht und wer im Unrecht sei, und sprach: „Wer mir ein Rätsel löst, der kriegt die Kuh.‟

„Sagt es uns!‟

„Hört zu: Was auf der Welt ist am fettesten von allem, was ist am schnellsten, und was braucht der Mensch jeden Tag aufs neue? Kommt morgen wieder und sagt es mir!‟

Die Brüder gingen, und der Reiche kam nach Hause und dachte: Das ist Unsinn, aber kein Rätsel! Was könnte wohl fetter sein als des Herrn Schweine, schneller als des Herrn Windhunde und nötiger als das Geld? Die Kuh ist mein!

Der Arme indessen ging heim, sann und sann und grübelte. Er hatte aber eine Tochter namens Mascha. Die fragte ihn: „Was grübelst du denn so, Väterchen? Hat der Herr etwas gesagt?"

„Ach, er hat ein Rätsel aufgegeben, über das man sich den Kopf zerbrechen kann."

„Sag mir das Rätsel!"

„Na, hör zu: Was auf der Welt ist am fettesten von allem, was ist am schnellsten, und was braucht der Mensch jeden Tag aufs neue?"

„Ach, Väterchen, am fettesten ist die Erde, denn sie tränkt und ernährt uns und macht uns alle satt; am schnellsten ist der Gedanke, mit ihm kannst du fliegen, wohin du willst; unentbehrlich aber ist der Schlaf: Wie wohl dem Menschen auch sei, er läßt alles stehen und liegen, um zu schlafen."

„Wirklich", sagte der Vater, „mir scheint, du hast recht. So will ich es dem Herrn auch sagen."

Am anderen Tage kamen die Brüder zum Herrn, und er fragte sie: „Nun, wie steht's, habt ihr es erraten?"

„Na, wir glauben es!" antworteten sie.

Der reiche Bruder trat aber schnell hervor, denn er wollte sich gleich hören lassen, und sprach: „Am fettesten, Herr, sind Eure Schweine, am schnellsten sind Eure Hunde, und jeden Tag braucht man aufs neue Geld."

„Ach − ach − ach! Falsch geraten!" rief der Herr. „Nun, und was sagst du?"

„Ei, was wird's schon sein, Herr! Es gibt nichts Fetteres als die liebe Erde. Sie tränkt und ernährt uns und macht uns alle satt."

„Wahr gesprochen", rief der Herr. „Was aber ist am schnellsten?"

„Am schnellsten ist der Gedanke, mit dem kann man fliegen, wohin man will."

„So ist es. Doch was braucht der Mensch jeden Tag aufs neue?"

„Das ist der Schlaf. Wie wohl dem Menschen auch sei, er läßt alles stehen und liegen, um zu schlafen."

„Es ist, wie du gesagt hast", sprach der Herr. „Die Kuh ist dein. Doch sage mir: Hast du die Rätsel selber geraten, oder wer hat dir geholfen?"

„Ach, ich habe eine Tochter, Mascha, die hat sie mir gesagt."

Da erzürnte sich der Herr: „Wie geht das zu! Ich bin ein kluger Kopf, und sie ist bloß ein Mädchen und löst mir meine Rätsel! Warte! Hier hast du zehn gekochte Eier! Gib sie deiner Tochter, sie soll die Glucke draufsetzen, daß sie über Nacht ausgebrütet sind und sie die Kücken aufziehen kann. Dann soll sie drei davon schlachten und braten, und du bringst sie mir zum Frühstück her. Ich warte darauf; und tut sie es nicht, geht's ihr schlecht!"

Da ging der Alte heim und weinte. Als er zu Hause ankam, fragte die Tochter: „Was weinst du, Väterchen?"

„Wie soll ich nicht weinen, meine Tochter! Der Herr hat mir zehn gekochte Eier gegeben und befohlen, daß du sie der Glucke unterlegst, damit sie die Kücken in einer Nacht ausbrütet und aufzieht; und drei sollst du ihm zum Frühstück braten."

Die Tochter nahm ein Töpfchen mit Hirsebrei und sprach: „Trag die Hirse, lieber Vater, zum Herrn und sage ihm, er solle das Feld pflügen und die Hirse säen, damit sie wächst und blüht und er sie mähen, dreschen und schroten kann — dann will ich die Kücken, die aus diesen Eiern kriechen, damit füttern und aufziehen."

Der Bauer ging zum Herrn, gab ihm den Brei und sprach: So und so..., wie es ihm die Tochter gesagt hatte.

Der Herr beguckte sich die Hirse von hinten und von vorn und gab sie seinem Hunde. Dann nahm er einen Stengel Flachs, gab ihn dem Bauern und sprach: „Bring deiner Tochter diesen Flachs, sie soll ihn weichen, rösten, brechen und spinnen und daraus hundert Ellen Leinen weben. Tut sie es aber nicht, ergeht es ihr schlecht."

Da ging der Bauer wieder heim und weinte bitterlich. Die Tochter kam ihm entgegen und fragte: „Was weinst du denn so, Väterchen?"

„Ach, sieh dir das nur an: Der Herr schickt dir einen Stengel Flachs, den sollst du weichen, rösten, brechen und spinnen und hundert Ellen Leinen daraus weben."

Mascha überlegte ein kleines Weilchen, dann nahm sie ein

Messer, ging und schnitt ein Zweiglein vom Baume, gab es dem Vater und sprach: „Bring es dem Herrn, Väterchen. Er soll mir daraus ein Spinnrad machen, daß ich den Flachs darauf spinnen kann."

Der Bauer trug den Zweig zum Herrn und richtete ihm aus, was die Tochter gesagt hatte. Der beguckte sich den Zweig von vorne und hinten, warf ihn weg und dachte bei sich: Die kriegst du nicht klein! Das ist eine ganz Schlaue!

Dann überlegte er lange und sprach zum Bauern: „Geh und sage deiner Tochter, sie soll zu mir zu Gaste kommen: weder gegangen noch geritten noch gefahren – ohne Schuhe und doch nicht bloß – ohne Gabe und doch nicht ohne Gastgeschenk! Und wenn sie das nicht kann, ergeht es ihr schlecht!"

Der Vater ging wieder heim, weinte bitterlich und sprach zu seiner Tochter: „Ach, Mascha, was wird nun aus uns werden? So und so hat der Herr befohlen...", und er erzählte ihr alles.

„Gräm dich nicht, Vater, es wird alles gut. Geh und kauf mir einen lebendigen Hasen."

Der Vater ging und kaufte einen Hasen. Mascha aber fuhr mit einem Fuß in einen zerrissenen Latschen, den anderen ließ sie bloß. Dann fing sie einen Sperling, nahm den Schlitten und spannte die Ziege davor. Den Hasen nahm sie unter den Arm, den Spatzen in die Hand, stellte ein Bein in den Schlitten und hopste mit dem anderen den Weg entlang – so zog die Ziege das eine Bein, und das andere Bein ging. In diesem Aufzuge kam sie auf den Herrenhof, und als der Herr sie erblickte, rief er seine Leute und schrie: „Jagt sie mit den Hunden fort!"

Die ließen die Hunde auf sie los; sie aber gab den Hasen frei, da jagten die Hunde den Hasen und taten ihr nichts. So trat sie ein ins Herrenhaus, verneigte sich und sprach: „Hier, Herr, ist Euer Gastgeschenk", und gab ihm den Spatzen.

Er wollte ihn gerade nehmen, da ließ sie den Vogel los, und – schwirr! war er durchs Fenster davon.

Um dieselbe Zeit kamen zwei Bauern auf den Hof und baten um Rechtsspruch.

„Worum geht es, liebe Leute?" fragte der Herr und wandte sich zu ihnen.

Und der eine antwortete: „Seht, Herr, das war so: Wir schliefen beide über Nacht im Felde, und wie wir morgens aufwachen, da hat meine Stute ein Füllen gebracht."

Der andere aber rief: „Das ist nicht wahr, das war meine Stute! Entscheide du, Herr!"

Der Herr dachte nach und sprach: „Bringt mir das Fohlen und die Stuten her — zu welcher das Junge läuft, die hat es geworfen."

Sie brachten die Stuten am Zügel und ließen das Fohlen frei.

Jeder aber versuchte, es auf seine Seite zu scheuchen, und das Fohlen wußte gar nicht mehr, wohin es laufen sollte — lief und sprang, wer weiß wohin. Nun wußte keiner aus noch ein. Was tun und wie entscheiden?

Mascha aber sprach: „Bindet das Füllen an und laßt die Stuten frei — diejenige, welche zum Fohlen läuft, hat es geworfen."

So machten sie es, hielten das Füllen fest und ließen die Stuten los; da lief die eine zu ihm hin, während die andere stehenblieb.

Jetzt sah der Herr: Die Tochter war so klug, daß man ihr nicht beikommen konnte, und er ließ sie in Frieden gehen.

Vom Mädchen, das nur einen Klugen heiraten wollte

Ein Märchen aus der Elfenbeinküste

Im Stamme der Baule gab es ein Mädchen, das lebte mit seinem Vater und drei Brüdern in einem kleinen Haus. Eines Tages, als der Yamskloß sehr klein ausgefallen und der Hunger größer als vor dem Essen war, sagte sie zu ihrem Vater: „Wenn du mich verheiraten willst, verkaufe mich nicht, gib mich nur einem, der klug ist."

Die Brüder rümpften die Nase, und auch die Nachbarn, die bald davon hörten, wunderten sich über den absonderlichen Wunsch.

„Warum will sie nicht einen Mann, dem es besser geht als uns?"

Doch das Mädchen lächelte zu solchen Reden und blieb bei ihrer Meinung.

Bald sprach man im ganzen Land von ihr. Ein Mädchen, das sich seinen Mann selbst aussuchen wollte, war etwas ganz Neues.

So hörte man auch im Holzschnitzerdorf von dem Mädchen. Dort lebte ein junger Mann ganz allein. Er war weder arm noch reich, er schnitzte, wenn es ihm Spaß machte, und verkaufte etwas, wenn ihn hungerte.

Als er die Geschichte von dem Mädchen hörte, konnte er nachts nicht mehr schlafen. Bald verschloß er sein Haus und machte sich auf, sie zu sehen. Mehrere Tage wanderte er durch die Savanne. Wenn er nach ihr fragte, nickten die Leute und wiesen ihm die Richtung.

„Sie wohnt hinter dem Schildkrötenhügel."

Endlich saß er vor ihrem Haus, staubig und verschmutzt von der Wanderung, und bat um einen Trunk Wasser.

Sie schöpfte aus dem Brunnen, goß das Wasser von einer Schale in die zweite und von dort in die dritte.

Dann erst reichte sie es ihm.

„Du bist nicht nur schön, Mädchen, du bist auch klug und lehrst mich, meine Gier zu bezwingen!" sagte er und trank langsam und mit Bedacht.

„Eine unbedachte Minute kostet uns oft das Leben!" entgegnete sie ruhig.

Sie gefiel ihm vom ersten Augenblick an.

„Wie verständig du bist. Ich komme von weit her, vom Holzschnitzerdorf. Man erzählt im ganzen Land von dir. Laß mich mit deinem Vater sprechen."

„Man schaut nicht mit beiden Augen zugleich in eine Kürbisflasche", sagte sie und lachte.

Der Jüngling blickte sie betroffen an, dann hatte er verstanden, daß sie ihn vor blindem Eifer warnen wollte.

„Auch bei uns gibt es ein Sprichwort", sagte er. „Von der Last, die du nicht trägst, weißt du nicht, wie schwer sie ist." Er sah sie an. „Doch ich weiß, wie schwer die deine ist. Tragen wir sie gemeinsam, dann wird sie für jeden um die Hälfte leichter, und am Ende schütteln wir sie ab."

Als er sah, wie ihre Augen aufleuchteten, schenkte er ihr eine geschnitzte Haarspange und sang:

> „Ich habe ein Haus hinter der Savanne,
> jetzt ist es leer.
> Das Lied ist meine Heimat
> und das Schnitzmesser.
> Es denkt mit mir
> und sieht mit meinen Augen.

Abends sitze ich allein und höre
auf die Rufe der Vögel."

„Ich höre es gern, wenn die Männer singen und Geschichten erzählen!" sagte sie.

Da ging er hinein, um den Vater zu begrüßen und um sie zu werben. Doch der Alte war im Zweifel.

„Ob sie dich nimmt, das liegt nicht an meinem Willen. Wir sind arme Leute. Ich kann ihr nichts mitgeben. Daß sie aus ihrer Armut herauswill, verstehe ich. Aber verkaufen werde ich sie nie."

„Ich kam auch nicht her, um sie zu kaufen, auch nicht, um Mitgift zu empfangen", sagte der Bursche. „In meinem Dorf bin ich kein unbekannter Holzschnitzer, doch ich verstehe auch andere Arbeit. Ich will für eine Weile im Nachbardorf eine Beschäftigung annehmen, so können wir uns oft sehen, und sie mag dann entscheiden."

Er teilte Gastgeschenke aus: für den Vater einen Fliegenwedel mit kunstvoll geziertem Griff, für die Brüder Trommelschlegel, für den Kleinen einen Löffel und ein Salbgefäß.

Am nächsten Tag schloß er sich einer Gruppe junger Männer an, die im Wald rodeten. In den Abendstunden schnitzte er, weil es ihm Freude machte und die Finger gelenkig bleiben sollten. Oft saß er mit dem Mädchen beisammen, und die Leute dachten schon, sie seien verlobt.

„Einen Klugen haben wir uns anders vorgestellt", spotteten sie.

Eines Tages kochte das Mädchen eine ausgezeichnete Suppe nach einem Rezept, das nur noch die Alten kannten. Sie verpackte den Topf sorgsam in einen geräumigen Korb, umhüllte ihn mit großen Blättern und tat außerdem noch einen Knochen, ein Stück Kohle und eine Handvoll roter Lehmerde an die Seite. Dann schickte sie ihren kleinen Bruder mit der Abendmahlzeit ins Nachbardorf.

Der junge Mann war noch im Busch, doch alle, die an dem Korb vorbeikamen, schnupperten, denn der feine und seltene Geruch stieg ihnen in die Nase. Sie rätselten hin und her, was das Mädchen wohl für ein Zauberkräutlein beigemischt habe.

Endlich kam der Jüngling. Er holte zwei Kameraden heran und lud sie zum Mahl im kühlen Hause ein. Alle lobten die einzigartige Suppe, und einer sagte: „Du bekommst gewiß eine tüchtige und gute Hausfrau."

„Ja, und eine kluge dazu", erwiderte der Bursche, „denn sie kocht nicht nur mit Schüsseln und Töpfen, sondern auch mit dem Kopf."

Nach dem Mahl fand er die übrigen Zugaben im Korb und grübelte eine Weile, was sie ihm wohl damit hatte sagen wollen. Dann erhellten sich seine Züge: „Sie hat mir eine Botschaft zukommen lassen. Sie erwartet mich heute abend."

„Wie willst du das wissen?" fragten die Freunde.

„Seht her! Diese rote Erde, das ist die Farbe ihres Lehmhauses, das Stück Kohle, schwarz wie die Nacht, sagt mir, daß ich heute noch kommen soll, wenn es dunkel ist. Und der Knochen, der ist gewiß für den Hund, damit er nicht Lärm schlägt und die Brüder und den Vater aufweckt."

Die beiden jungen Männer bewunderten ihn.

Das Mädchen empfing ihn fröhlich.

„Ich wollte dich prüfen und sehe, du hast meine Zeichen richtig gedeutet. Deshalb magst du morgen um mich werben."

„Warten wir bis übermorgen!" sagte der junge Mann und lächelte insgeheim. „Es ist nicht gut, wenn nur einer von uns beiden die Zeichen zu deuten versteht."

Dann saßen sie noch lange beisammen, bis der Mond sein Licht verlor und die ersten Vögel den Tag verkündeten.

Am Morgen ging der älteste Bruder mit dem Holzschnitzer in den Wald zum Roden. Er hatte ihr nächtliches Gespräch gehört und war ärgerlich. Viel lieber hätte er die Schwester einem anderen gegönnt, einem kräftigen, großen, der mehr verstünde als Holz fällen und Sächelchen schnitzen. Sie gerieten in Streit, und es blieb nicht dabei, bald prügelten sie sich und rangen miteinander. Weil nun der älteste Bruder stark wie ein Ochse, der Holzschnitzer aber schlank und zierlich war, konnte der Kampf nicht anders ausgehen: Der Bruder band den Burschen an einem Baum fest und wartete ab, was der jetzt tun würde.

Doch der Bursche verhielt sich ganz ruhig, er stieß weder ein Klagegeheul aus, noch bettelte er um Essen und Trinken. Das gefiel dem Bruder. Die Sonne stand schon hoch und neigte sich. Da bat der Gefesselte: „Ich bin in deiner Gewalt. Du bist der Stärkere, das weiß jeder, und es war kein Meisterstück, mich zu binden. Doch du bist nicht ohne Ehre, du wirst mir erlauben, daß ich dieses Kind dort zu deiner Schwester schicke. Lach nicht, du meinst, ich will sie bitten, mir Leute herauszuschicken, die mich losbinden? Komm her, du sollst mit anhören, was ich ihr ausrichten lasse."

Der älteste Bruder wartete voller Neugier, und der Jüngling trug dem Kind auf: „Geh zu seiner Schwester und sage: Wer nicht schläft, kann nicht träumen. Doch ich träume von der Feder aus dem Schwanze des Schlangenfresser-Vogels, die im Giebel deines Hauses steckt und fliegen will."

Das Kind wiederholte die Worte.

„Sonst darfst du nichts sagen, hörst du. Nun aber, ältester Bruder, wirst du erleben, wie deine Schwester mit ihrer Klugheit das Richtige tun wird."

Der Bruder beschloß, dem Kind zu folgen und sich zu verstecken.

Das Mädchen hörte die Botschaft und sprach kein Wort. Sie überlegte und erinnerte sich: Hat er mir nicht kürzlich gesagt, meine Augen seien so goldbraun wie die Schwanzfeder dieses Vogels? Folglich werden es meine Augen sein, von denen er träumt. Doch er will mir sagen, daß er nicht schläft und doch träumt. Wenn er träumt, arbeitet er nicht. Vielleicht kann er nicht? Und so hat er Zeit zum Träumen. Doch wenn er nicht kann . . .?

Der Bruder sah, wie die Schwester unruhig vor dem Haus auf und ab ging, zum Dach hinaufblickte und den Kopf schüttelte.

Der Giebel meines Hauses, das ist mein Kopf, dachte das kluge Mädchen. Er will mich daran erinnern, daß ich einen Kopf zum Überlegen habe und daß meine Gedanken zu ihm fliegen sollen. Nur meine Gedanken?

„Ist ihm etwas zugestoßen?" fragte sie hastig, als sie ihren Bruder hinter dem Strauch entdeckte. Der sah sie verwundert an. „Komm mit in den Wald", rief sie laut. „Komm, hole Leute aus dem Dorf", und sie lief so schnell, daß er Mühe hatte, zu folgen und ihr den Weg zu weisen.

Sie fand den Jüngling an den Baum gefesselt. Er lachte und lachte.

Der älteste Bruder stand beschämt neben ihnen und sagte hinfort kein abfälliges Wort mehr über den Wunsch der beiden, die Klugheit über alles zu stellen.

Bald darauf heirateten sie und waren weise genug, ihr Glück ein Leben lang zu hüten.

Ilse Korn

Die kühne Tulganoi

Ein usbekisches Märchen

Einst kam es dem Bek von Ura-Tjube in den Sinn, sein Land gegen feindliche Überfälle zu sichern, und er beschloß, einige seiner Untertanen in den Grenzgebieten anzusiedeln, damit sie sein Reich verteidigten.

„Kokand will uns mit Krieg überziehen, wir müssen darauf bedacht sein, unser Land zu schützen." So ließ der Bek dem Volk verkünden. „Aus vierzig Häusern hat immer ein gesunder Krieger mit seiner Familie überzusiedeln."

Auch die graubärtigen Ältesten aus der Ortschaft Achtunan hielten untereinander Rat: „Was sollen wir tun? Schicken wir dem Bek keine Leute, sind wir seiner Willkür ausgeliefert. Wer aber soll gehen? Die Reichen auf keinen Fall. Sollen die Armen gehen. Für sie ist es einerlei, wo sie leben. Hier leben sie schlecht, und dort werden sie auch schlecht leben."

Die Graubärtigen sammelten für die Armen einiges an Geld und Kleidung und entsandten die angeforderten Familien zur Grenzbesiedelung.

Die Reichen blieben ungeschoren. Sie hatten für ein paar Pfifferlinge die Armen gekauft und schickten sie auf Gedeih und Verderb ins Ungewisse.

Ein Armer aus Achtunan, der Nasar hieß, entschloß sich aus freien Stücken, mit seiner Familie in die Grenzgebiete zu ziehen. Was besitze ich hier schon? so fragte er sich. Etwa einen eigenen Garten? Die Wachtel hat kein Haus; wohin sie auch kommt, dort ruft sie ihr Tütütück!

Nasar aber hatte eine siebzehnjährige Tochter, Tulganoi mit Namen. Als sie noch klein war, hatte Nasar sie mit Pardabai verlobt, dem Sohn eines ebensolchen armen Schluckers, wie er selbst einer war. Tulganoi und Pardabai waren zusammen aufgewachsen und hatten einander liebgewonnen.

Ich kann doch meine Tochter nicht zurücklassen! dachte Nasar. Pardabai besitzt ja weder Decken noch Kissen, rein gar nichts hat er. Er muß eben weiterhin hier leben, wie's ihm bestimmt ist, muß aushalten und sich seinem Schicksal beugen. Da es nun einmal meiner Tochter bestimmt ist, an einem anderen Ort zu leben, wird sich auch dort jemand finden, der sie zum Weibe nimmt. Tulganoi weinte zwar, aber was half das, dem Willen des Vaters durfte sie sich nicht widersetzen.

Von den Graubärtigen erbat sich Nasar zwei Esel, lud ihnen seine alten, zerrissenen Decken und Filzteppiche auf und schloß sich mit seiner Familie den übrigen Siedlern an.

Aus einigen Achtunaner Geschlechtern machten sich auch Greise und alte Weiblein mit krummen Rücken und abstehenden wächsernen Ohren auf den Weg.

Es gab aber auch solche, die gerne neue Orte kennenlernen wollten. Diese umgürteten ihr Obergewand und trieben die fremden, bepackten Esel an.

So zogen die Siedler in langer Karawane einige Tage dahin. Als sie zur Grenze kamen, wiesen ihnen die Hauptleute in der Steppe einen Platz zum Wohnen an, befahlen ihnen, den Feind nicht eindringen zu lassen, und ritten befriedigt von dannen.

Die Ankömmlinge machten sich sogleich ans Werk. Die einen gruben sich Erdhütten im trockenen Lehm, andere bauten sich Hütten aus Schilf.

So lebten sie schlecht und recht und begnügten sich mit Gerstenfladen und Wasser.

Zwei Monate vergingen. Tulganoi war schon ganz traurig geworden. Von Pardabai kam kein Lebenszeichen.

171

Da plötzlich fielen die Kokander in Ura-Tjube ein.

Der Bek von Ura-Tjube zog ihnen entgegen, und die Truppen nahmen Aufstellung. Speerbewaffnet ritten die Recken aus Kokand vor und forderten die Ura-Tjubiner zum Zweikampf heraus.

Aus den Reihen der Ura-Tjubiner sprengte der Recke Allanasar hervor. Er bezwang viele handfeste Krieger aus Kokand.

Schließlich aber entstand ein gewaltiges Getümmel, ein Lärm und Wirrwarr sondergleichen, und es war nicht mehr zu erkennen, wer tot und wer noch am Leben war.

Auch die Siedler standen wacker ihren Mann.

Während des Kampfes hielten sich die Frauen und die Kinder im Schilf versteckt.

Auch Tulganoi fürchtete sich, in ihrer Erdhütte zu bleiben. Wenn mich die Kokander sehen, führen sie mich als Beute mit sich fort, dachte sie. Aber ins Schilf wagte sie sich nicht allzuweit hinein, denn damals gab es noch viele Raubtiere. So setzte sich denn Tulganoi ganz an den Rand des Röhrichts.

Nach einigen Stunden verebbte der Kampfeslärm. Horn- und Trompetensignale ertönten. Die Kämpfenden trennten sich.

Tulganoi hatte sich inzwischen etwas beruhigt; sie verließ das Röhricht, trat an einen Wassergraben, wusch sich und stillte ihren Durst. Plötzlich sah sie einen dicken Ura-Tjubiner Feldherrn in prächtigen Kleidern angesprengt kommen. Er hatte einen golddurchwirkten Turban auf und trug seinen Säbel an einem goldenen Gürtel.

Zitternd vor Schreck, wollte sich Tulganoi wieder im Schilf verbergen. Der Reiter aber hatte sie gesehen und rief ihr freundlich zu: „Hab keine Angst, gutes Mädchen, ich bin der Feldherr Sufibek, und wer bist du?"

„Ich bin Tulganoi."

„Du brauchst dich nicht zu fürchten. Ich werde mich nicht ungebührlich benehmen. Den ganzen Tag hab ich im Schlachtgetümmel verbracht, bin müde und staubig geworden und will mir Hände und Füße waschen und etwas trinken. Auch ist es bald Zeit fürs Abendgebet. Gib einstweilen auf mein Roß acht, Mädchen. Später wollen wir dann miteinander reden, und ich werde dich an einen schönen Ort bringen."

Sufibek legte den Turban ab, die Stiefel, sein Obergewand, den Gürtel mit dem Säbel, ging an den Graben und begann sich zu waschen. Tulganoi sah, daß Sufibek ganz mit sich beschäftigt war, und der Übermut trieb sie, sich einen Spaß zu machen.

Schnell zog sie Sufibeks Stiefel an, schlüpfte in sein Obergewand, schlang sich den goldenen Gürtel fest um die Taille und stülpte sich den golddurchwirkten Turban auf den Kopf.

„Nun, wie gefall ich Euch? Bin ich nicht ein Bek wie Ihr?" fragte Tulganoi.

Sufibek schaute auf und staunte: „O Mädchen, du bist ja ein Mordskerl, und so schlank und rank. Du bist geradezu eine Schönheit! Aber wie dem auch sei, das Gebet soll man nicht versäumen. Ich werde hier beten, du aber gib acht auf mein Pferd."

Und Sufibek kniete nieder, das Abendgebet zu verrichten.

Tulganoi aber überlegte: Er will einen doppelten Nutzen ziehen; zuerst wird er beten, damit er Allah kein Gebet schuldig bleibt, und dann wird er mich zu seiner Beute machen. Soll er sich mit dem Gebet begnügen.

Wie ein verwegener Reiter schwang sich Tulganoi in den Sattel und sprengte davon. Mit der Peitsche trieb sie das Roß zur Eile an, wobei sie sich fortwährend umschaute.

Lassen wir sie reiten, und hören wir, wie es Sufibek erging.

Sufibek betete und blickte unverwandt vor sich nieder, um die Weihe des Gebetes nicht zu verletzen.

Als er fertig war, erhob er sich und wandte seinen Kopf zur Seite; aber weder Roß noch Mädchen waren zu sehen.

Wo mag sie hingekommen sein? fragte er sich. Eine Schelmin ist sie, ein mutwilliges Mädchen! Ich bringe sie in mein Haus, sie soll die Zierde meines Harems werden. Sicherlich hat sie sich im Schilf versteckt.

Und Sufibek machte sich auf, Tulganoi zu suchen.

Die Füße hatte er sich schon ganz zerschunden, Tulganoi aber war wie vom Erdboden verschluckt. Nun stieg er, barfuß, wie er war, auf einen Hügel. Soviel er sich aber auch reckte und in die Runde blickte, Roß und Mädchen blieben verschwunden.

Sufibek lief bald hier-, bald dorthin, von einer Seite zur anderen, fragte jeden, der ihm begegnete, und lief wieder weiter.

Schließlich war er so müde, daß sich seine Sinne trübten. Als ihm eine räudige Ziege begegnete, fragte er sie: „He, Ziege! Du krätzige Hausziege, hast du nicht Tulganoi vorüberreiten sehen?"

„Mäh-äh", antwortete die Ziege.

Sufibek lief weiter, traf eine alte Frau und fragte: „Ist hier nicht Tulganoi, die verwegene Dirne, vorübergeritten? Oh, wie hat sie mir bös mitgespielt. Aber führ mich nicht in die Irre, du Teufelin, das könnte dir schlecht bekommen."

„Ich hab niemanden gesehen", sagte die alte Frau.

Sufibek wußte nun nicht mehr, wohin er sich wenden sollte, denn er war ganz außer Atem und am Ende seiner Kraft. Scham und Ärger quälten ihn: Sein Roß war weg und sein Säbel, und auch Tulganoi war ihm entwischt.

Da kehrte Sufibek um. Schweiß tropfte ihm von der Stirn, Tränen rannen aus seinen Augen. In solch traurigem Aufzug konnte er sich vor seiner Kriegerschar nicht sehen lassen.

Und so machte er sich denn auf nach der Mirsatschulsker Steppe, um dort eine Herberge zu suchen.

Aber lassen wir ihn weinend und stöhnend durch die Steppe laufen, und hören wir nun weiter, was von Tulganoi zu berichten ist.

Das mutwillige Mädchen sprengte auf dem Roß dahin. Die Goldfäden im Turban blitzten, der goldene Gürtel umspannte ihre Taille, und der Säbel hing an ihrer Seite.

Bauern, die mit Ährenlesen beschäftigt waren, traten auseinander beim Anblick des stolzen Reiters auf dem prächtigen Zelter. Sie gaben ihm den Weg frei und verneigten sich tief.

„Weh uns Armen, was mag der Feldherr des Beks von uns wollen?" fragten sie einander.

So ritt Tulganoi durch Steppen, über Felder und Hügel und kam schließlich zur Stadt Dschisaku.

Die Wachposten am Tor erblickten Tulganoi und dachten: Das Pferd ist schaumbedeckt, der Reiter kommt also von weit her, gewiß ist er ein Sendbote des Emirs von Buchara!

Sie liefen zu Tulganoi, halfen ihr aus dem Sattel — und meldeten dem Bek von Dschisaku die Ankunft.

Der Bek kam und begrüßte den Boten. Er geleitete ihn zu sich, ließ ihn auf kostbare Teppiche niedersitzen und bewirtete ihn mit auserlesenen Speisen und erfrischenden Getränken.

„Wo kommt Ihr her?" fragte der Bek.

„Der Bek von Kokand ist gegen den Bek von Ura-Tjube gezogen", antwortete Tulganoi mit wichtiger Miene. „Ich habe dem Bek einen Brief überbracht und bin nun im Begriff zurückzureiten."

Am anderen Tag, nach einem Morgenimbiß, wurde Tulganoi das Roß vorgeführt, und man hielt ihr den Steigbügel.

Tulganoi sprengte eilends davon. Nur kurze Zeit hielt sie sich in Jangi-Kurgan auf und ritt dann weiter. Sie erreichte Achtunan gerade zur Marktzeit. Das Volk staunte: Was wollte ein Abgesandter des Emirs hier? Wozu schaute er sich alles so genau an? Was mochte wohl geschehen sein?

Wohin Tulganoi ihr Roß auch lenkte, überall sah man ihr ängstlich nach. Wo wollte der Mann nur hin? Eine Schar Neugieriger aber folgte ihr unentwegt.

Tulganoi ritt durch einige Straßen und machte schließlich vor dem ärmlichen Gehöft Pardabais halt.

„Wehe, dieser unglückselige Pardabai hat etwas angestellt", sagten die Leute zueinander. „Der Abgesandte des Emirs hat es gewiß erfahren. Jetzt wird er Pardabai ergreifen und ins Gefängnis stecken."

Kaum hatte Pardabai den Reiter am Tor erblickt, rannte er auch schon in die Scheune.

Ich bin verloren! fuhr es ihm durch den Kopf. Er verkroch sich im Häcksel und hielt den Atem an.

Vielleicht findet er mich hier nicht und reitet weiter, dachte er.

„Ist Pardabai zu Hause?" fragte Tulganoi mit verstellter Stimme und lenkte ihr Roß in den Hof. Die alte Mutter Pardabais kam aus dem Haus.

„Was wollt Ihr von Pardabai, Söhnchen?" fragte sie zaghaft.

„Zwei Monate schon sind vergangen, seit er in die Berge zum Kornschneiden und Ährenlesen gegangen ist. Er will sich etwas verdienen für seinen kärglichen Lebensunterhalt."

Tulganoi stieg vom Pferd, band es fest und trat ins Haus.

Die Alte zitterte vor Angst. Was für ein Unglück wird über

uns hereinbrechen? fragte sie sich bitter. Ist unser armseliges Leben immer noch zu gut für uns?

Tulganoi hängte Gürtel und Säbel an einen Pflock. Dann nahm sie Sufibeks golddurchwirkten Turban ab. Die Zöpfe fielen ihr über die Schultern.

„Nun? Wem seh ich wohl ähnlich?" fragte sie.

Die Alte sah: Tulganoi stand vor ihr.

„O Tulganoi, bist du es wirklich?" rief sie und drückte das Mädchen voll Freude an ihre Brust. Dann lief sie hinaus in den Hof und rief: „He, Pardabai! Deine Verlobte ist gekommen!"

Pardabai aber lag nach wie vor im Häcksel und dachte: Eine schöne Verlobte! Einen Säbel an der Seite, auf dem Kopf einen Turban! Sehen Mädchen vielleicht so aus? Nein! Meine Mutter will mich hinters Licht führen!

Da ging die Alte in die Scheune, warf das Häcksel auseinander und nahm den Sohn bei der Hand.

„Komm doch heraus und sieh selber! Dein verlorenes Glück, Tulganoi, ist zurückgekehrt!" sagte die Alte.

Seit seine Braut fortgegangen war, hatten Pardabais Hände das Arbeiten verlernt. Als er sie jetzt erblickte, kannte seine Freude keine Grenzen.

Die Mutter aber sprach: „Sieh, Tulganoi ist zurückgekehrt. Ein wenig Geld wird sich noch finden. Geh auf den Markt und kaufe etwas. Wir müssen die Hochzeit ausrichten. Ach, diese Armut! Nichts, rein gar nichts haben wir im Hause."

„Wir wissen doch, wie arm wir sind. Nehmt das Pferd und verkauft es auf dem Markt um jeden Preis, der geboten wird. Dann könnt Ihr kaufen, was nötig ist", sagte Tulganoi.

Pardabai schwang sich hocherfreut aufs Pferd, ritt auf den Roßmarkt und verkaufte es um das, was ihm geboten wurde.

Für den Erlös kaufte er Fleisch, Talg, einen Teppich, Sitzkissen und alles, was noch nötig war.

Alle sollen wissen, daß Tulganoi heiratet, sagte Pardabai zu sich und veranstaltete ein kleines Fest für zehn Gäste.

Und von nun an lebten Pardabai und Tulganoi glücklich bis an ihr Lebensende.

Wie Katenge das Feuer gewann

Ein Märchen aus dem Kongo

Vor langen, langen Zeiten lebte in Afrika Mutschu Muschanga, ein mächtiger, aber dem Volk freundlich gesinnter Herrscher.

Dieser König liebte es, zart gebratenes Geflügel in großen Mengen zu verzehren.

Einst wollte es das Unglück, daß der Aufseher des Feuers zu lange beim nächtlichen Trommeltanz zuschaute und den Feuerraum ohne Aufsicht ließ. Als er zurückkehrte, war das Feuer erloschen, kein Funke ließ sich mehr anblasen. Das bedeutete, daß am nächsten Tage das Fleisch für den König nicht gebraten werden konnte.

In der Küche herrschte größte Verwirrung und Angst. Verzweifelt lief der Feueraufseher durch die Stadt, Glut aufzutreiben. Doch die Bewohner waren zum Tanz gegangen, und unglücklicherweise waren alle Feuer inzwischen erloschen.

Mutschu Muschanga war wütend, weil sich das Mittagessen verzögerte und schließlich ausblieb. Mit rohem Gemüse und Früchten mußte er seinen Hunger stillen, das paßte ihm gar nicht.

Da entsann er sich der Zeit seiner Kindheit, als das Fleisch immer roh oder gedörrt gegessen werden mußte. Er erinnerte sich

177

auch, wie ein gewaltiges Gewitter den Stall seines Vaters in Flammen gesetzt hatte, so daß die Hammelherde verbrannte. Später fand man im Busch einen halbverkohlten Hammel. Sein Fleisch schmeckte köstlich. Seitdem warteten sie mit Ungeduld auf den nächsten Blitz. Ihm wollten sie die Feuerkraft rauben und sie in einem Steingefäß lebendig erhalten. Das war Mutschu Muschangas Vater auch geglückt. Jetzt aber war das sorgsam gehütete Feuer erloschen.

Der König und seine Krieger, der Koch, der Aufseher des Feuers und die Königin blickten besorgt zum Himmel, doch der flimmerte blau, keine Wolke zeigte sich, an ein Gewitter war nicht zu denken.

Nun gab es in der Königsstadt einen jungen Mann mit Namen Kerikeri, von dem erzählt wurde, er könne Feuer zaubern. Kerikeri hütete sein Geheimnis und gab nur hin und wieder einen glimmenden Span ab. Auf diese Weise hatte er immer einen kleinen Nebenverdienst.

Nun, da der König eine hohe Belohnung für den ausgesetzt hatte, der Feuer beschaffte, erhielt das Gerücht von Kerikeris Zauberkräften neue Nahrung.

Auch des Königs Koch hörte davon, und er ging zu dem jungen Mann.

„Man sagt, du könntest auf geheimnisvolle Weise Feuer machen", begann er seine Rede. „Zeig es mir, und du sollst außer der Belohnung des Königs jeden Tag ein Stück gebratenes Fleisch aus der königlichen Küche erhalten."

Kerikeri überlegte schnell, dann schüttelte er den Kopf.

„Man hat dir Falsches berichtet, Koch. Ich gab wohl manchmal etwas Feuer ab, wenn ich selbst welches vorrätig hatte. Aber selber Feuer machen? Nein. Da hat man dich angeführt. Bin ich denn ein Zauberer?"

Doch das war gelogen. Kerikeri hatte bei einem anderen Stamm jenseits des großen weißen Berges gesehen, wie aus dem Holz eines bestimmten Baumes ein runder Klotz zurechtgeschnitten und glattgerieben wurde. Mit einem zweiten Holz in der Dicke eines Zweiges quirlte man so lange auf dem Klotz, bis die Stelle warm wurde und feiner Rauch aufstieg. Dürres Gras fing auf der heißen Holzfläche Feuer.

Lange hatte Kerikeri im heimatlichen Wald nach dem kostbaren Kihombobaum geforscht und ihn schließlich gefunden. In seiner Hütte unternahm er den Versuch, und er gelang. Doch anstatt seinen Stammesgenossen zu zeigen, wie das Feuer gewonnen wurde, hatte er beschlossen, auf den eigenen Vorteil zu sehen.

Bei dem verlockenden Angebot des Kochs hatte Kerikeri einen Augenblick gezögert. Doch dann war sein Entschluß gefaßt: Niemand sollte sein Geheimnis erfahren. Auf diese Weise hatte er ein ständiges Einkommen und konnte ein vergnügliches Nichtstuerleben führen.

Viele Tage mußte König Mutschu Muschanga ohne gebratenes Fleisch auskommen, und er grübelte unentwegt darüber nach, wie dieser leidige Zustand zu beenden sei. Sollte er Boten in fremde Königreiche schicken? Bei dieser Trockenheit womöglich einen Buschbrand entfachen? Nein. Doch von Tag zu Tag wurde er ärgerlicher, grämte sich und war am Ende so krank, daß er kaum noch Nahrung zu sich nahm.

Nun hatte der König eine schlaue Tochter, Katenge mit Namen. Sie war nicht nur klug, sondern auch schön, sehr schön. Ihre Haut glänzte wie braune Seide, ihre Zähne waren weiß wie der Schnee auf dem Kili-Berg, ihre Augen − groß wie Antilopenaugen − glänzten wie die Sterne in der Nacht. Der Vater hatte Katenge einem Stammesfürsten versprochen, der zwar schon alt, doch immer noch ansehnlich und tapfer war und der mächtige Viehherden sein eigen nannte.

Katenge aber liebte einen anderen, einen Jüngling, den man den besten Jäger im Land nannte. Doch er hätte der Geliebten weder riesige Hammelherden noch Elefantenzähne oder Goldklumpen anbieten können, nicht einmal eine Perle, denn er war arm.

Katenge hatte gehört, wie der Koch sagte, jener Kerikeri sei vielleicht doch in der Lage, Feuer zu machen. Und weil sie wußte, wieviel ihrem Vater daran lag, erbot sie sich, das Feuer zu beschaffen. Falls es ihr gelänge, so sagte sie, wollte sie ihn bitten, ihr einen Herzenswunsch zu erfüllen.

Mutschu Muschanga versprach sofort, ihr diesen Wunsch zu gewähren. Außerdem sollte sie zur höchsten Frau seines Königreichs erhoben und in den Rat der Stammesältesten aufgenommen werden und mit über das Wohl und Wehe des Volkes, über Krieg und Frieden entscheiden. Noch nie war das einer Frau angeboten worden.

Katenge nickte nur flüchtig. Sie grübelte schon darüber nach, wie sie zu Werke gehen sollte.

Ich muß in die Hütte dieses Kerikeri gelangen, und zwar auf friedlichem Wege, dachte sie. Bald hatte sie in Erfahrung gebracht, daß Kerikeri ein hübscher junger und unverheirateter Mann war, der gern den Mädchen nachsah.

Hüftenschwingend und vor sich hin singend, schlenderte sie in die Gegend, wo Kerikeri wohnte. Zum Schein sammelte sie Blumen und Kräuter.

Plötzlich kam der Jüngling vorbei. Ehrerbietig kniete er nieder und gab der schönen Königstochter den Weg frei.

Katenge blieb stehen und flüsterte: „Aber nicht doch, mein Freund, knie nicht vor mir. Ich bitte dich, steh auf!" Sie vergewisserte sich, daß keine Leute in der Nähe waren, dann strich sie ihm mit ihrer sammetweichen Hand über Kopf und Schulter.

Kerikeri erhob sich und lächelte verlegen. Sein Herz klopfte. Kein Mensch war weit und breit zu sehen.

Mit ihrer sanftesten Stimme sprach Katenge weiter.

„Eigentlich müßte ich vor dir knien, aber du würdest auch dann noch nicht merken, daß ich dir wohlgesinnt bin und mir nichts so sehr wünsche, als mit dir allein zu sein. Aber bedenke, wenn uns jemand hier sähe!" Und sie berührte seinen braunen Arm flüchtig mit den Lippen, zog sich aber sofort zurück.

Der Jüngling rannte verwirrt in seine Hütte.

Schon am nächsten Tag schlich ein junger Mann um den Hof des Königs, und als er eine Dienerin Katenges erblickte, sprach er flüsternd: „Sag deiner schönen Herrin, daß ihr Freund sie heute in dunkelster Nacht in der bewußten Hütte erwartet."

Die Dienerin meldete es der Königstochter und meinte, ihre Herrin wolle sich mit ihrem Liebsten treffen. Aber Katenge wußte, wer ihr diese Botschaft schickte, und begab sich in mitternächtlicher Stunde, als alle schliefen, zu Kerikeri. Der führte sie in seine Hütte, die er mit Blumen und Zweigen ge-

schmückt hatte, und geleitete sie zu einer Bastmatte. Beide schwiegen eine Weile. Endlich wagte der junge Mann einige Worte.

„Ich kann mein Glück beinahe nicht fassen, daß die Schönste der Schönen, die Königstochter Katenge, hier bei mir sitzt." Und er berührte ihre Arme und streichelte ihr Haar.

Katenge aber sprach: „Ich bin dir so nahe und sehe dich doch nicht, Kerikeri. Kannst du nicht einen winzigen Span anzünden?"

Kerikeri seufzte.

„Das Feuer ist mir seit langem ausgegangen, auch meine Nachbarn haben keins."

Katenge berührte seine Arme.

„Ach, ich Unglückliche", seufzte sie, „ich möchte dich schon lieben, aber vielleicht bist du gar nicht der, den ich am hellen Tage gesehen und bewundert habe? Zeig dich mir bei Licht! Auch möchte ich mich wärmen; denn die Nacht ist kalt", und sie legte ihre Hände an seine Brust und tat, als zittre sie vor Kälte. „Bitte, mach Feuer!"

Da war es um den Verstand des jungen Mannes geschehen. Er nahm von seiner Herdstelle das Holz des Kihombobaumes und rieb und quirlte mit dem Holzstab auf der vorbereiteten Baumscheibe. Plötzlich begann das Holz zu glimmen, ein Griff nach dem trockenen Gras, und das Feuer flammte auf. Mühelos ließ sich der Span daran entzünden. Katenge war am Ziel ihres Plans.

Kerikeri hob den brennenden Span.

„Wie schön du bist, Katenge!"

Da sprach sie mit kalter Stimme: „Du kannst wirklich Feuer machen, ohne ein Zauberer zu sein. Jetzt wirst du dich nicht mehr herausreden. Gib mir das Holz und nenne den Namen des Baumes, von dem du es genommen hast. Du sollst die Belohnung des Königs erhalten, das schwöre ich dir."

Als sie sein entsetztes Gesicht sah, fügte sie hinzu: „Oder hattest du geglaubt, ich könnte dich, einen so eigennützigen Menschen, lieben?"

Kerikeri senkte beschämt den Kopf und wußte, daß es nun mit seiner Vorrangstellung vorbei war. Katenge hatte ihn überlistet. Stumm reichte er ihr den Holzklotz und den Stab, nannte den Namen des Baumes, geleitete sie aus der Hütte.

Katenge brachte die Hölzer schnell dem Koch. Sie mühten sich beide, und bald schlug eine helle Flamme hoch. Ein Jubelschrei scholl durch die weiträumige Wohnung des Königs, der erwachte und erfuhr alles.

Von Stund an war Mutschu Muschanga wieder gesund. Mitten in der Nacht noch wurde ein Festmahl gerichtet. Seine Tochter aber berief der König vor vielen Zeugen in den Rat der Ältesten und hängte ihr zum Zeichen ihrer Würde die große Kette um.

Als Vater und Tochter wieder allein waren, mahnte Katenge ihn an die Erfüllung ihres Wunsches.

„Du hast mir eine so große Freude gemacht, daß ich mit deiner Hochzeit einverstanden bin. Auch hast du dir keinen unwürdigen Mann ausgesucht. Geh zu ihm und verkünde ihm sein Glück. Ich bin stolz auf dich."

Kerikeri erhielt die Belohnung, doch weiter ist nichts über ihn zu berichten.

Von diesem Tag an lehrte der König alle seine Untertanen das Geheimnis des Feuermachens, und sie lernten es schnell. Von Katenge aber sprach man hinfort als der höchsten Frau im Reiche, die wohl schön, aber noch um vieles klüger war.

Ilse Korn

Das Mädchen und der Löwe

Ein algerisches Märchen

Es war einmal ein kleines Mädchen, das keinen Vater und keine Mutter mehr hatte. Sarah lebte mit ihrem Großvater in der Nähe eines Waldes. Da sie sehr arm waren, gingen sie jeden Tag in den Wald, um trocknes Holz zu sammeln. Sie bündelten das Holz und brachten es zu reichen Bauern, um es zu verkaufen. Sie besaßen nicht einmal einen Esel, der das Holz für sie tragen konnte.

Als sie eines Nachmittags wieder einmal nach vertrockneten Ästen suchten, überraschte sie die hereinbrechende Nacht, und sie mußten mitten im Walde schlafen.

Sarah kletterte auf eine Eiche. Aber ihr Großvater, der schon sehr alt war, konnte nicht mehr auf Bäume klettern. Und so legte er sich am Fuße der Eiche zum Schlafen nieder. Im Wipfel des Baumes verborgen, hörte das kleine Mädchen, wie aus dem dunklen Wald allerlei unheimliche Geräusche und Tierstimmen drangen.

Frösche gaben in der Ferne ein Konzert, Grillen zirpten und gaben einander Antwort. Manchmal hörte Sarah auch das lang anhaltende Geheul eines Schakals. Sarah zitterte und konnte nicht einschlafen.

Von Zeit zu Zeit wollte Sarah ihre eigene Stimme hören. Sie

fragte dann ihren Großvater: „Wird es noch lange dauern, bis der Tag beginnt?"

Er aber antwortete: „Schlafe, mein Kind, schlafe ohne Furcht!"

Da fühlte sich die Kleine ruhiger. Sie öffnete die Augen ganz weit, um die Finsternis zu durchdringen. Und sie starrte so sehr in die Nacht hinein, daß ihr schließlich die Augen weh taten. Da wandte sie den Blick zu den Sternen, die am Himmel schimmerten und ihr freundlich zulächelten.

Nach einer Weile wurde Sarah wieder ängstlich. Sie fragte ihren Großvater: „Wird es noch lange dauern, bis der Tag beginnt?"

Und als sie seine vertraute Stimme hörte, bekam sie von neuem Mut. Plötzlich sprang etwas aus dem Gebüsch hervor.

„Was ist das für ein Tier", fragte Sarah erschrocken. „Es ist so groß wie eine Katze."

„Es ist nur ein Hase. Er wird deinen alten Großvater nicht fressen. Schlafe ohne Furcht."

Eine Weile verfloß. Das kleine Mädchen hatte sich allmählich von dem Schrecken erholt. Plötzlich sprang wieder etwas aus der Nacht hervor.

„Was ist das für ein Tier", fragte Sarah erneut, zitternd vor Angst. „Es ist so groß wie ein Hund."

„Es ist nur ein Wildschwein, das deinen alten Großvater schon nicht fressen wird. Schlafe ohne Furcht."

Aber Sarah schlief nicht; wie hätte sie es tun können? Mit klopfendem Herzen lauschte sie auf das leiseste Knacken. Eine bange Zeit verging. Plötzlich sprang ein riesiges Tier aus dem Schatten hervor.

„Was ist das für ein Tier", schrie das Mädchen. „Es ist ja so groß wie ein Pferd."

„Das ist ein Löwe."

Und der Löwe fraß den alten Mann.

Die arme Sarah begann zu weinen. Das hörte der Löwe; er hob den Kopf und erblickte sie.

Aha, hier ist noch ein guter Bissen für mich, sprach er zu sich selbst. Er legte sich am Fuße des Baumes nieder und sah mit glühenden Augen zu Sarah hinauf.

Und so verfloß die Nacht.

Am nächsten Morgen saß der Löwe immer noch wartend unter der Eiche. Er wartete den ganzen Tag.

Die Nacht kam. Er wartete die ganze Nacht.

Und der Tag erwachte erneut − er wartete den ganzen Tag.

Sarah konnte weder vom Baum herunterklettern noch um Hilfe rufen.

Heruntersteigen? Sie wäre von dem Raubtier gefressen worden.

Rufen? Keiner hätte sie hören können.

Das nächste Dorf war mehrere Meilen entfernt.

Der Löwe hatte wieder großen Hunger.

Er wartete eine Nacht, einen Tag, zwei Tage.

Als das Mädchen noch immer nicht herunterkommen wollte, kam er auf eine List. Er entfernte sich, um sie glauben zu machen, daß er weggegangen sei. In Wahrheit stellte er sich auf die Kuppe eines Hügels, um sie besser beobachten zu können.

Als Sarah das wilde Tier nicht mehr sah, versuchte sie zu fliehen.

Kaum war sie jedoch unten angelangt, sprang der Löwe hervor.

Schnell kletterte das Mädchen wieder in den Baum, und der enttäuschte Löwe kehrte auf seinen Beobachtungsposten zum Hügel zurück.

Aber jetzt griff das kleine Mädchen zu einer List. Sarah zog ihren roten Rock aus, hängte ihn in die Zweige, glitt langsam vom Baum herunter und floh. Der Löwe, der den roten Rock immer an der gleichen Stelle erblickte, wartete.

So schnell sie laufen konnte, rannte Sarah ins Dorf. Sie erzählte ihr Abenteuer, und gleich bewaffneten sich die mutigsten Bauern und machten sich auf den Weg, um den Löwen zu töten. Er hatte sich in der ganzen Zeit nicht vom Hügel gerührt. Schnell wurde er umkreist und gefangen.

Weit sind wir heute gewandert, und wir haben ein Säckchen mit Perlen gefunden: die großen für mich und die kleinen für dich!

Mohamed Dib

Das Glockengespenst

Ein indisches Märchen

Das Mädchen Alinda ging täglich durch den Wald, um seine Großmutter, die schon lange krank und elend war, zu besuchen und zu versorgen. Alinda hatte keine Furcht vor den Tieren, oft blieb sie unter den Bäumen stehen, um dem possierlichen Treiben der Affen zuzusehen.

Doch eines Tages war der Wald anders als sonst. Voll Verwunderung bemerkte Alinda ein seltsames Klingen, mal da, mal dort. Das Geläut gefiel ihr. Die Leute aber, Holzfäller und Jäger, fürchteten sich vor dem unbekannten Laut. Ja, bald hieß es, im Walde hause ein Geist, eine Art Glockengespenst, es schrille am Tag und oft auch des Nachts immer schauerlicher.

Der König versprach demjenigen, der das Gespenst zum Schweigen brächte, eine hohe Belohnung. Doch niemand getraute sich in den Wald hinein, nicht einmal die beherztesten Männer; denn das Geräusch kam einmal von oben, dann wieder von unten, war man aber nahe daran, so hörte es ganz auf, und nichts war da, worauf man hätte schießen können.

Wer konnte auch ahnen, daß die Töne von einer hübschen kleinen Tempelglocke herrührten. Ein Dieb hatte sie gestohlen, weil er sie einschmelzen und Geldstücke daraus prägen wollte.

Bei seiner Flucht war er in eine Elefantenherde geraten und zerstampft worden. Die neugierigen Affen hatten die Glocke bemerkt und sie zu ihrem liebsten Spielzeug erkoren.

Die einzige, die sich weiterhin in den Wald wagte, war die kleine Alinda. Weshalb sollte sie, um zur Großmutter zu gelangen, einen Umweg über die sonnenheiße Fahrstraße machen? Außerdem war es unter den Bäumen viel schöner, und der Glockenlaut schreckte sie nicht. Im Gegenteil, sie beobachtete etwas, das sie nachdenklich stimmte.

Der König wurde mittlerweile ärgerlich, weil er nun schon so lange darauf verzichten mußte, mit seinem Elefanten in den Wald zu reiten. Er erhöhte die Belohnung für den, der das Gespenst einfing. Alinda hörte davon und lächelte. Sie begab sich in den Palast und bat den Koch um einen Korb der schönsten Äpfel.

Man führte sie vor den Herrscher.

„Wozu brauchst du die Äpfel von meiner königlichen Tafel?" forschte er neugierig und betrachtete das kleine barfüßige Mädchen.

„Ich will das Glockengespenst fangen", sagte Alinda.

„Das willst du wagen?" fragte ungläubig der König.

Alinda nickte, verriet aber nicht, wie sie es anzustellen gedachte.

Im Wald wartete sie lange, bis sie das Läuten hörte, und ging in die Richtung des Klanges. In den Bäumen tummelten sich die Affen und trieben ihr munteres Spiel.

Einer von ihnen hatte sich der kleinen Tempelglocke bemächtigt und sprang, von den anderen verfolgt, in den höchsten Gipfel.

Das Mädchen stellte den schweren Korb ab, nahm einen Apfel heraus und verspeiste ihn voller Behagen. Mit einem zweiten machte sie es ebenso, nur warf sie die angebissene Hälfte in den Baum. Einer der Affen fing den halben Apfel, balgte sich mit einem anderen darum, und der Sieger verspeiste mit höchstem Genuß die saftige Beute.

Da Alinda diesem Apfel weitere folgen ließ, begann ein Jagen, Fangen und lautes Schmatzen. Die Affen ließen sich die prächtigen roten Früchte schmecken. Das Äffchen mit der Glocke warf kurzerhand sein klingendes Spielzeug fort, denn es brauchte ja seine Hände, um einen der Äpfel zu erwischen.

So gewann Alinda, wie sie vorausgesehen hatte, mit Leichtigkeit die Glocke. Von Stund an war es im Walde wieder still.

Auch im Palast freute man sich; denn die gute Laune des Königs war wiederhergestellt. Alinda brachte den Korb zurück und verriet dem Koch ihr Geheimnis. Der lachte schallend und führte das Mädchen vor den König.

Der Herrscher nahm die kleine silberne Glocke in Empfang, hörte sich die Geschichte an und schüttelte ungläubig den Kopf. Dann ließ er seine Räte, aber auch die besten Jäger zusammenrufen, zeigte ihnen das „Gespenst" und sprach: „Was seid ihr für Hasenfüße, meine Jäger. Und ihr, hohe Räte, dünkt euch wunder wie schlau. Dieses kleine Mädchen hat mehr Verstand als ihr alle zusammen.

Ilse Korn

Die vertriebenen Gäste

Ein indisches Märchen

An der Malabarküste lebte einst im Schatten hoher Kokospalmen der Tempeldiener Kumaru mit seiner Frau Pantschami. Sie hatten keine Kinder, und ihre schmalen Einkünfte reichten gerade für ein bescheidenes Leben.

Nun besaß aber der immer heitere Kumaru die Angewohnheit, recht viele Leute in seine Hütte einzuladen, was der Hausfrau großen Kummer bereitete; denn während es sich Kumaru mit den Gästen bei Speise und Trank wohl sein ließ, wußte sie nicht, wovon sie alles bezahlen sollte, und war gezwungen, ihren letzten Bissen dazuzugeben, so daß sie oft Hunger leiden mußte.

Pantschami hatte ihren Mann sehr gern und wagte nicht, ihm wegen der vielen Einladungen fremder Gäste Vorhaltungen zu machen. Lieber ging sie zu den Nachbarn und lieh sich Reis oder Gemüse von ihnen. Manchmal lief sie sogar in die Stadt, um das Essen für die Gäste zusammenzubetteln.

Eines Tages jedoch waren es die Nachbarn müde, Pantschami auszuhelfen; denn sie sahen Tag für Tag neuen Besuch kommen und glaubten nicht mehr an die Armut des Tempeldieners und seiner Frau. So hatte nun Pantschami kaum noch eine Möglichkeit, Essen zu besorgen, und es blieb ihr nichts übrig, als selbst

auf Nahrung zu verzichten. Nachdem sie eine Woche lang ge-
hungert hatte und schon ganz schwach vor Erschöpfung war,
beschloß sie, mit ihrem Gatten darüber zu sprechen.

Kumaru war nach dem Abendessen wie immer guter Dinge,
und es fiel Pantschami schwer, ihn mit ihren Sorgen zu belasten.
Weinend breitete sie die Matte für das Lager aus, und als
Kumaru ihr die Tränen abwischte und verwundert nach dem
Grund ihres Schmerzes fragte, konnte sie nicht länger schwei-
gen.

„Siehst du nicht, mein lieber Mann, daß ich nur noch ein Schatten bin? Jeden Tag schleppst du Gäste in unsere Hütte; dabei
weiß ich nicht, wie ich sie satt machen soll. Hast du vergessen,
daß wir arme Leute sind? Während du und deine Gäste unser
zusammengebetteltes Mahl verspeisen, muß ich Hunger leiden.
Hab Mitleid, mein geliebter Mann, und lade niemand mehr ein,
sonst muß ich zugrunde gehen."

Kumaru war überrascht. Er hatte sich noch nie darum ge-
kümmert, was im Haushalt geschah, und glaubte, seine Frau
würde ein wenig übertreiben. Brachte er nicht hin und wieder
etwas von den Opfergaben aus dem Tempel mit nach Hause, die
ihm der Priester mitgab? Wie konnte es Pantschami überhaupt
wagen, ihm zu verbieten, Gäste mitzubringen?

Während er überlegte, wuchs der Ärger in ihm. Er bezwang
ihn jedoch, rief Pantschami zu sich und sagte: „Weine nicht! Ich
nehme dir nicht übel, was du gesagt hast. Wie kannst du nur von
mir verlangen, niemand mehr einzuladen? Die Götter werden
uns belohnen, wenn wir unsere Nahrung mit anderen teilen. Je
größer das Opfer, um so höher die Belohnung; und wenn du dein
Essen anderen gibst, wirst du um so eher in den Himmel kommen. Glaube an die Götter, meine liebe Frau, und tue deine
Pflicht, wie es sich für eine Gattin geziemt."

Mit diesen Worten legte er sich auf die Matte und schlief gleich
darauf fest ein. Seine Träume waren heiter wie seine Tage, die
er im Tempel und zu Hause verbrachte; und als er am anderen
Morgen erwachte, hatte er den Kummer seiner Frau schon
vergessen. Er erfreute sich an der Sonne, am Schatten der
Bäume, am Himmel und an der Brandung, deren Lied ihn auf
dem Weg zum Tempel begleitete, verrichtete seine wenigen

Handgriffe und lud zum Mittagessen wieder drei Gäste ein, wildfremde Leute, die zufällig in den Tempel gekommen waren, um sich ein wenig auszuruhen.

Pantschami hatte in der Nacht kein Auge zugemacht und verzweifelt nach einem Ausweg gesucht. Im stillen hoffte sie, daß ihr Gatte trotz seiner Rede keine Gäste mitbringen würde, und war um so mehr entsetzt, als sie ihn mit drei Männern in fröhlichem Geplauder zum Mittagessen kommen sah. Sie ließ sich jedoch nichts anmerken, sondern forderte die Fremden freundlich zum Sitzen auf.

Als Kumaru zum Strand hinunterging, um sich ein wenig zu waschen, nahm Pantschami den langen Holzstab, mit dem sie den Reis zu enthülsen pflegte, bekränzte ihn mit Blumen und lehnte ihn gegen die Mauer.

Nachdem sie noch das Öllämpchen angezündet hatte, setzte sie sich in Blickrichtung ihrer Gäste vor dem bekränzten Stab nieder, neigte den Kopf und legte die Handflächen aufeinander, als sei sie im Gebet vertieft.

Die drei Männer sahen sie verwundert an. So etwas hatten sie noch nicht erlebt. Warum verehrte die Hausfrau einen einfachen Holzstab? Ihre Neugierde war erwacht, und sie gingen in den Hof hinaus und fragten Pantschami, was das zu bedeuten habe.

Pantschami blickte sich ängstlich um und legte den Finger an die Lippen. Das verstärkte die Neugier der Gäste.

„Bitte, sag uns, warum du den Holzstab anbetest", fragten sie.

„Es betrifft Euch", erwiderte Pantschami mit Tränen in den Augen, „aber ich darf es Euch nicht verraten."

„Wenn es uns betrifft, so mußt du es uns auch sagen."

Wieder blickte Pantschami sich ängstlich um und erwiderte: „Versprecht mir aber, daß Ihr meinem Gatten nichts erzählt."

Die Gäste versicherten, Kumaru gegenüber kein Sterbenswörtchen verlauten zu lassen.

„So hört, was ich Euch zu sagen habe! Mein Gatte Kumaru ist ein herzensguter Mann. Er hat nur einen Fehler: Jeden Tag bringt er Gäste heim, gibt ihnen zu essen und zu trinken, dann aber nimmt er diesen dicken Stock, den Ihr vor Euch seht, und verprügelt sie. Er meint es nicht böse, das könnt Ihr mir glauben. Was mich betrifft, so will ich mit der Prügelei nichts zu tun haben. Darum setzte ich mich vor den Holzstab und bat, er möge nicht allzu heftig auf Euren Rücken herumtanzen."

Die drei Männer sahen sich erschrocken an; und da sie keine Helden waren, stahlen sie sich schnell zur Tür hinaus. Im selben Augenblick kehrte Kumaru zurück.

„Was ist los?" fragte er. „Warum verlassen uns unsere Gäste?"

„Vergib mir meine Dummheit!" sagte Pantschami. „Sie wollten, daß ich ihnen den Holzstab schenke; aber wie du weißt, mein lieber Mann, haben wir nur diesen einen Stab im Hause. Darum sagte ich den Gästen, ich könne ihn nicht weggeben. Da wurden sie ärgerlich und gingen fort."

„Wie konntest du unsere Gäste beleidigen!" schrie Kumaru. „Gib den Stab her, sie sollen ihn haben."

Er riß ihr den Holzstab aus der Hand und lief, so schnell er konnte, den Gästen nach. Als diese ihn kommen sahen, den Stab in der Hand schwingend, beeilten sie sich, aus dem gefährlichen Bereich wegzukommen. Kumaru rannte ihnen noch lange nach, konnte sie jedoch nicht mehr erreichen.

Die Dorfbewohner, die das Ganze verfolgt hatten, glaubten tatsächlich, daß Kumaru seine Gäste aus dem Hause gejagt habe. Sie erzählten es jedermann, und bald verbreitete sich die Geschichte wie ein Lauffeuer entlang der Küste. Kumaru aber, der von alledem nichts ahnte, war erstaunt, daß alle Leute, die er in seine Hütte bat, seine Gastfreundschaft ablehnten. Und da Pantschami ihr Geheimnis niemals preisgab, lebten sie noch lange in Glück und Frieden miteinander.

Willi Meinck

Der Lastträger und der Hodscha

Ein jugoslawisches Märchen

Ein armer Schlucker wußte sich nicht anders aus seiner Not zu helfen, als daß er unter die Lastträger ging. Und weil er erfuhr, daß es in Istanbul an Lastträgern mangelte, siedelte er dorthin über. Unermüdlich schleppte er Lasten und wurde so gut bezahlt, daß er sich nach längerer Zeit hundert Dinare erspart hatte.

In meiner Heimat kann ich mit den hundert Dinaren einen Handel aufmachen, sagte er sich. Das ist nicht so mühselig wie die Lastenschlepperei. Deshalb will ich nur noch so viel verdienen, wie ich für die Rückreise brauche, und das ersparte Geld inzwischen einem zuverlässigen Menschen in Verwahrung geben.

Er sah sich nach einem solchen Menschen um, und sein Augenmerk fiel auf einen alten Hodscha, der einen großen Verkaufsladen besaß.

In den Händen dieses Mannes ist mein Geld gewiß sicher, sagte er sich und ging in den Verkaufsladen.

„Was steht zu Diensten?" fragte der Hodscha.

„Nimm bitte hundert Dinare in Verwahrung, mein erspartes, schwer erworbenes Geld. Ich will dich auch für deine Mühe entlohnen."

„Oh, das mache ich ganz umsonst!" antwortete der Hodscha bereitwillig. „Viele Leute vertrauen mir ihr Geld an, bei mir ist es sicher!"

Da zog der Lastträger die hundert Dinare hervor, übergab sie dem Hodscha und verließ ihn.

Nach einigen Wochen, als er sich das Reisegeld erarbeitet hatte, kam er wieder und bat den Hodscha, ihm die hundert Dinare zurückzugeben.

„Welche hundert Dinare?" rief der Hodscha, scheinbar empört, überschüttete ihn mit einem Schwall von Schimpfworten und warf ihn hinaus.

Verzweifelt irrte der Lastträger durch die Straßen und blieb schließlich geistesabwesend an einer Straßenecke stehen, wo ihn eine Hanum von ihrem Fenster aus erblickte. Sie ließ ihn durch ihre Dienerin auffordern, zu ihr zu kommen, und da er glaubte, daß sie ihm einen Auftrag erteilen wollte, gehorchte er.

„Ich sehe, daß du traurig bist", redete die Hanum ihn an. „Sage mir, was dir zugestoßen ist."

„Laß mich mit deinen Fragen in Ruhe, Frau, du kannst mir nicht helfen!" versetzte der Lastträger abweisend.

„Vielleicht doch. Entdecke dich mir."

Da schüttete der Lastträger ihr sein Herz aus.

„Ich kann dir mit leichter Mühe helfen", sagte sie dann. „Warte einen Augenblick, bis ich mich umgekleidet habe. Dann zeigst du mir unauffällig den Laden des Hodschas, ich trete dort ein, nach einem Weilchen folgst du mir und bittest noch einmal um Rückgabe deiner hundert Dinare. Du wirst sehen, daß du dein Geld sofort erhältst."

Und nachdem sie ein kostbares Gewand angelegt hatte, verließ sie mit dem Lastträger ihr Haus.

Der Hodscha begrüßte die offenbar reiche Kundin mit vielen Bücklingen und stellte ihr einen Stuhl hin.

„Nimm Platz, Hanum, erhole dich von dem Gang durch die staubigen Straßen. Was steht zu Diensten?"

„Ich möchte dich um eine Gefälligkeit bitten", antwortete sie. „Aber schwöre mir, daß du niemandem etwas von unserem Gespräch verrätst."

Der Hodscha schwor unbedingte Geheimhaltung und versicherte, daß es ihm eine unsagbar große Freude wäre, ihr gefällig sein zu dürfen.

„Mein Gemahl, ein hoher Beamter, hat vor kurzem das Zeitliche gesegnet!" flüsterte sie ihm geheimnisvoll ins Ohr. „Er hinterließ mir eine Schatulle mit Juwelen und außerdem fünftausend Dinare. Doch nun haben sich die Erben scharenweise bei mir eingestellt, und ich möchte verhindern, daß ich die Hinterlassenschaft mit ihnen teilen muß. Deshalb habe ich mich entschlossen, dich zu fragen, ob du gewillt bist, Juwelen und Geld so lange bei dir verborgen zu halten, bis die Behörden ein Verzeichnis der Hinterlassenschaft angelegt und die übrigen Erben befriedigt haben. Ich werde dich für deine Mühe reichlich entschädigen!"

Der Hodscha begriff sofort, welch reichen Gewinn dieses Geschäft versprach, und versicherte entzückt, daß die Hanum völlig über ihn verfügen könnte und er für die Aufbewahrung ihrer Wertsachen selbstverständlich keine Bezahlung nehmen würde. In diesem Augenblick erschien der Lastträger und verlangte sein Geld.

„Sofort, mein Sohn", antwortete der Hodscha. „Wieviel hast du mir anvertraut?"

„Hundert Dinare!"

Bereitwillig schloß der Hodscha seine Geldkassette auf und zählte hundert Dinare ab. Der Lastträger riß sie an sich und fragte, wieviel er für die Verwahrung schuldig wäre.

„Selbstverständlich nichts!" säuselte der Hodscha.

Und der Lastträger verließ mit seinem Geld den Verkaufsladen.

Nach der Versicherung, daß sie Geld und Juwelen durch ihre Dienerin schicken würde, entfernte sich die Hanum ebenfalls. Der Hodscha rieb sich höchst befriedigt die Hände und spähte nach der Dienerin aus. Er wartete bis zum Mittag, aber von der Dienerin war ebensowenig zu sehen wie von dem Geld und den Juwelen. Und als die Stunde des dritten Nachmittagsgebetes verstrich, ohne daß sich die Dienerin eingestellt hatte, begriff der Hodscha, daß er hinters Licht geführt worden war, und verfluchte sich, dem Lastträger die hundert Dinare gegeben zu haben.

Er war so wütend, daß er seinen Laden vorzeitig schloß, was noch niemals vorgekommen war, und verstört nach Hause ging.

„Was bedrückt dich?" fragte seine Frau, und als sie es erfahren hatte, meinte sie: „Wenn du mir versprichst, mir späterhin keine Vorwürfe zu machen, werde ich dem Lastträger die hundert Dinare schon morgen wieder abnehmen."

Der Hodscha schwor, daß er ihr keinesfalls Vorwürfe machen würde, falls sie das Geld zurückbrächte, und ging im Morgengrauen des nächsten Tages auf den Marktplatz. Seine Frau folgte ihm in einiger Entfernung, ihre beiden Kinder an der Hand. Der Hodscha zeigte ihr unauffällig den Lastträger und verdrückte sich dann hinter eine Hausecke. Sie aber stürzte wie von Sinnen auf den Lastträger zu und fiel ihm um den Hals.

„Mann, endlich habe ich dich gefunden!" kreischte sie aus voller Kehle. „Vor zwei Jahren hast du mich und unsere beiden kleinen Kinder im Stich gelassen, um ein Haar wären wir Hungers gestorben!"

Die Umstehenden wurden aufmerksam.

„Woher soll ich Frau und Kinder haben, da ich doch niemals verheiratet war!" rief der Lastträger.

Davon ließ sich die Frau aber nicht beirren; sie überschüttete ihn mit immer neuen Vorwürfen.

„Du Unhold, wenn du nichts mehr von mir wissen willst, dann laß dich wenigstens von mir scheiden! Komm sofort mit zum Kadi!"

„Ich bin nicht dein Mann", widersprach der Lastträger. „Deshalb kann ich mich auch nicht von dir scheiden lassen. Du verwechselst mich mit einem anderen."

„Nein, du bist mein Mann!" schrie die Frau. „Ich habe dich überall gesucht, und jetzt entgehst du mir nicht!"

Der Lärm lockte mehrere Wachsoldaten herbei; sie nahmen den Lastträger fest und führten ihn vor den Kadi.

„Teurer Effendi!" flehte die Frau. „Verschaffe mir Gerechtigkeit. Dieser hier ist mein Mann, und ich verlange, daß er entweder mich und die Kinder unterhält oder sich von mir scheiden läßt!"

Der Kadi befragte den Lastträger, der immer wieder beteuerte, mit der Frau überhaupt nicht verheiratet zu sein. Da er das jedoch nicht beweisen konnte, glaubte ihm der Kadi nicht und verurteilte ihn dazu, der Betrügerin hundert Dinare Abfindung zu zahlen. Der Lastträger sträubte sich nach Leibeskräften und versicherte, so viel Geld gar nicht zu besitzen, aber ohne Erfolg, und ihm blieb nichts anderes übrig, als sein Geld von der Hanum zu holen, der er es zur Aufbewahrung übergeben hatte. Um sicher zu sein, daß er bei dieser Gelegenheit nicht Reißaus nehmen würde, gab der Kadi ihm einen Wachsoldaten mit, der ihn nicht aus den Augen ließ.

Die Hanum staunte nicht schlecht, als der Lastträger plötzlich niedergeschlagen und obendrein unter Bewachung vor ihr stand, und ließ sich den Grund seines Kommens berichten.

„Bei dem Weib handelt es sich sicherlich um die Frau des Hodschas", sagte sie dann. „Hier sind deine hundert Dinare, bezahle die Abfindung und verlange vom Kadi eine gerichtlich beglaubigte Urkunde darüber, daß die Kinder dir zustehen. Wenn du sie hast, dann bringe sie zu mir."

Gesagt, getan. Als der Lastträger die Kinder wegführen wollte, erhob die Frau des Hodschas ein großes Geschrei und versuchte, sie ihm wegzureißen. Doch der Kadi verwehrte es ihr, und gegen seine Entscheidung war sie machtlos. Verzweifelt rannte sie nach Hause und berichtete ihrem Mann, daß sie zwar die hundert Dinare ergaunert, dafür jedoch die Kinder verloren hätte. Der Hodscha raufte sich vor Verzweiflung die Haare, wußte jedoch ebensowenig, was er dagegen unternehmen sollte.

Der Lastträger brachte die Kinder inzwischen, wie verabredet, zur Hanum, die sie liebevoll versorgte. Am nächsten Morgen trug sie ihm auf: „Führe die Kinder auf den Marktplatz und übergib sie dem Ausrufer. Er soll sie zunächst für hundert Dinare feilbieten. Ich werde dann den Preis in die Höhe treiben. Und wenn der Zeitpunkt gekommen ist, um die Versteigerung abzubrechen, gebe ich dir einen Wink."

Kurz darauf führte der Ausrufer die Kinder schon durch die Stadt und verkündete dabei ihren Preis. Er kam auch am Laden des Hodschas vorüber, der seine Kinder erkannte und auf die Straße stürzte.

„Ich biete hundertundeinen Dinar!" rief er.

„Hundertundeinen Dinar!" wiederholte der Ausrufer und ging mit den Kindern auf den Marktplatz zurück, wo er von der Hanum erwartet wurde.

„Das ist ein empörend niedriger Preis für die Kinder!" rief sie. „Ich biete fünfhundert Dinare."

„Fünfhundert Dinare!" wiederholte der Ausrufer und kehrte zum Hodscha zurück.

„Fünfhundertundeinen Dinar!" rief ihm der Hodscha zu.

„Fünfhundertundeinen Dinar!" grölte der Ausrufer und begab sich zur Hanum.

„Tausend Dinare!" sagte sie.

„Tausend Dinare, wer bietet mehr?" grölte der Ausrufer und trottete zum Hodscha.

„Tausendundeinen Dinar!" rief dieser zähneknirschend.

„Eintausendfünfhundert Dinare!" bot die Hanum.

Und so ging es weiter, bis sie den Preis auf zweitausendfünfhundert Dinare hochgetrieben und der Hodscha wiederum einen Dinar mehr geboten hatte. Danach bedeutete sie dem Lastträger, die Versteigerung abzubrechen, er gehorchte, der Ausrufer führte dem Hodscha die beiden Kinder zu und händigte die zweitausendfünfhundertundeinen Dinar, die er für sie erhielt, dem Lastträger ein. Dieser ging damit zur Hanum.

„Hier ist das gesamte ersteigerte Geld", sagte er. „Gib mir davon meine hundert Dinare!"

„Aber nein!" antwortete sie erstaunt. „Ich will nichts von dem Geld, es gehört dir. Aber ich rate dir, Istanbul noch heute zu verlassen, denn später kommst du nicht mehr mit heiler Haut davon."

Da dankte der Lastträger ihr von ganzem Herzen für ihre große Güte und machte sich noch zur gleichen Stunde auf den Heimweg in sein Vaterland, wo er bis zu seinem Ende glücklich und zufrieden lebte.

Lieselotte Remané

Fin MacCumhail und der Riese Far Rua

Ein irisches Märchen

Fin MacCumhail war der Anführer der Fenier, einer Helden-
schar, in der sich die edelsten und kühnsten Recken Irlands
zusammengefunden hatten. Immer wenn es Abenteuer zu bestehen galt, waren sie da, sie befreiten ihr Land von Riesen und
Ungeheuern und halfen den Hochkönigen, die Angreifer aus
Nord und Süd von der Insel fernzuhalten. Doch so tapfer und
verwegen Fin auch war, vor einem Unhold grauste ihm, vor dem
Riesen Far Rua, der wegen seiner ungeheuren Kraft der Schrek-
ken Irlands war. Mit einem Fußtritt konnte er ein Erdbeben
hervorrufen, den Donner zu einem Kiesel in Gestalt eines Pfann-
kuchens schlagen und in die Tasche stecken. Dieser Riese hatte
sich geschworen, den weitgerühmten Recken Fin MacCumhail
zu stellen und sich mit ihm zu messen. Fin hatte einen be-
merkenswerten Daumen, der ihm voraussagte, was auf ihn
zukam, und er fühlte sich nicht mehr wohl in seiner Haut, seit
er von Far Ruas Absicht wußte. Nicht daß er sich fürchtete,
doch es lief ihm ein Schauer über den Rücken, wenn er an den
Donner in Pfannkuchengestalt dachte.

Jüngst waren die Fenier dabei, einen Dammweg nach Schott-
land hinüber aufzuschütten, da verabschiedete sich Fin mitten

bei der Arbeit von ihnen, er müsse für mehrere Tage zu seiner Frau und sehen, wie es ihr gehe. In Wahrheit sollte Oonagh, die gute Beziehungen zu Feen unterhielt, erkunden, ob es ein Mittel gab, den Riesen zur Strecke zu bringen. Fin riß einen Baumstamm aus der Erde, machte sich daraus einen Stab und sprang von Hügel zu Hügel, von Fels zu Fels, über Täler und Wiesen zu seinem Weib.

Oonagh war außer sich vor Freude, denn selten kam Fin nach Hause. Aber sie war auch klug genug zu bemerken, daß nicht Sehnsucht nach ihr ihn hergetrieben hatte.

Schließlich gestand Fin: „Es geht ein Gerücht um, der Riese Far Rua wolle mit mir kämpfen. Doch ich fühle mich noch zu jung, um ins Kraut zu beißen oder zu einem flachen Kiesel geschlagen zu werden."

Oonagh dachte nach.

„Wo mag er jetzt sein?" fragte sie. Fin nagte am Daumen.

„Weit sicherlich nicht mehr, er ist auf dem Wege hierher. Heute gegen Abend wird er anrücken, denke ich. Wenn ich weglaufe, bin ich entehrt."

„Sei ohne Sorge, mein Freund, ich helfe dir", sagte Oonagh. „Ich werde mich mit meiner Schwester in Verbindung setzen, die muß ihn aufhalten. Sie ist gerade auf ihrer Burg eingetroffen."

Da war Fin die Hauptsorge los und ein Tag und eine Nacht gewonnen. Oonagh wußte: Die Feen konnte sie in der Kürze der Zeit nicht befragen, da mußte sie sich schon etwas einfallen lassen. Mit List konnte man den groben Kerl gewiß bändigen.

Sie rief zu dem benachbarten Hügel hinüber: „Steig rasch auf den Gipfel von Cullamore, liebe Schwester, schau in die Gegend und ruf mir zu, ob du etwas Besonderes siehst."

Nach wenigen Augenblicken schallte es zurück: „Oha, beim Himmel, da kommt doch der größte Riesenkerl daher, den ich gesehen habe."

„Halt ihn auf, Schwester, er will mit meinem Fin kämpfen. Bisher hat er alle bezwungen!" rief Oonagh. „Ich brauche Zeit. Und wirf mir etwas Butter herüber, bin gerade knapp dran."

„Gut, ich lade ihn zum Mittagessen ein. Ich will ihm einen Bottich Heidekrautsuppe vorsetzen und Eichenrinde darin

kochen, da wird er schläfrig. Vor morgen kommt er dann nicht",
gab die Schwester zurück und rollte sechs Fässer Butter mit
solchem Schwung den Berg hinab, daß sie noch Kraft hatten,
bis vor Oonaghs Burg weiterzuhüpfen.

Die beiden Frauen machten sich an die Arbeit.

Oonaghs Schwester zündete ein großes Feuer an, steckte den
Finger in den Mund und sandte drei laute Pfiffe in die Gegend.
Auf diese Weise rief man früher in Irland Freunde oder Gäste
zu sich. Und Far Rua wandte seine Schritte auch gleich zum Berg
Cullamore.

Oonagh aber setzte Brotteig an und knetete in zwanzig Brote
zwanzig eiserne Bratroste ein. Nur drei Brote buk sie ohne Roste.
Als sie fertig waren, stellte sie alle auf ein Wandbrett zum
Auskühlen. Dann machte sie aus einem Faß Milch Molkenkäse
und gab Fin Anweisung, was er damit zu tun habe.

Der nächste Morgen brach an. Fin verstand nicht recht, was
seine Frau vorhatte, doch er blieb ruhig. Sie wird schon wissen,
was sie tut.

„Höre, Fin", fragte Oonagh, „weißt du, wo der Riesenkerl seine
Kraft bewahrt?"

„Man sagt, sie läge im Mittelfinger seiner linken Hand. Nicht
in der Schwerthand, die könnte man ihm abschlagen. Die linke
hält er immer, zur Faust geballt, auf dem Rücken."

„Oh, das hilft uns schon weiter", sagte Oonagh und lachte.
„Du mußt versuchen, seinen Finger zu schnappen."

Fin war keinesfalls wohl zumute, doch seine Frau sprach
weiter: „Es ist bald an der Zeit. Befolge nun, was ich dir sage."
Sie hatte die Wiege ihrer Riesenmutter hervorgeholt und viele
Tücher hineingelegt, die zeigte sie Fin.

„Ich muß dein Kriegerherz verletzen, aber es hilft nichts", sagte
sie. „Leg dich in diese Schaukel, bleib ganz still und rühre dich
nicht. Du bist ja klug und wirst merken, worauf ich hinaus-
will." Fin blieb keine Wahl, er krümmte sich in der Wiege und
wartete auf Far Rua. Wie Fins Daumen es vorausgesagt hatte,
erschien er am nächsten Morgen und pochte ungeschlacht an das
Tor.

„Bin ich hier im Hause des streitbaren Fin MacCumhail?"
schrie er.

„Das bist du, Freund", schrie Oonagh zurück. „Doch er ist nicht da. Wütend ist er heute in der Frühe weggegangen, als er hörte, daß so ein Großmaul von einem Riesen, Far Rua genannt, ihn suche. Wahrlich, der Kerl tut mir leid, denn wie ich Fin kenne, machte der sofort Kuchenteig aus ihm."

„Du bist wohl die Frau des stärksten und tapfersten Mannes von ganz Irland?" fragte der Riese vor dem Tor.

Oonagh öffnete und sagte: „Ganz recht, du hast es richtig bemerkt."

„So will ich dir etwas verraten", sagte der Riese. „Ich bin Far Rua. Seit vielen Monaten suche ich Fin, immer ist er mir entwischt, wenn ich in der Gegend war. Ich will ihn endlich zwischen meinen Händen halten und spüren, ob er so viel Kraft hat, wie man sagt. Ich warte, bis er zurückkommt."

Da begann Oonagh schallend zu lachen und blickte den Riesen an, als wäre er ein armseliges Männlein.

„Hast du meinen Fin schon einmal gesehen?" fragte sie ihn.

„Nein", entgegnete Far Rua, „er hielt sich immer ferne von mir."

„Und jetzt willst du ihn schmähen, wenn er nicht zu Hause ist?" fuhr Oonagh ihn an. „Nun, so möge dein Gott dir gnädig sein, daß du ihn nicht zu Gesicht bekommst. Wenn du aber auf ihn warten willst, so erlaube mir vorerst eine Bitte. Der Wind rüttelt heute so an meiner Behausung. Fin hat jedesmal, wenn er hier war, das Haus so gerückt, daß der Wind nicht auf Tor und Vorderfront traf. Könntest du mir die Burg etwas drehen?"

Far Rua wunderte sich, stand aber auf und zog dreimal am Mittelfinger seiner linken Hand, daß es krachte. Dann trat er vor das Tor, legte die Arme um das Haus und drehte es im Halbkreis, wie Oonagh ihn gebeten hatte.

Fin in seiner Wiege wurde dabei übel, der Angstschweiß stand ihm auf der Stirn. Doch Oonagh fürchtete sich nicht und bat den Riesen um einen weiteren Dienst. Der knurrte etwas, und listig sagte die Frau: „Ich spüre es, ich habe beim ersten Mal deine Kräfte überfordert. Nein, mehr darf ich wohl nicht von dir verlangen. Lassen wir es also!"

So herausgefordert, rief der Riese angeberisch: „Das wäre ja gelacht! Was soll ich denn tun?"

„Fin ist erst gestern zurückgekehrt", sagte Oonagh, „und ich erzählte ihm von der Not der Leute hier. Durch die große Dürre herrscht Wassermangel. Im Tal ragen zwei gewaltige Felsen in die Höhe. Man müßte sie auseinanderreißen, und schon würde eine Quelle aus der Erde sprudeln. Doch bevor ich Fin meinen Wunsch vortragen konnte, ist er davongestürmt, um dich zu suchen."

„Zeig sie mir", sagte Far Rua, und bald stand er vor dem hochragenden Felsen mit den beiden Zacken. Diesmal zog er neunmal an seinem Mittelfinger, darauf riß er einen vierhundert Fuß tiefen und eine Viertelmeile breiten Spalt in das Gestein. Das Wasser sprudelte aus der Tiefe, Oonagh bedankte sich.

„Nun komm, du Hilfreicher, und koste einige Bissen unseres einfachen Mahls, dann will ich auf meinen Fingern pfeifen und Fin zurückholen."

Sie führte Far Rua in die Burg und stellte ein halbes Dutzend Brote, die mit den eisernen Rosten versehen waren, vor ihn hin, dazu zwei Fässer Butter, eine gekochte Schinkenkeule und ein Faß Wein. Der Riese freute sich auf das üppige Mahl. „Ich habe da vor einem Tag Heidekrautsuppe bekommen mit Holzstückchen darin. Brrr!" Er schüttelte sich in Erinnerung an die kratzige Suppe, goß sich einen Humpen Wein hinunter und langte nach dem ersten Brot. Fin in der Wiege und Frau Oonagh wurden von einem fürchterlichen Gebrüll aufgerüttelt.

„Blitz, Donner und Hagel!" schrie Far Rua, „ich habe mir zwei Zähne ausgebissen. Was für ein Brot hast du mir gegeben?"

Oonagh tat ganz erstaunt.

„Wie meinst du das? Es ist Fins Brot, das er immer ißt, wenn er nach Hause kommt. Es ist ganz frisch gebacken." Sie schob ihm ein anderes hin.

Der Riese tat sich einen Batzen Butter auf das Brett und biß mit Gier in das zweite Brot, um endlich etwas in den Magen zu bekommen. Doch sogleich ertönte ein zweiter grausiger Schrei.

„Hölle und Tod! Nimm dein Brot weg, oder ich habe keinen Zahn mehr im Munde."

„Nun, du Großer, Starker, dann stille deinen Hunger an dem Schinken. Aber paß auf, daß du nicht auf den Knochen beißt. Deine Zähne scheinen nicht mehr fest zu sitzen."

Der Riese schmatzte, und wieder mußte er sich rügen lassen. „Kannst du nicht etwas leiser essen, du weckst mir noch das Kind in der Wiege auf."

Im gleichen Augenblick ließ Fin ein fürchterliches Geschrei und Geplärr hören, das den Riesen in Angst versetzte.

„Mutter", schrie Fin, „ich bin hungrig. Gib mir was zu essen."

Oonagh holte ein Brot vom Wandregal, in das natürlich kein Rost eingebacken war, und reichte es Fin. Der biß mit gewaltigem Hunger zu und verzehrte es vor den weit aufgerissenen Augen des Riesen ganz und gar, ja, er verlangte ein zweites.

Far Rua war bis ins Innerste erschrocken und dachte: Ein Mann, der so ein starkes Kind hat, wie wird der mir zusetzen! Ein Glück, daß er gerade nicht zu Hause ist. Ich will sehen, daß ich noch rechtzeitig davonkomme. Und er stand auf, um sich zu verabschieden.

„Ich würde gern einen Blick auf den Schreihals in der Wiege werfen", sagte Far Rua, „ein Kind, das solche Nahrung verträgt, kriegt man nicht oft zu Gesicht."

„Komm heraus, mein Kindchen", sagte Oonagh, „und zeige diesem alten Herrn etwas von der Kunst, die dein Vater dich gelehrt hat."

Fin, der ein Kindernachthemd anhatte, sprang aus der Wiege und rief mit kräftiger Stimme: „Bist du stark?"

„Donner und Blitz!" sprach Far Rua, „was für eine Stimme für einen Knirps, der noch in der Wiege liegt!"

„Bist du stark?" wiederholte Fin. „Kannst du aus diesem Felsbrocken Wasser pressen?" Er reichte Far Rua einen mächtig großen weißen Stein.

Far Rua preßte und preßte und wurde ganz blau im Gesicht. Das Wasser lief ihm wohl über die Stirn, doch aus dem Stein kam kein Tropfen heraus.

Fin blickte ihn spöttisch an.

„Ach, du bist doch ein armer Wicht im Vergleich zu meinem Vater. Gib mir den Stein, ich will es dir zeigen."

Der glotzäugige Riese warf Fin den Stein zu, der hatte schon in der Hand den Molkenkäse, preßte ihn, und ein heller Wasserstrahl floß heraus. Fin legte sich wieder in die Wiege und sagte:

„Du tätest besser daran, fortzulaufen, als hier sitzen zu bleiben. Wenn mein Vater kommt, wird er dich zu Brei zerquetschen."

Far Rua, der in diesem Hause schon allerhand erlebt hatte, war der gleichen Meinung. Er wandte sich zum Gehen und sagte, gar nicht mehr protzig: „Meine Gegner wissen, daß ich stark bin, aber jetzt glaube ich, Fin wäre mir überlegen. Richte ihm aus, ich werde ihm nicht mehr nachstellen und mich auf der anderen Seite der Insel niederlassen."

In diesem Augenblick warf Oonagh ihrem Fin ein weiteres Brot in die Wiege. Der biß nur vorsichtig hinein, knirschte aber so mit den Zähnen, als wolle er Kieselsteine zermahlen. Dumm genug, den Narrenstreich nicht zu bemerken, drehte sich Far Rua noch einmal um und sagte zu Oonagh: „Erlaube mir, das Gebiß dieses Kindes zu betrachten und die Zähne anzufühlen, die solches Brot beißen können."

Fin in der Wiege lachte das Herz im Leibe. Oonagh aber nickte.

„Mit dem größten Vergnügen. Doch sitzen bei ihm die Zähne ziemlich weit hinten, du mußt schon in den Mund hineingreifen."

Sie faßte ihn, wie zufällig, an der rechten Hand und führte ihn zur Wiege zurück. Hastig und ohne Überlegung griff Far Rua in den weitgeöffneten Mund des Recken Fin und wollte gerade verwundert fragen, wie es möglich sei, daß ein Kind das Gebiß eines Mannes habe, da biß Fin zu.

Far Rua schrie fürchterlich, doch der Finger, in dem seine Kraft lag, war verloren. Fin sprang aus der Wiege, packte seine eichene Keule und schlug den Riesen tot, bevor der sich noch besinnen konnte.

So war gelungen, was keiner fertiggebracht hatte: Der Unhold Far Rua war, dank Fins kluger und listiger Frau Oonagh, unschädlich gemacht.

Keinem seiner Freunde verriet Fin jemals diese Geschichte, nur viele Jahre später, als er schon ein alter Mann war, erzählte er sie seinem Sohn Ossian, dem Liedersänger. Durch ihn wurde sie wiederum viele Jahre später der Welt bekannt.

Ilse Korn

209

Katica der Schelm

Ein ungarisches Märchen

In einer Königsstadt lebte einmal eine arme Frau. Sie hatte im Krieg ihren Mann verloren und mußte darum fleißig arbeiten, um ihr Kind zu ernähren. Die kleine Katica blieb deshalb häufig sich selbst überlassen. Sie fand ihr Vergnügen daran, die Leute aus der Nachbarschaft zu foppen und an der Nase herumzuführen, doch da sie ein hübsches Mädchen war, nahm es ihr niemand übel. Überall wurde sie nur „Katica der Schelm" genannt.

Als die Tochter herangewachsen war, hatte die Frau ihr keinen Brautschatz zusammensparen können, sie war arm geblieben. Eines Tages sprach sie zu ihr: „Katica, du mußt jetzt arbeiten gehen und Geld verdienen."

Lachend sagte das Mädchen: „Habe ich nicht mit mancherlei Leuten gewettet und immer gewonnen? Auf die Art verdiene ich, was ich zum Leben brauche."

„Bald werden dir alle unsere Nachbarn gram sein!" entgegnete die Frau.

„Nein, nein, sie lachen darüber und zahlen gern die Wette. Laß die Sorgen, liebe Mutter, es ist gewiß ein lustiges Handwerk."

Dabei blieb es.

Eines Tages erkrankte die Mutter schwer, der Arzt konnte ihr nicht helfen. Da erinnerte sich die Frau, während der Zeit, da sie am Königshof Küchendienste leistete, von einer köstlichen Suppe gekostet zu haben, und sie sprach zu ihrer Tochter: „Ach, Katica, einmal in meinem Leben habe ich von des Königs Suppe gegessen, die hat herrlich gemundet, und ich bin davon stark und kräftig geworden. Wenn ich die heute hätte! Aber ich wette, das wird dir nicht gelingen, sie für mich aus dem Schloß zu holen."

„Wetten?" rief Katica schelmisch und zugleich froh, der Mutter helfen zu können. „Vielleicht gelingt es mir doch!"

Sie band eine weiße Schürze vor, begab sich mit einem Krug ins Königsschloß und ließ sich den Weg zum Suppenkoch zeigen. Es war der gleiche, bei dem die Mutter gearbeitet hatte, und er fragte sie: „Was hast du mit deinem Krüglein vor, Mädchen?"

„Ich möchte dem König ein Geschenk bringen", antwortete Katica beherzt. „Es ist darin ein Zaubersaft, der kranken Prinzen Lachen schafft."

Nun wußte alle Welt, daß der König einen einzigen Sohn hatte, der immer trübselig vor sich hin blickte. Kein Spaß, kein Fest konnten ihn zum Lachen bewegen.

Der Koch ließ Katica darum nur zu gern zum König gehen, in der Meinung, es habe endlich jemand ein Wundersäftlein für den Prinzen gefunden.

Das Mädchen begab sich mit ihrem Krug vor die Tür des Speisesaals und wartete. Als das Essen heraufgetragen wurde und der Oberhofkoch die Suppe brachte, trat sie ihm in den Weg und sagte hastig: „Schnell, lauf Er zum König, der hat soeben geschrien, dem jungen Prinzen säße der Lachteufel auf der Brust. Geh Er schon, ich paß derweil auf Seine Suppe auf."

Der verdutzte Oberhofkoch stellte die Suppenterrine ab und verschwand rasch im Königssaal.

Der Herrscher war schon ärgerlich; denn er hatte zwei Minuten länger als sonst auf das Essen warten müssen. Als nun der Küchengewaltige ohne Schüssel den Raum betrat und stotternd nach seinem Begehr fragte, sich auch nach dem Befinden des Prinzen erkundigte, schrie der König wütend: „Der Prinz speist im Zimmer nebenan, das weiß Er doch. So einen Trauerkloß möchte ich nicht vor meiner Nase sitzen haben."

„Aber ein Lachteufel sitzt ihm auf der Brust und zwackt ihn", wagte der Oberhofkoch einzuwenden.

Da lief der König ins Nebenzimmer. Doch alles war wie gewohnt. Trübsal blasend, saß der junge Prinz mit seinem Diener am Tisch und wartete ebenfalls auf die Suppe.

Vor den grimmigen Blicken des Königs suchte der Koch augenblicklich das Weite, als er aber in den Vorraum kam, fand er die Suppenschüssel leer und von dem Mädchen keine Spur. Nur ein Zettel lag in der Schüssel, darauf stand:

> „Katica der Schelm hat Mut,
> was sie anpackt, das wird gut.
> Alle Welt, Herr König, lacht,
> weil sie auch Ihn zum Narren macht,
> und der traurige Prinz, er lacht..."

Dem König wurde das Warten zu lang, erbost lief er selber hinaus und fand den bestürzten Koch vor der leeren Terrine. Nun studierte auch er den Zettel und ließ sich vom Oberhofkoch den Hergang berichten. „Da soll doch der Teufel hineinfahren!" schrie er, doch sein Sohn, ebenfalls des Wartens überdrüssig, war neugierig hinter ihn getreten und — lachte.

„Endlich passiert mal etwas außer der Reihe in diesem langweiligen Schloß", rief er und lachte noch mehr.

Kein Wunder, daß alle, die um ihn herumstanden, ihn sprachlos anstarrten. Katica hatte zuwege gebracht, was keinem vorher gelungen war. Der Zorn des Königs verflog, und er sagte rasch: „Wenn diese Katica mich wirklich zum Narren halten kann, ohne mein Zimmer zu betreten, und wenn sie sogar meinem Sohn ein Lachen abgewinnt, so mag sie sich eine hohe Belohnung erbitten, und wollte sie gleich den Prinzen zum Gemahl; bisher hat ihn ja keine gemocht. Gelingt es ihr aber nicht, dann werden wir sie einen Kopf kürzer machen, schon als Strafe für ihr freches Eindringen in mein Schloß."

Katicas Mutter war von dem Genuß der königlichen Suppe wunderbar gestärkt und konnte das Bett verlassen. Bald drang das Gerücht bis in ihr Haus, der König wolle Katica auf die Probe stellen, doch es könne sie auch den Kopf kosten, und sie

bangte um das Leben ihrer Tochter. Katica dagegen war frohen Mutes und wartete auf die beste Gelegenheit, ihre Pfiffigkeit zu beweisen.

Nach einigen Tagen schwelgte die Mutter wieder in Erinnerungen.

„Gewiß, die Suppe war köstlich und hat mich auch gesund gemacht, doch wenn du wüßtest, wie herrlich der Kuchen und die Torten des Königs schmecken, du würdest dich in Sehnsucht danach verzehren."

„Wollen wir wetten", sagte Katica, „daß ich Kuchen und Torte für uns beide aus dem Schloß hole und dabei den König an der Nase herumführe?" Die Mutter war zwar ängstlich, dachte aber: Ist es das erste Mal gut gegangen, wird es das zweite Mal vielleicht auch gelingen.

Anderentags begab sich Katica aufs Schloß. Diesmal band sie ihre lockigen Haare mit dem Kopftuch zusammen, damit niemand sie erkannte. Sie trug eine Arbeitsschürze wie die Kehrfrauen in der königlichen Backstube und fegte emsig mit den anderen den Mehlstaub zusammen.

Da sah sie, wie der Oberhofkuchenbäckermeister gerade eine Schale mit Kuchen und Tortenstücken wegschließen wollte. Sie warf den Besen fort, stellte sich ihm in den Weg und flüsterte: „Hat Er dem König schon das Gewünschte gebracht?"

„Was meinst du, Mädchen?"

„Als ich vorhin über die Treppe herunterkam, hörte ich, wie ein Diener gerade rief: „Es muß einer zum Kuchenbäcker, der Prinz wünscht heute nicht Torten, sondern Mohrenkopf und Schweineohr, das ihm vor wenigen Tagen so gut schmeckte. Hat Er noch davon?"

„Natürlich! Natürlich!" sagte der Oberhofkuchenbäckermeister, stellte die Kuchenschale auf den Backtisch und schloß den Vorratsschrank auf. Geschwind ordnete er einige der gewünschten Gebäckstücke auf eine silberne Platte und lief davon, kam aber noch einmal zurück und sagte zu Katica: „Paß inzwischen auf die Kuchenschale auf!"

Kaum hatte er die Backstube verlassen, rief das Mädchen den Kehrfrauen zu: „Der Meister hat gesagt, ihr könntet schon nach Hause gehen."

Der Oberhofkuchenbäcker stürzte währenddessen mit seiner hübsch angerichteten Kuchenplatte die breite Treppe hinauf und betrat keuchend den Raum, in dem der König seinen Nachmittagskaffee zu nehmen pflegte. Doch der war längst fertig, alles Geschirr war abgeräumt.

Mit fliegendem Atem sprach der Bäcker: „Königliche Majestät, hier habe ich gebracht, was der junge Herr wünschte, Mohrenkopf und Schweineohr!"

„Scher Er sich weg", sagte der König ärgerlich, weil er sich in seiner Ruhe gestört sah, „ich bin längst fertig."

„Aber der junge Herr?" wagte der Oberhofkuchenbäckermeister behutsam einzuwenden.

Der König betrat den Nebenraum, dort lag der traurige Prinz auf dem Sofa, Kaffee, Kuchen und Torte standen unberührt auf dem Tisch.

„Du hast Mohrenkopf und Schweineohr bestellt?" fragte der König.

Der Prinz murmelte: „Schweinekopf, schmeckt das süß?"

„Nicht doch, Eure Majestät", widersprach der Bäcker, „Schweineohr!"

„Wer hat diese Dummheit ausgedacht?" wollte der König wissen, und der Oberhofkuchenbäckermeister mußte Farbe bekennen.

„Am Ende ist's wieder Katica der Schelm? Laßt uns in die Backstube gehen", sagte der König, und der Prinz kam auch mit. Doch die drei fanden Katica nicht mehr vor, die hatte ihren Schabernack getrieben und war dann verschwunden. Die Backtröge waren umgekippt, überall lag Mehl und Zucker auf dem Boden, dazwischen Torten- und Kuchenstücke, der Vorratsschrank war geleert. An der großen Ofentür stand mit Kreide geschrieben:

> „Katica der Schelm hat Mut,
> was sie anpackt, das wird gut.
> Alle Welt, Herr König, lacht,
> weil sie auch Ihn zum Narren macht,
> und der traurige Prinz, er lacht..."

Der Prinz jedoch lachte wirklich, über die Unordnung in der Backstube, über die Verzweiflung des Bäckers, der nach den Kehrmädchen schrie, die alle schon davon waren, und über das dumme Gesicht seines Vater, des Königs.

„Endlich passiert etwas in dem langweiligsten aller Schlösser", rief er und zog lachend ab.

Na, so ein Teufelsmädchen, dachte der König, sie ist imstande und schafft, was keinem bisher gelungen ist!

Katica aber hatte der Mutter den Kuchen und einige Stücke der königlichen Torte gebracht. Sie aßen sich rund und satt und lachten über das neue Schelmenstück des Mädchens.

Zwei Wochen waren vergangen, da trug die Mutter Verlangen nach dem besten Wein, den der König nur feiertags trank und den er sorgsam hütete.

„Als ich noch Küchenmädchen beim König war", sagte sie, „gab es an hohen Festtagen auch für uns ein Glas Wein, doch der war sauer wie Essig. Ich wüßte gern, wie der beste Wein des Königs schmeckt."

„Will sehen, was sich tun läßt", sagte Katica. Sie horchte auf die Reden der Torhüter am Königsschloß und entnahm ihnen, daß an einem der nächsten Tage Besuch aus dem Nachbarland kommen sollte. So verkleidete sie sich als Page und schloß sich dem Gefolge des Nachbarfürsten an, als er das Tor passierte, verschwand aber nach kurzer Zeit in den Weinkeller. Nachdem sie sich umgesehen hatte, schrie sie Zeter und Mordio, der Obermundschenk habe für den Besuch den falschen Wein heraufgebracht, es müsse laut königlichem Befehl die beste aller Sorten sein.

Verständnislos schüttelte der Mundschenk den Kopf.

„Der König hat mir die Weinsorte genau benannt und mir ein für allemal verboten, den besten Wein an gewöhnliche Besucher auszuschenken." Dabei schlug er auf das große Faß, in dem dieser besondere Wein ruhte. „Besuche wie der Fürst aus Knakenbruch sind doch etwas ganz Alltägliches."

Katica besänftigte ihn und sagte: „Befehl ist Befehl. Der Königssohn, unser trauriger Prinz, hat sich eben heute den allerbesten Wein gewünscht, und um ihn aufzuheitern, muß man alles tun. Geh Er drum", sie zog schon den Hahn am Weinfaß und hielt einen der herumstehenden silbernen Krüge darunter, „geh Er und bringe ihn hinauf. Ich bleibe solange hier unten und gebe Obacht, daß sich kein Dieb einschleicht."

Kopfschüttelnd nahm der Oberhofmundschenk den Krug und begab sich mit dem Wein zum König. Er wurde auch vorgelassen und sagte: „Königliche Majestät, der junge Prinz haben gewünscht, von dem besten Wein mit dem Gast trinken zu dürfen." Demütig stellte er den Krug Wein auf den Tisch.

Der König wurde blau vor Zorn. Jetzt war er vor dem Nachbarfürsten blamiert, erwies es sich doch, daß er dem Gast nicht den besten Wein kredenzt hatte. Vom Prinzen war überhaupt nichts zu sehen.

„Wer hat dich mit dem Wein hierherbestellt?" fragte er.

„Ein Page", stotterte der Mundschenk, „ein Page Seiner prinzlichen Hoheit." Da trat der Page des Prinzen hervor und sagte: „Schau Er mich an, ich wär in Seinem Weinkeller gewesen? Ich saß nebenan beim Prinzen und spielte mit ihm Schach." Er riß die Tür auf und rief: „Hat mein Herr etwa Wein verlangt, wo er doch nie welchen trinkt?"

Der König wartete gar nicht erst auf eine Erklärung, er stürmte an dem verdatterten Oberhofmundschenk vorbei in den Weinkeller, in der Hoffnung, Katica noch zu ertappen. Na warte, dachte er, mir so einen Streich zu spielen!

Doch als er, gefolgt vom Mundschenk, dem Prinzen und dem Pagen, den Weinkeller betrat, was mußten sie erblicken? Ein Entsetzensschrei des armen Kellermeisters ließ sie alle zusammenfahren. Der Weinkeller glich einem Bassin, in das aus vielen Hähnen und Fässern der lieblich duftende Wein plätscherte. Auch aus dem großen Faß, das die edelste Sorte barg, ergoß sich ein breiter Strahl in den Raum. Vom angeblichen Pagen keine Spur, doch war mit Kreide an die Kellertür geschrieben:

> „Katica der Schelm hat Mut,
>   was sie anpackt, das wird gut.
>   Alle Welt, Herr König, lacht,
>   weil sie auch Ihn zum Narren macht.
>   Und der traurige Prinz, er lacht."

217

Der König war so voll Zorn, daß ihm die Galle überlief und er sich ins Bett legen mußte. Der Prinz aber eilte rasch zum Fenster seines Zimmers, um noch einen Zipfel dieses Schelmenmädchens zu erblicken. Doch Katica war längst zu Hause bei ihrer Mutter. Sie probierten den köstlichsten aller Weine und verdrehten vor Vergnügen die Augen, denn er war wirklich eine Labsal.

„Du sollst ihn zu meiner Hochzeit mit dem Prinzen trinken", sagte Katica und lachte verschmitzt.

„Greif nicht nach dem Feuer, sonst verbrennst du dir die Hände!" warnte die Mutter. „Es ist jetzt genug mit den Schelmenstreichen."

„Meine Belohnung muß ich mir doch abholen", sagte das Mädchen, doch vorläufig versteckte sie sich; denn sie ahnte, daß der König diesen Streich nicht so hinnehmen würde. Und so war es auch: Am nächsten Tag stand ein Bote vom Schloß vor der Mutter, der König habe nach ihrer Tochter Katica verlangt. Doch da war keine Katica, und der Bote mußte wieder abziehen.

Vor lauter Ärger und Hilflosigkeit wurde der König immer kränker, doch gegen solche Krankheiten gibt es weder Tee noch Pillen. Viele Ärzte kamen und gingen wieder, weil sie nicht wußten, wie zu helfen war.

Katica spitzte die Ohren, um zu erfahren, was sich am Königshof ereignete, und so erfuhr sie von dem Leiden des Königs und den vergeblichen Heilversuchen. Da besorgte sie sich einen Esel, dazu das schlechte Gewand eines Gelehrten. Vor dem Schloß erkundigte sie sich nach dem Zustand des Königs.

„Ich hörte schon im Nachbarland von seiner Krankheit und bin daher rasch hierhergekommen. Es gibt ein Mittel, das treibt innerhalb zweier Stunden die Schmerzen auf einen Höhepunkt und verscheucht sie dann für immer. Reibt den ganzen Körper mit diesem Pulver ein und näht darauf den König in eine Ochsenhaut, so daß er sich nicht rühren kann. Gelingt es ihm, zwei Stunden darin zu bleiben, hat er alle Schmerzen überwunden. Nach dem Bad möge er die Rezeptur lesen, die ich hier aufgeschrieben habe."

Der „Gelehrte" überreichte dem Haushofmeister ein Schriftstück, verneigte sich und ritt auf seinem Esel weiter.

Der König war hocherfreut, er ließ sich mit dem Pulver einreiben, das Katica aus Paprika und Salz gemischt hatte. Doch als er verschnürt in der Ochsenhaut lag und schwitzte, als er merkte, wie ihm die eigene Haut brannte, stöhnte er und schrie, man solle ihn augenblicklich aus der Bedrängnis befreien. Doch der Leibarzt blieb hart.

„Die Schmerzen steigern sich bis zu ihrem Höhepunkt, hat der Weise mitgeteilt, dann aber lassen sie nach."

Da mußte der König das Brennen und Jucken erleiden. Endlich, nach dem erfrischenden Bad, fühlte er sich in der Tat wohler und studierte voll Hoffnung auf eine gute Rezeptur die Worte auf dem Pergament. Da las er:

> „Katica der Schelm hat Mut,
> was sie anpackt, das wird gut.
> Alle Welt, Herr König, lacht,
> weil sie auch Ihn zum Narren macht.
> Habt Ihr schon an die Belohnung gedacht?"

„Ha, sie soll ihren Lohn bekommen, die unverschämte Dirne!" schrie der König erbost, und seine Galle begann wieder zu schmerzen.

Am nächsten Tag wurde eine Abordnung Soldaten vor dem Haus von Katicas Mutter postiert, die sollten so lange warten, bis das Mädchen einträfe, und sie vor den König bringen.

Katica hatte damit gerechnet und bat die Soldaten, eine Weile zu warten. Darauf nahm sie eine schon vorbereitete Strohpuppe, zog ihr ein Spitzenkleid an und setzte ihr ein Häubchen auf die Locken, dann hüllte sie die Puppe in ein Tuch und begab sich mit den Soldaten zum Schloß. Dort wies man ihr ein schönes Zimmer mit einem breiten Bett an, beköstigte sie aufs beste und bat sie, am nächsten Morgen vor dem König zu erscheinen.

Als es dunkel geworden war, legte Katica die große Strohpuppe mit dem Spitzenhäubchen in das Bett und deckte sie bis zur Hälfte zu, sie selbst kroch unter das Bett und wartete, was sich ereignen würde. Und richtig! Wie sie vermutet hatte, betrat kurz vor Mitternacht der König, einen Leuchter in der Hand, das Gemach. Er schlich an das Bett, holte mit dem Schwert aus und schlug zu. Der Kopf mit dem Spitzenhäubchen rollte auf den Teppich. Erschrocken wich der König zurück und setzte sich auf einen Stuhl.

Nach wenigen Minuten öffnete sich die Tür zum zweiten Mal, und der traurige Prinz, ebenfalls mit einem Licht versehen, kam herein. Als er den König erblickte, fragte er: „Was tust du hier? Ich bin gekommen, um mir meine Braut anzusehen." Damit hob er die Kerze. Da lag der Puppenkopf mit den gelben Strohlocken vor ihm.

„Ich habe sie einen Kopf kürzer gemacht", klagte der König, „doch jetzt tut es mir leid. Ich hatte ihr eine Belohnung versprochen, aber die Beleidigung mit dem brennenden Pulver und der Ochsenhaut, nein, das hat mich so wütend gemacht, daß ich ihr nicht vergeben konnte."

Der Prinz betrachtete aufmerksam das Bett, dann den Kopf, und anstatt zu jammern, brach er in unbändiges Lachen aus.

„Sieh nur, Vater, einer Puppe aus Stroh hast du den Kopf abgetrennt. Sie hat dich wiederum zum Narren gehalten." Er reichte ihm den Puppenkopf. Da mußte auch der König lachen.

Langsam kam Katica unter dem Bett hervor. In ihrer Lieblichkeit stand sie vor dem König und sagte:

„Katica hat es geschafft
und den Prinzen zum Lachen gebracht."

Der Prinz umarmte sie und sagte: „Ja, sie hat es geschafft. Mein Vater, diese will ich zur Frau und sonst keine. Sie wird mir auch in Zukunft die Langeweile vertreiben und mir Grund zum Lachen geben."

Da wurde eine vergnügliche Hochzeit gefeiert, die zwei volle Wochen lang dauerte, ein richtiges Volksfest. Daß Katica der Schelm Königin werden würde, das hätte sich keiner träumen lassen. Doch ihre Mutter erzählte jedem, der es wissen wollte, wie Katica das alles zuwege gebracht hatte.

Ilse Korn

Der Tabak

Ein deutsches Märchen

Den Tabak hat der Teufel erfunden, und kein Mensch hat den Namen des Krautes gekannt, bis er auf folgende Weise ruchbar wurde: Eines Tages sah ein Bauer, wie der Teufel ein großes Stück Land mit Pflanzen bestellte. Der Bauer kannte das Kraut nicht, ward neugierig und fragte: „Was ist das, Teufel, was pflanzt du da?"

„Das rätst du dein Lebtag nicht!" sprach der Teufel.

Die Rede verdroß den Bauer, und er rief: „Was du weißt, weiß ich auch; so klug wie du bin ich noch immer!"

„So? Wollen wir wetten?" fragte der Teufel. „Wenn du in drei Tagen den Namen des Krautes errätst, so soll dir das ganze Stück Land und alles, was darauf steht, zugehören; wo nicht, bist du mein eigen und verfällst mir mit Leib und Seele!"

Der Bauer war trotzig und ging auf die Wette ein, doch schon auf dem Heimweg fiel ihm das Herz in die Hosen, und als er zu Hause angelangt war, setzte er sich traurig nieder und nahm nicht Speise noch Trank.

„Was ist dir, Vater?" fragte die Bäuerin.

„Ach, Mutter", sprach er, „es ist eine schlimme Geschichte!", und dann erzählte er ihr alles, wie es gekommen war.

221

Sagte die Alte: „Wenn's weiter nichts ist, so iß und trink und sei guter Dinge. Den Namen des Krautes will ich dir schon erraten!" Sprach's und zog sich splinternackt aus und kroch in die Teertonne; dann schnitt sie ein Bett auf und wälzte sich in den Federn, daß sie am ganzen Leibe damit bedeckt war. Darauf ging sie auf das Feld, das mit dem fremden Kraute bepflanzt war, und lief zwischen den Furchen auf und ab und neigte den Kopf zur Erde, als wollte sie von den Blättern fressen. Kaum war der Teufel ihrer gewahr geworden, so lief er zum Hause hinaus, um den großen Vogel zu vertreiben, und klatschte in die Hände und rief: „Tschuch, du großer Vogel! Willst du aus meinem Tabak heraus! Tschuch! Tschuch! Tschuch!" Die Frau aber hatte an diesen Worten genug, eilte nach Hause und erzählte dem Manne, wie der Teufel das Kraut genannt habe.

Als nun der dritte Tag kam, freute sich der Böse schon, eine Seele gewonnen zu haben, und lachte über das ganze Gesicht und fragte den Bauer, wie das fremde Kraut hieße.

„Das ist der Tabak", gab ihm der Bauer zur Antwort. Da hatte der Teufel seine Wette verloren und mußte ohne die Seele in die Hölle zurück; der Mann aber bekam das große Stück Land mit dem Tabak darauf, und von ihm hat aller Tabaksbau in der Welt seinen Anfang genommen.

Ulrich Jahn

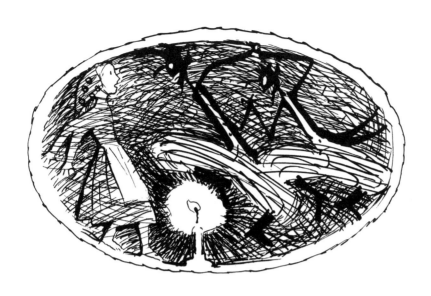

Die tanzenden Teufel

Ein polnisches Märchen

Es war einmal ein Witwer, der eine schöne, gute, fleißige Tochter hatte. Um ihr wieder eine Mutter zu geben, heiratete er eine Witwe, die auch eine Tochter besaß. Aber er hätte nichts Schlimmeres für sein Kind tun können. Denn die Frau war wohl gut zu ihrer eigenen Tochter, aber schlecht gegen die Stieftochter.

Ihr eigenes Kind schonte und verwöhnte sie auf alle Weise. Sie trug ihm nicht die geringste Arbeit auf, ließ es im Daunenbett bis in den Mittag schlafen, setzte ihm die besten Leckerbissen auf den schönsten Tellern vor und schmückte ihm das Haar sogar mit Pfauenfedern. Die arme Stieftochter aber mußte auf einer harten Bank schlafen, mußte arbeiten und arbeiten vom Morgengrauen bis in die Nacht hinein und manchmal dabei Hunger leiden. Ja, die Stiefmutter schämte sich nicht, ohne Grund das Mädchen zu schlagen.

Daß die Stieftochter von Jahr zu Jahr schöner und schöner wurde, während die eigene Tochter unscheinbar und häßlich blieb, das steigerte den Haß der Frau bis zu finsteren Gedanken des Mordes. Ich muß sie aus dem Wege räumen, sagte sie sich Tag und Nacht. Mein eigenes Kind blickt keiner an, aber nach ihr dreht jeder junge Mann sich um. Ich muß und muß sie aus dem Wege räumen – und wenn sie tot ist, dann erbt meine Tochter einmal alles, was mein Mann hinterlassen wird. Wie sollte das keine Freier anlocken?

Nun stand weit hinter dem Hause der unseligen Frau am Rande des Dorfes dicht neben dem Flusse eine unbewohnte und leere Hütte. Ein kaum sichtbarer Pfad führte zwischen Brennnesseln und Disteln an der einstigen kleinen Mühle vorbei. Im Dorfe ging das Gerücht, daß es in dem verfallenen Haus spuke. So hatten manche von weitem beobachtet, daß dort ab und zu geheimnisvolle Lichter aufleuchteten. Andere behaupteten sogar, um Mitternacht seien dort ein Klopfen, Wallen und Sausen und eine seltsame Musik zu hören. Sicherlich hatten Teufel in diesem Hause ihren Sitz. Und wer sich des Nachts hineinbegab, der kam gewiß nicht lebend wieder heraus.

Darauf baute die Stiefmutter ihren bösen Plan. Eines Abends rief sie die Stieftochter zu sich und befahl ihr, in die unheimliche Hütte zu gehen. Sie gab ihr Spinnflachs und eine Haspel mit und gebot dem Mädchen, den Flachs bis zum nächsten Morgen fertigzuspinnen. Dabei dachte sie höhnisch: Der Böse wird schon kommen und dir das Genick brechen, dann bin ich dich los für alle Zeiten!

Die arme Stieftochter wagte nicht, ihrer Feindin zu widersprechen. Weinend ging sie durch die finstere Nacht zu dem grausigen Ort. Ihr Herz klopfte voll Todesangst wie noch nie in ihrem Leben. Und so schauerlich rauschten die Bäume und der Fluß! Mit zitternder Hand öffnete sie die Tür des Spukhauses, die durchdringend knarrte. Mit zitternder Hand zündete sie die Kerze an, die ihr zur Arbeit leuchten sollte. Angstvoll schaute sie sich in dem leeren Raum um. Nichts stand darin als ein einziger gebrechlicher Stuhl, auf dem sie sich niederließ, um ihre Aufgabe zu erfüllen. Stundenlang saß sie und hörte nichts als das Rauschen des Windes, der draußen ging.

Gegen Mitternacht erst fuhr sie empor vor Schreck. Ein starker Knall hatte die Wände des Häuschens erbeben lassen. Gleich darauf heulte der Wind lauter und drohender auf, und das Mädchen hörte, wie draußen rasselnd eine Kutsche vorfuhr. Am ganzen Leibe bebend, drückte sich die Arme an die Wand. Sie hätte fliehen mögen, aber sie fühlte, daß es zu spät dazu war.

Und da stürzten durch das Schlüsselloch auch schon zwei junge Herren in den Raum. Sie trugen schwarze Mützen und kurze schwarze Fräcke, hatten aber leuchtend bunte Pluderhosen an. Ihre Augen glühten wie Kohlen. Jetzt setzte auch die Melodie des Teufelstanzes ein. Da faßten sich die beiden an den Händen, wiegten sich im Takte der Musik und sangen dabei:

>„Ein rotes Hosenbein,
>ein grünes Hosenbein,
>wir Schwäger tanzen fein!"

Und als sie eine Runde getanzt hatten, traten sie zu dem Mädchen und sangen wieder:

>„Ein rotes Hosenbein,
>ein grünes Hosenbein.
>Komm, schönes Mägdelein,
>schwing mit das Tanzebein!"

Aber sie, die jetzt in der höchsten Not all ihren Mut und all ihre Klugheit zusammennahm, antwortete achselzuckend: „Besser wäre es, wenn ihr mir helfen wolltet, statt mich schön zu nennen. Wie soll ich mit euch tanzen, wenn meine Stiefmutter mir soviel Arbeit bis morgen früh aufgegeben hat?"

Sofort setzten sie sich wie höfliche Kavaliere neben sie, und zwar auf zwei Stühle, die bisher noch gar nicht zu erblicken gewesen waren. Und sie halfen ihr spinnen, und alles ging wie durch Zauberei.

Als diese Arbeit fertig war, sagte das Mädchen: „Jetzt muß ich noch haspeln!"

Sie halfen ihr auch haspeln. Doch als auch das getan war, sprangen sie auf, wiegten sich hin und her und sangen wieder:

>„Ein rotes Hosenbein,
>ein grünes Hosenbein.
>Komm, schönes Mägdelein,
>schwing mit das Tanzebein!"

„Ich würde gern mit euch tanzen", sagte das mutige Mädchen, „aber ich kann es doch nicht. Ich bin ja gar nicht festlich wie zum Tanze angezogen, weil meine Stiefmutter mich in meinen ältesten, zerschlissensten Kleidern hierhergetrieben hat. Welches Mädchen wird in solchen Lumpen tanzen?"

„Und was benötigst du?"

„Seht ihr das nicht selber? Soll ich barfuß mit euch tanzen? Bringt mir Schuhe her! Schöne, rote Tanzschuhe!"

Sie verschwanden gehorsam und brachten sofort die Schuhe an. Sie aber schickte die Teufel immer wieder nach irgend etwas, nach Strümpfen, dann nach einem gestickten Hemd, dann nach fünf Unterröcken − sie mußten jeden einzeln holen −, dann nach einem Gürtel, dann nach einem Mieder, dann nach einer Halskette, dann nach Handschuhen, dann nach einem seidenen Taschentuch, nach Zopfbändern, nach einem Fächer, dann nach einem Spiegelchen, damit sie sich besehen könne, nach allem, was sie brauchte. Zuletzt befahl sie ihnen, auch noch Geld zu holen, weil sie, wie sie sagte, nicht umsonst mit ihnen tanzen wolle.

Sie stürzten sofort hinaus und brachten einen ganzen Kübel voll goldener Dukaten angeschleppt. Sie eilten blitzschnell hin und her bei der Erfüllung aller Wünsche und sangen dabei ständig:

„Ein rotes Hosenbein,
  ein grünes Hosenbein.
  Komm, schönes Mägdelein,
  schwing mit das Tanzebein!"

Sie aber ersann immer wieder etwas Neues.

Doch schließlich wurden die Teufel es müde, ständig herumgehetzt zu werden.

„Jetzt ist es aber mehr als genug! Jetzt mußt du endlich mit uns tanzen!"

Und sie wollten sie schnell um die Taille fassen.

Da rief sie: „Aber ich bin doch so schmutzig. So kann ich nicht mit euch tanzen. Ich muß mich erst waschen und brauche noch Wasser."

Dabei reichte sie ihnen ein altes Sieb und sagte: „Das Wasser müßt ihr mir in diesem Siebe bringen!"

226

Nun eilten sie hin und her, um auch diesem Verlangen gerecht zu werden. Sie liefen und liefen zahllose Male, aber das Wasser, das sie aus dem Flusse schöpften, floß jedesmal aus dem Siebe, bevor sie das Spukhaus erreichten.

So rannten sie keuchend bis zum ersten Hahnenschrei, bei dem sie unweigerlich in die Hölle zurückkehren mußten. Da erschraken sie und erkannten, daß sie von dem klugen Mädchen genasführt worden waren. Wütend warfen sie ihr das Sieb vor die Füße und riefen: „Warte nur, du listige Schlange, wir werden es dir schon anstreichen!"

Dann aber lösten sich beide in übelriechenden Teer auf.

Erleichtert tat das Mädchen einen tiefen, tiefen Atemzug. Von der tödlichen Angst, die sie ausgestanden hatte, war sie aber so müde geworden, daß sie auf dem alten gebrechlichen Stuhle sofort einschlief.

Am Morgen, der dieser Nacht folgte, begab die Stiefmutter sich nach dem Spukhause. Sie wollte den Rocken und die Haspel holen und hoffte in ihrem bösen Herzen, die schöne, verhaßte Stieftochter tot vorzufinden.

Sie traute ihren Augen nicht, als sie das Mädchen friedlich schlafend auf dem Stuhle antraf, neben sich auf dem Boden die hübschesten Dinge, die man sich zum Tanzen nur wünschen kann — und ein Gefäß voll Golddukaten dazu.

Sie weckte das Stiefkind, forschte es aus über die Erlebnisse der Nacht und starb fast vor Neid, daß diese schönen Sachen und das viele Geld nicht ihre leibliche Tochter erhalten hatte.

Und als sie wieder daheim und mit der Tochter allein war, sagte sie zu ihr: „Heute abend gehst du, mein Kind, in das alte Haus, und ich möchte wissen, weshalb du nicht ebenso schöne Dinge und nicht noch schönere erhalten solltest. Verlange nur alles, was dir einfällt!"

Sie gab der Tochter Flachs mit, wenn auch weniger als der Stieftochter, und das Mädchen ging ohne Furcht, aber ganz erfüllt von Gier, nach dem Spukhause. Dort spielte sich nun alles ähnlich ab wie in der vorhergehenden Nacht. Aber das Mädchen war dumm und verstand es nicht wie ihre kluge Stiefschwester, die Teufel hinzuhalten bis zum ersten Hahnenschrei. Als die beiden ihr Liedchen

„Ein rotes Hosenbein,
ein grünes Hosenbein.
Komm, schönes Mägdelein,
schwing mit das Tanzebein!"

kaum gesungen hatten, verlangte sie, statt sich beim Spinnen
helfen zu lassen, sofort den Staat, den ein junges Ding zum
Tanzen braucht, also Schuhe, Strümpfe, gestickte Untersachen,
ein Tanzkleid, bunte Schleifen, eine Perlenkette! Und auch Geld
zu fordern, vergaß sie nicht. Und da sie all das Gute nicht schnell
genug bekommen konnte, ließ sie alles auf einmal herbeischaf-
fen. Dann sagte sie zu ihnen: „Jetzt holt Wasser, ich will mich
waschen, ehe ich mit euch tanze!"

Dabei gab sie ihnen einen durchlöcherten Kübel aus Holz.
Aber die Teufel hielten die paar Löcher mit den Fingern zu und
brachten auf diese Weise das Wasser ganz schnell ins Haus.

„Nun, schönes Mägdelein", sagten sie spöttisch und voll Ungeduld, „nun wasch dich und zieh dich an! Aber schnell, denn
wir haben wenig Zeit."

Sie wusch sich flüchtig, legte mit Lust die schönen Sachen an,
blickte selbstgefällig in den Spiegel und folgte bereitwillig der
Aufforderung zum Tanze. Blitzschnell ergriffen die Teufel das
Mädchen und wirbelten mit ihr herum wie toll. Entsetzt rief sie
wieder und wieder: „Hört auf! Hört auf!"

Aber die Teufel ließen sie keine Sekunde mehr los. Sie drück-
ten sie immer fester, sprangen immer höher mit ihr, rissen sie
immer wilder hin und her. Endlich kam der Augenblick, da der
Hahn zum erstenmal krähte. Da endete die Qual des Mädchens
für immer, und es sank vor Erschöpfung tot um.

Die Teufel aber rasten mit höhnischem Gelächter davon, der
Hölle zu, und zwar so schnell, daß hinter ihnen die Wälder
aufrauschten wie im Sturmwind. Alle Geschenke aber hatten sie
mitgenommen.

Früh am Morgen machte sich die Stiefmutter auf den Weg,
um sich am Glück ihrer Tochter zu weiden. Als sie aber ihre tote
Tochter erblickte, sank sie bewußtlos zu Boden.

Käthe Altwallstädt

Der Rumpelschmied und der Teufel

Ein österreichisches Märchen

Es lebte einmal ein armer Schmiedemeister, der allgemein der Rumpelschmied genannt wurde. Mit seinem Geschäft ging es immer mehr bergab. Die große Fahrstraße war verlegt worden, und an der Schmiede kamen nur noch wenige Fuhrwerke vorbei. So war ihm sein Hauptverdienst genommen, den Pferden die Hufe zu beschlagen.

Bald hatte die Familie nichts mehr zu beißen und zu brechen.

Eines Tages gab der Schmied seiner Frau die letzten Ersparnisse und bat sie, ihn in die Welt ziehen zu lassen. Vielleicht konnte er irgendwo in einer großen Stadt sein Glück machen.

Wie er so wanderte, traf er auf einen Fremden, der sich ebenfalls als Handwerksmeister zu erkennen gab. Zu ihm faßte der Rumpelschmied Vertrauen und klagte ihm seine Not. Der Mann lachte und sagte: „Das ist doch nicht so schlimm! Du kannst bald aus deiner Armut herauskommen, wenn du klug bist."

Der Rumpelschmied horchte auf und vernahm staunend, daß der Fremde ihm einen Vertrag anbot.

„Du sollst Geld haben, soviel du brauchst", sagte er, „und es soll nie ein Ende nehmen. Außerdem werde ich dir einmal im

Jahr einen Wunsch erfüllen oder, besser gesagt, eine von dir gestellte Aufgabe. Kann ich diese Aufgaben dreimal hintereinander lösen, so bist du verpflichtet, mir zu folgen und dein Handwerk an einem bestimmten Ort auszuüben; denn dort benötigt man einen tüchtigen Schmied. Löse ich die Aufgaben nicht, dann bist du frei, und der Vertrag ist null und nichtig."

Dem Schmied schien das kein schlechter Handel, obgleich er ahnte, für wen und an was für einem bestimmten Ort er zu arbeiten habe, nämlich in der Hölle. Doch was nützten ihm lange Überlegungen? War das Leben auf der Erde nicht auch eine Hölle? Nicht wissen, wie man den nächsten Tag weiterleben soll, das ist, bei Gott, auch kein Vergnügen. Lieber drei Jahre fröhlich und ohne Sorgen sein, das Haus instand halten, der Frau Geld hinterlassen und dann aus der Welt scheiden. „Topp also!" sagte der Rumpelschmied und unterschrieb den Vertrag.

Voller Freude kehrte er in seinen Heimatort zurück und hatte von nun an immer reichlich Geld in den Taschen, gerade soviel, wie er brauchte. Seine Frau war glücklich, den Mann wiederzuhaben, noch dazu mit genügend Geld. Doch bald machte sie sich Gedanken, woher der Reichtum wohl stamme. Da der Schmied manchmal, wenn er sich unbeobachtet fühlte, sorgenvoll ins Weite blickte, fragte sie ihn geradeheraus, wie er zu dem Reichtum käme, und er gab ihr ohne Zögern Antwort.

„Ja, es wird wohl der Teufel sein, denn wer gäbe einem armen Schlucker wie mir Geld? Sicherlich braucht er in der Hölle einen tüchtigen Schmiedemeister."

Nun war die Frau keine von den Ängstlichen und hatte immer kluge Einfälle bereit.

„Gräm dich nicht, mein Lieber", sprach sie, „wir werden ihm Aufgaben geben, die er nicht zu lösen imstande ist, und dann bist du frei."

Der Schmied konnte sich zwar nicht vorstellen, wie ein Teufel zu überlisten wäre, doch er vertraute der Klugheit seiner Frau.

Sie kauften sich eine Schafherde, darunter waren drei schwarze Schafe. Die Frau spann eifrig die Wolle, und als nach einem Jahr der Fremde ins Haus trat und die erste Aufgabe erbat, sprach der Schmied, ohne sich zu bedenken: „Wir haben da so ein schwarzes Schaf. Meine Frau hat die Wolle gesponnen,

ich möchte daraus aber eine schneeweiße Weste haben. Wasch uns die schwarze Wolle weiß!"

Das vermochte der Teufel nicht – und so war die Gefahr das erste Mal glücklich überstanden.

Im zweiten Jahr kam der Fremde wieder und fragte: „Nun, was soll ich für dich tun?"

Der Schmied, der sich wieder mit seiner Frau beraten hatte, sagte: „Schneide dir aus deinem Schenkel ein Pfund Fleisch heraus. Nicht zuviel und nicht zuwenig darf es sein, es muß genau das volle Gewicht haben."

Das wollte und konnte der Teufel keinesfalls und fuhr mit einem Fluch davon.

Doch das dritte Jahr kam heran, und dem Schmied war diesmal ängstlich zumute.

„Wie, wenn er nun doch die dritte Aufgabe löst?" sprach er zu seiner Frau.

„Das wird auf uns ankommen", lautete die Antwort.

An dem Tag, da der Teufel bei ihnen erschien, war der Bach zu einem reißenden Gewässer angeschwollen, und das Rad rollte und rumpelte gehörig.

„Du wirst verstehen", sagte der Schmied, „daß ich meine Arbeit lieber daheim ausübe, und darum frage ich dich: Kannst du mit deinem klugen Kopf erraten, was ich jetzt denke?" Und der Schmied starrte wie gebannt auf das schäumende Wasser zu seinen Füßen.

„Das ist keine Aufgabe, in deine Gedanken hineinzusehen", rief wütend der Teufel, „ich will ja etwas tun!"

„Was du tun sollst, das gerade mußt du erraten; denn daran denke ich."

„Vielleicht soll ich in das tosende Wasser springen?" fragte der Teufel.

„Da hast du dich geirrt." Der Schmied winkte seiner Frau. Die zog einen Zettel aus der Tasche und gab ihn dem Teufel.

„Scher dich fort und komm bis in alle Ewigkeit nicht wieder!" las er und rief: „Ich merke schon, du bist schlauer, als Menschen für gewöhnlich sind." Damit verschwand er und ward nie mehr gesehen.

Ilse Korn

Sieben Leuchter auf einem Katzenschwanz

Ein Märchen aus Aserbaidshan

In der Stadt Misnar lebte einst ein tüchtiger und umsichtiger
Kaufmann. Unermüdlich reiste er in ferne Gegenden, setzte dort
Waren ab, kaufte neue, oft recht seltene Gegenstände ein und
nahm sie mit in sein Handelsgewölbe, um sie den hochgestellten
und vornehmen Familien der Stadt anzubieten. So hatte er seit
langem mit hohem Gewinn Handel betrieben und sein Einkommen um ein Vielfaches vermehrt.

Wieder einmal lagen im Hof die Warenballen für eine Reise
in ein noch unbekanntes Land bereit. Im Gepäck des Kaufmanns
befanden sich kostbare geschmiedete und gehämmerte Tabletts
aus Silber und Gold, dazu Krüge, mit Edelsteinen besetzt, und
Schmuckstücke. Er verabschiedete sich von seinem treuen Weib
Sarnijar, die ihn bat, ihr Nachricht zu geben, falls er länger als
gewöhnlich ausbliebe. Das versprach er und begab sich mit drei
Dienern auf die nicht unbeschwerliche Reise.

Seine Gedanken eilten voraus. Diesmal erhoffte er sich viel
Gewinn, hatte er doch von einem prachtliebenden Sultan gehört,
der über unermeßliche Schätze verfügen sollte.

Als Mamed mit seiner Karawane die Stadt erreichte, bemerkte
er in der Karawanserei, daß einige Männer ihm den Gruß ver-

weigerten und sich finster von ihm abwandten. Einer sagte mürrisch: „Ich rate dir, sofort abzureisen. Hier wird kein Handel getrieben!" Doch dann verschwand er, ohne daß Mamed ihn zur Rede hätte stellen können.

Der Kaufmann wunderte sich über das seltsame Gebaren der Leute, doch wenige Minuten darauf trat ein vornehm gekleideter Mann auf ihn zu, bot ihm den Willkommensgruß und fragte ihn nach seinen Absichten.

Mamed gab Auskunft und bekundete, in der Stadt für einen Monat Handel treiben zu wollen, aber nach dem unfreundlichen Empfang sei er im Zweifel, ob dies der richtige Ort für sein Vorhaben sei.

„Gib nichts auf diese Herumlungerer", sagte der Vornehme, „mir untersteht die Karawanserei im Auftrag unseres Sultans. Ich heiße dich nochmals willkommen und werde für dich das passende Haus zum Wohnen aussuchen. Ein Handelsgewölbe kannst du dir später wählen. Zuvor möchte ich dich mit unseren Sitten und Gebräuchen bekannt machen.

Unser Sultan hat Gefallen an schönen und seltenen Gegenständen, die von weit her kommen, darum lädt er jeden Fremden, bevor er seine Waren feilbietet, zu sich ins Schloß ein, bewirtet ihn und macht sich mit ihm bekannt. Als Gegenleistung erwartet er von den Kaufleuten ein Geschenk. Das wird dir doch recht sein?"

Mamed verneigte sich und bezeugte damit sein Einverständnis. Bei sich dachte er: Eine gute Gelegenheit, dem Sultan von den Kostbarkeiten zu erzählen, die ich mitgebracht habe. Vielleicht hat er selber Interesse daran oder empfiehlt mich anderen reichen Männern.

Er betraute seinen ersten Diener mit der Einrichtung der Wohnung, den zweiten mit der Sorge um die Warenballen. Den dritten Diener nahm er mit aufs Schloß; er mußte ein schweres goldenes Tablett tragen, das zum Geschenk für den Sultan ausersehen war.

Der Herrscher begrüßte den zugereisten Kaufmann freundlich, begutachtete das herrliche Tablett mit den feinen Ziselierungen und speiste dann mit dem Gast, der es immer wieder verstand, das Gespräch auf seine mitgeführten Waren zu lenken.

Der Sultan befragte ihn auch, aus welcher Stadt er stamme, und Mamed beantwortete freimütig alle Fragen.

Dann führte man ihn zu einem großen Schachbrett, das mit Figuren aus Gold und Elfenbein besetzt war.

„Du spielst doch Schach?" fragte ihn der Sultan.

Mamed nickte. Er fühlte sich geehrt, daß der Herrscher sich herabließ, ihn, einen Kaufmann, dazu aufzufordern.

Wieder trat der Wesir, der ihn bisher geführt hatte, hinzu und sagte: „Bevor du mit dem Sultan spielst, möchte ich dich auf die Bedingungen hinweisen, die an das Spiel geknüpft sind. Mein Herr besitzt eine gelehrige Katze, sie wird zusehen und aufpassen, daß kein falscher Zug getan wird. Sie sitzt dabei so still und unbeweglich, daß man ihr sieben Leuchter auf den Schwanz stellen kann, ohne Sorge, daß sie einen davon umstößt. Sollte es dir gelingen, durch besonders interessante Reden oder ein aufregendes Brettspiel die Aufmerksamkeit der Katze zu erregen, so daß sie mit dem Schwanz schlägt und die Leuchter umwirft, dann gehören dir die Reichtümer dieses Saales, dazu darfst du dir aus der Schatzkammer des Sultans mitnehmen, was immer du magst."

Der Sultan gebot dem Wesir Schweigen und fuhr fort: „In diesem Falle bin ich in deiner Gewalt, und du kannst nach Gutdünken mit mir verfahren. Läuft jedoch die Katze nicht fort, so gewinne ich, und alle Waren, die du mitführst, gehören mir. Außerdem lasse ich dich fesseln und in den Kerker werfen, solange es mir gefällt."

Mamed erschrak auf das heftigste, sein Herz schlug wie rasend, er war nicht fähig, ein Wort der Entgegnung zu sprechen. Fortlaufen konnte er nicht, er befand sich völlig in der Gewalt des habgierigen Sultans.

Da wurde schon die goldbraune Katze hereingeführt und auf ihren Platz gesetzt. Man füllte für sie ein silbernes Trinkgefäß mit dem gleichen Wein wie die Pokale der Spieler. Auf den langgestreckten Schwanz der Katze stellten die Diener sieben Leuchter und zündeten die Kerzen an. Mamed wußte nicht, ob er träume oder wache. Endlich kehrte ihm die Besonnenheit zurück, und er dachte: Ich Tor, hier verspiele ich meinen Reichtum und mein Leben. Was soll aus meiner Frau werden?

„Und was geschieht, wenn ich gewinne, die Katze aber unbeweglich bleibt?" fragte er den Herrscher.

„So reitest du in deine Heimat zurück", antwortete der Wesir anstelle des Fürsten, „deine Waren aber verfallen dem Sultan."

Das Spiel begann. Der König eröffnete.

Mamed war kein schlechter Schachspieler. Ich muß wenigstens gewinnen, damit ich mein Leben rette, dachte er angestrengt und prüfte jeden Zug. Doch er fühlte sich benommen, die Hände zitterten ihm, und mehr als einmal zog er falsch. Bald wußte er, das Spiel war nicht mehr zu retten. Qualvoll langsam vergingen die Stunden der Nacht. Neuer Wein und Gebäck wurden gereicht. Der Sultan setzte die zweite Partie auf, und wieder war er mit wenigen Zügen im Vorteil. Da dachte Mamed: Ich muß es anders versuchen, und bei einer besonders spannenden Stellung wischte er die Figuren wie aus Versehen mit seinem langen Ärmel vom Brett. Sein Ziel war, die Katze aus ihrer Ruhe zu locken. Die dachte aber gar nicht daran, aufzuspringen. Gelangweilt blieb das goldbraune Tier mit den bernsteingelben großen Augen auf seinem Platz sitzen, die Leuchter bewegten sich nicht.

Ein drittes Spiel begann. Als der Morgen sich zeigte, hatte Mamed verloren. Er war so müde und erschöpft, daß er auf den Teppich sank und stöhnte: „Ich kann nicht mehr. Ich bin besiegt."

Der Sultan, seiner Sache von Anfang an gewiß, rief nach den Dienern und sagte: „Fesselt diesen und bringt ihn in den Kerker zu den anderen!" Dann befahl er seinem vertrauten Wesir, die Waren des Kaufmanns aus der Karawanserei ins Schloß zu holen.

Mamed nahm, bevor sich die Tür des Kerkers vor ihm öffnete, seine letzte Kraft zusammen und bat die Diener, ihm zu erlauben, daß er seiner Frau einige Zeilen schicke. Er nestelte die Börse aus seinem Ledergürtel und verteilte alles Gold, das ihm verblieben war. Die Bediensteten, die das schändliche Treiben ihres Herrn ohnehin mißbilligten, gewährten ihm den Wunsch, und Mamed gab dem treuesten von seinen Begleitern den Brief und riet ihm, sich sofort auf den Heimweg zu machen.

Im Verlies machte sich Mamed die bittersten Vorwürfe, daß er sich nicht auf seine Augen und Ohren verlassen hatte, als man ihn bei der Ankunft warnen wollte. Am meisten jammerte ihn seine Frau, die nun großes Leid um ihn ertragen mußte.

Die vielen Kaufleute, die gleich ihm eingesperrt waren, nahmen ihn mitfühlend auf. Alle hatten nur einen Gedanken, endlich aus dieser unwürdigen und trostlosen Lage befreit zu werden.

Inzwischen wartete Mameds Frau Sarnijar Woche um Woche auf die Heimkehr ihres Mannes. Es muß ihm etwas zugestoßen sein, dachte sie voll Kummer. Endlich, nach mehr als vier Monaten, kam einer der Diener in die Stadt Misnar zurück. Seine Kleider waren verschmutzt, sein Gesicht müde. Er übergab Sarnijar den Brief seines Herrn und sagte: „Wir drei Diener haben uns ohne ein Stück Brot durchgeschlagen, zwei von uns mußten sich bei anderen Herren verdingen, um nicht Hungers zu sterben. Als Kameltreiber bin ich bis hierher gelangt. Euer Herr lebt, doch es geht ihm nicht gut. Ein grausamer Sultan hält ihn schuldlos gefangen."

Sarnijar las die wenigen hingeworfenen Worte, und der Diener erzählte, was er wußte.

Die Frau ließ sich nicht entmutigen. Ich muß alles aufbieten, um Mamed zu befreien, sagte sie sich. Lange überlegte sie und glaubte endlich, das Rechte gefunden zu haben.

„Du hast meinem Mann zuverlässig gedient", sprach sie zu dem Diener, „bleib auch mir in Treue ergeben. Erhole dich eine Woche, dann sollst du mich in jene Stadt begleiten, wo mein Mann im Kerker schmachtet. Ich will versuchen, ihn zu befreien."

Mit zwei Dienerinnen traf sie in aller Heimlichkeit ihre Vorbereitungen und verriet niemandem, wie sie die Befreiung bewerkstelligen wollte. Nach einer Woche brach sie mit ihrem kleinen Gefolge auf. Sie hatte Männerkleidung angelegt und führte zwei mit Silberbändern beschlagene Truhen mit sich, die völlig gleich aussahen. In der einen Truhe lagen kostbare Geschenke für den Sultan, die zweite übergab sie dem verläßlichen Diener, damit er sie mit besonderer Sorgfalt hüte. Ihm schärfte sie auch ein, was er im Schloß zu tun hätte.

In der fremden Stadt angelangt, erging es ihr ebenso wie Mamed. Die abwehrenden Gebärden der Männer aus der Karawanserei deutete sie richtig als Warnung für den Fremden, sich hier niederzulassen. Sie fragte einen Jungen nach einem Nachtlager, doch er flüsterte: „Flieht, junger Herr, wenn das Leben Euch lieb ist, und fragt nicht lange nach dem Warum. Wir dürfen bei Strafe des Todes nichts sagen.‟

Doch im gleichen Augenblick trat der Vertraute des Sultans zu ihr, wies ihr ein komfortables Haus nahe dem Stadttor an, und alles vollzog sich so wie bei den vielen Kaufleuten, die vor ihr die Stadt betreten und ohne ihre Absicht dem Sultan geholfen hatten, seine Schätze zu mehren.

„Was, meinst du, soll ich dem Herrscher für ein Geschenk überreichen?‟ fragte Sarnijar ihren vornehmen Begleiter und öffnete die Truhe.

Dem Wesir gingen die Augen über, als er die kostbaren Brokate und Seiden, die edelsteingeschmückten Dolche erblickte. Sarnijar entnahm der Truhe einen Turban, der mit mehr als hundert Perlen und Rubinen besetzt war, legte ihn auf ein goldenes Tablett und bedeutete dem Diener, die Truhe mit in den Palast des Sultans zu nehmen, damit er sich dieses oder jenes Stück dazu aussuchen könne.

Dem Wesir war das nur angenehm, und er bemerkte nicht, wie der Diener die Truhen vertauschte und statt der ersten die zweite mitbrachte. Mit ihr wartete er vor der Tür des Saales, in dem Sarnijar als junger Kaufmann vom Sultan empfangen wurde. Entzückt von dem herrlichen Geschenk, lud er sie ein, am Tisch Platz zu nehmen.

Sie setzten sich zum Speisen nieder, und der Sultan wunderte sich, daß der Fremde seinen Wein nicht trank, ja sich überhaupt des Trinkens enthielt.

Nach dem Essen wurde das Schachbrett hereingebracht, und der Herrscher nahm mit genießerischem Lächeln auf seinem Polster Platz.

„Welche Bedingungen stellst du, Gebieter des Weltalls?‟ fragte Sarnijar.

Der Sultan entgegnete: „Wir werden die ganze Nacht hindurch spielen, so lange, wie meine gelehrige Katze sich nicht von

der Stelle rührt. Denn sie beobachtet unser Spiel auf das genaueste. Wenn du bis zum Morgen nicht gewonnen hast, verfüge ich über dich und deine Schätze."

„Und was geschieht, wenn die Katze sich bewegt?" wollte Sarnijar wissen.

Der Sultan lächelte spöttisch.

„Dann bin ich besiegt, und du kannst mit mir machen, was dir beliebt. Deine Waren gehören dir, und es steht dir frei, meiner Schatzkammer weitere wertvolle Gegenstände zu entnehmen."

„Das ist ein hoher Einsatz, Fürst", sagte Sarnijar ernst, „doch soll es so sein. Nur eine Bitte habe ich. Erlaube mir, daß ich während der Nacht etwas Nahrung zu mir nehme, die nicht von deinen Köchen zubereitet wurde, sondern von meinem Diener. Ich bin es seit Jahren gewohnt, nachts etwas zu essen, denn sonst schlafe ich sogleich ein."

Die Katze wurde gebracht, die Leuchter auf den Schwanz gesetzt, und das Spiel begann. Die Katze glotzte mit ihren bernsteingelben Augen auf das Schachbrett, und hätte Sarnijar nicht gesehen, wie sie auf ihren eigenen vier Füßen den Saal betreten, sie hätte sie für ein Denkmal gehalten — so unbeweglich, ja versteinert schien sie.

Der Sultan war so im Banne des schönen Fremden, daß er zunächst etwas zerstreut spielte und zusammenschrak, als er aus Sarnijars Munde das „Schach dem König" hörte. Doch das Spiel war noch nicht zu Ende, und schließlich gewann der Herrscher. Sarnijar klatschte, ihr Diener trat herein und reichte ihr einen trockenen Fladen, den sie mit gutem Appetit verzehrte.

Bevor der Diener den Raum verließ, ließ er aus seiner Tasche drei lebende Mäuse in den Saal, die über Polster zur Wand huschten, froh, der Enge der Truhe entronnen zu sein. Die Katze witterte sofort den fremden Geruch, ein Zittern lief über ihr gelbes Fell. Ihre Augen verloren den trägen Ausdruck, sie funkelten. Dem Sultan blieb das nicht verborgen, er blickte sie drohend an und füllte ihre Schale mit dem starken Wein. Doch die Katze rührte den Wein nicht an, sondern schnupperte gierig, während die Mäuse ängstlich nach einem Schlupfloch suchten.

Das Schachspiel wurde fortgesetzt. Die Katze stieß ab und zu leise Fauchtöne aus, blieb aber ruhig sitzen.

Nach einer Stunde betrat der Diener aufs neue den Raum, gab seiner Herrin Speise und Trank und ließ beim Hinausgehen wiederum eine Handvoll Mäuse los, die äugten eine Weile erschrocken umher und verstreuten sich dann im Raum.

Mit der Ruhe der Katze war es vorbei. Sie miaute, machte einen Satz, bei dem die sieben Leuchter umfielen, und jagte den Mäusen nach.

Entsetzt sprang der Sultan auf. Was war geschehen? Das ging doch nicht mit rechten Dingen zu! Er schrie die Katze an, befahl ihr stillzusitzen, doch er wußte, er hatte verloren. Bevor er noch begriffen hatte, daß es ihm jetzt an den Kragen ging, war er schon von Sarnijar und ihrem getreuen Diener gefesselt. Auch der Wesir, der dem Herrscher beispringen wollte, wurde überwältigt; dann erhielt der Sultan mit einem Lederriemen Schläge, bis er um Gnade bat.

„Gnade hast du nicht verdient", sagte Sarnijar fest.

„Ich lasse alle gefangenen Kaufleute frei und gebe ihre Waren heraus", winselte der Sultan. „Alles, was ich besitze, sollt ihr haben, nur schont mein Leben."

Die Bediensteten des Sultans, die, durch das Wehgeschrei aufgeschreckt, herbeiliefen, rührten keinen Finger zur Befreiung ihres grausamen Herrn.

Der Sultan und sein ergebener und an allen Schandtaten beteiligter Wesir wurden in ein enges Verlies geworfen, dort konnten sie bis an ihr Lebensende darüber nachdenken, was für Leid und Elend sie über unschuldige Menschen gebracht hatten.

Sarnijar befreite selbst die gefangenen Kaufleute. Endlich stand Mamed seiner Frau gegenüber, und seine Augen wurden feucht vor Glück über das Wiedersehen und die Befreiung.

Alle rühmten die Klugheit der Frau, der es gelungen war, die Katze zu überlisten. Mehrere Tage lang herrschte im Sultansschloß ausgelassene Fröhlichkeit. Dann rüsteten alle für die Heimreise, reich beladen mit den Schätzen des prachtliebenden Sultans.

Die gelbe Perserkatze war in dem allgemeinen Durcheinander verschwunden. Seit sie die Lust verspürt hatte, Mäuse zu jagen, und den frischen Wind des Lebens an ihren Barthaaren fühlte, verzichtete sie auf weiche Polster und Wein aus silbernen Schalen. Sie kam niemals wieder.

Mamed lebte mit Sarnijar noch viele Jahre in Freuden. Auf Reisen begab er sich nicht mehr, denn er hatte in kummervollen Nächten erfahren, daß es Wichtigeres auf Erden gab, als seinen Reichtum zu vermehren.

Ilse Korn

Die neun Mönche

Ein japanisches Märchen

Der junge Herr Kakiemon stammte aus Osaka, doch als seine Familie verarmte und allein blieb, entschloß er sich, sein Glück in der Hauptstadt Edo zu suchen. Er war ein energischer junger Mann, und vom Wort zur Tat war es bei ihm nicht weit. Gleich am nächsten Tag machte er sich auf den Weg nach Edo. Er strich dort einige Tage auf dem Markt und um die Häuser herum, bis er eine gute Anstellung bei einem Kaufmann fand. Und weil er im Rechnen gewandt war und es vorzüglich verstand, Betrügern die Türe zu weisen, den Kunden aber stets ein freundliches Lächeln zu zeigen, stand er bei dem Kaufmann bald in gutem Ruf. Das Glück schien sich ihm wieder zuzuwenden.

Eines Tages mußte er seinen Herrn in einer dringenden Angelegenheit in dessen Haus aufsuchen. Da sah er im Garten ein junges Mädchen. Es spazierte zwischen den blühenden Bäumen umher und übertraf die Blüten an Schönheit.

Kakiemon verliebte sich auf den ersten Blick, aber zu seinem Leidwesen mußte er erfahren, daß das Mädchen die Tochter seines Herrn, des reichen Kaufmanns, war. Nie würde der seine Tochter einem solchen Habenichts zur Frau geben, wie er war. Kakiemon grämte sich, er mied alle Freuden, die ihm die Stadt bot, und seine Freunde luden ihn vergebens ein, sich mit ihnen nach Ladenschluß zu vergnügen. Dafür aber nutzte er jede Gelegenheit, ins Haus seines Herrn zu kommen. Oft lief er einige Male am Tage hin, um etwas auszurichten, was gut und gern Zeit gehabt hätte. Und dann stand er an der Tür und wartete sehnsüchtig, ob nicht die schöne Oran vorüberkam.

Dem Mädchen fiel der hübsche Jüngling bald auf, und auch sie fand Gefallen an ihm. Es dauerte nicht lange, und die jungen Leute tauschten heimlich Briefchen aus und überlegten, wie sie den strengen Vater überzeugen könnten. Schließlich entschloß sich Kakiemon, Orans Vater aufzusuchen und ihn um die Hand seiner Tochter zu bitten.

Da war er aber an den Rechten gekommen. Der Kaufmann geriet über dieses Ansinnen ganz außer sich und fuhr den jungen Mann an: „Was bildest du dir ein? So ein Habenichts, der nicht weiß, wovon er in der nächsten Woche leben wird, will meine Tochter zur Frau! Du weißt wohl nicht, daß sie eine der reichsten Bräute in der Hauptstadt ist? Scher dich fort, ich will dich nicht mehr sehen!"

Kakiemon stand niedergeschlagen da und traute sich nicht, dem Wortschwall etwas entgegenzusetzen.

Als der Kaufmann sich ausgetobt hatte, sprach er schon etwas ruhiger: „Damit du siehst, daß ich einen guten Angestellten zu schätzen weiß, will ich deine tollkühnen Worte vergessen. Du kannst auch weiterhin bei mir arbeiten, doch jetzt geh mir aus den Augen."

Als Oran von der harten Entscheidung erfuhr, weinte und klagte sie und war nicht zu beruhigen. Der Vater verbot ihr, Kakiemon auch nur zu sehen, und ließ sie von zwei Dienerinnen bewachen. Kakiemon aber schickte er mit verschiedenen Aufträgen über Land, so daß die jungen Leute nicht einmal ein Lächeln tauschen konnten. Kakiemon arbeitete fleißig und legte jede Kupfermünze beiseite. Aber auf diese Weise konnte er natürlich nie so reich werden, wie es der Kaufmann von seinem Schwiegersohn erwartete.

Oran grämte sich so, daß sie schwer erkrankte. Kein Arzt konnte ihr helfen. Sie wurde von Tag zu Tag blasser und schmaler und wollte von nichts anderem hören als von ihrem Kakiemon. Der Kaufmann ließ die besten Ärzte kommen, aber sie zuckten nur die Schultern: „Hier sind wir machtlos, das ist keine Krankheit des Körpers, sondern des Herzens. Wenn das Mädchen nicht den Willen hat, gesund zu werden, wird sich ihr Zustand weiter verschlimmern."

Schließlich mußte der Kaufmann klein beigeben. Entweder er verlor seine Tochter, oder er nahm den armen Kakiemon zum Schwiegersohn.

Er ließ den Jüngling zu sich kommen und sprach: „Du weißt recht gut, daß es nicht mein Wunsch ist, dich als meinen Schwiegersohn zu sehen. Doch meine Tochter ist schwer krank, und nur die Hochzeit mit dir kann sie heilen. Aber umsonst kommst du nicht zu meinem Geld, das laß dir gesagt sein. Du mußt meine Tochter so empfangen, wie es sich für ein Mädchen aus reichem Hause gehört. Wenn du das nicht kannst, dann...", und er seufzte tief.

Kakiemon überlegte angestrengt, was er tun sollte, fürchtete doch auch er für Orans Leben. Schließlich fiel ihm etwas ein. Er erbat sich von seinem Herrn einige Tage Urlaub, ohne zu verraten, wohin er gehen wollte. Der Kaufmann willigte ein, wiegte aber bedenklich den Kopf und sagte: „Wir werden ja sehen, ob du auch etwas anderes kannst, als traurig umherzuschleichen."

Kakiemon eilte nach Osaka. Am Rande seiner Heimatstadt stand ein verlassener Fürstenpalast. Schon viele Jahre war er unbewohnt; denn es spukte darin. Kakiemon fürchtete sich nicht vor Gespenstern – und auch wenn er sich gefürchtet hätte, die Hoffnung, Oran als seine Frau heimzuführen, vertrieb alle seine Bedenken.

In Osaka ersuchte er beim Fürsten um Audienz.

„Fürstliche Hoheit, ich verspreche, Euren Palast von den Gespenstern zu säubern, wenn Ihr ihn mir für einige Tage überlaßt."

„Wozu brauchst du denn den Palast?" fragte der Fürst verwundert.

Kakiemon erklärte ihm, daß er ihn für seine Hochzeit benötige, und berichtete von der Bedingung, die ihm der reiche Kaufmann in Edo gestellt hatte. Dem Fürsten gefiel die Hartnäckigkeit des Jünglings, und so war er gern bereit, ihm den Palast für einige Zeit zu leihen.

„Vergiß aber über der Hochzeit die Gespenster nicht!" rief er ihm lachend nach.

Kakiemon kehrte nach Edo zurück und ging zu dem reichen Kaufmann.

„Wenn ich Eure Tochter, die zwar aus reichem, aber doch nur aus bürgerlichem Hause stammt, in einem Fürstenpalast empfange, werdet Ihr dann zufrieden sein?"

„In einem Fürstenpalast? Wie willst du zu einem Fürstenpalast kommen?" rief der Kaufmann verwundert.

„Das laßt meine Sorge sein, wenn ich nur Eure Bedingung erfülle. Schickt den Hochzeitszug mit der Brautsänfte zum Fürstenpalast in Osaka. Dort werde ich Eure Tochter erwarten."

Aus dem Burschen wird noch mal was, sagte sich der Kaufmann. Er ist nicht dumm, und an Mut fehlt es ihm auch nicht. Und er hatte nichts mehr gegen die Hochzeit einzuwenden.

Als Oran erfuhr, daß sie doch Kakiemons Frau werden sollte, blühten ihre Wangen auf, und schon nach zwei Tagen lief sie munter durchs Haus.

Erst wurde die Hochzeit mit allem Prunk in Edo gefeiert, und dann begab sich der Hochzeitszug nach Osaka. Als auch dort die Festlichkeiten vorüber waren, blieben Kakiemon und Oran allein in dem alten, verlassenen Palast, dessen Balken schon zu faulen begannen und in dessen Garten das Unkraut mannshoch wucherte.

Sie wohnten zwar in einem Palast, aber da sie auch etwas essen mußten, verkaufte Kakiemon Fische. Wenn er genug Geld verdienen wollte, mußte er noch vor Mitternacht zu dem entfernten Markt aufbrechen. So war Oran von Mitternacht an ganz allein. Aber wie Kakiemon der weite und beschwerliche Weg mit dem Korb auf dem Rücken nichts ausmachte, so blieb die junge Frau furchtlos in dem Palast zurück. Sie waren beide glücklich, daß das Schicksal sie endlich vereint hatte.

Längere Zeit lebten Kakiemon und Oran bereits in dem Palast, und noch immer war nichts geschehen. Kakiemon hatte mit dem Verkauf der Fische viel zu tun und vergaß ganz und gar, daß es in dem Palast spuken sollte. Auch Oran dachte nicht an die Gespenster, und deshalb erschrak sie auch nicht besonders, als eines Nachts, kaum daß Kakiemon weggegangen war, drei Mönche in langen schwarzen Kutten vor ihr standen. Sie hielten jeder eine kurze schwarze Kerze in der Hand, die einen hellen Schein warf. Lautlos waren sie durch die Wände des Palastes getreten und begannen nun langsam und steif zu tanzen. Bis zum Morgen tanzten sie lautlos um Orans Lager. Dann trat einer nach dem anderen zu der Matte, auf der die junge Frau saß, legte den Finger auf den Mund und drohte ihr. Die ganze Nacht war nicht das leiseste Wort gefallen.

Oran hatte den Mönchen schweigend und tapfer zugeschaut. Als sie verschwanden, atmete sie erleichtert auf.

„Das sind gewiß die Geister, von denen mir Kakiemon vor der Hochzeit erzählt hat. Sie wollen nicht, daß ich über diese nächtliche Begegnung spreche, und wozu auch? Kakiemon würde sich nur Sorgen machen und mich nicht in dem Palast allein lassen wollen. Und auf den Markt muß er ja gehen, wovon sollten wir sonst leben?"

Als Kakiemon zurückkehrte, begrüßte ihn Oran fröhlich, setzte ihm das Essen vor und plauderte mit ihm, bis er wieder auf den Markt mußte. Mit keinem Wort erwähnte sie, was in der Nacht geschehen war. Um so ungeduldiger wartete sie, als Kakiemon gegangen war, ob die Mönche wieder erscheinen würden. Die ganze Nacht tat sie kein Auge zu, doch diesmal blieb alles ruhig.

In der dritten Nacht bemerkte Oran in der Ferne Lichter, die sich langsam näherten und durch die Wände des Palastes traten. Das sind sicher wieder die Mönche, sagte sie sich, zu ihrer eigenen Verwunderung ganz erleichtert. Die Nacht hindurch umsonst warten zu müssen war schlimmer gewesen.

Die Mönche kamen lautlos näher. Diesmal trugen sie lange weiße Gewänder, und jeder hatte eine dicke weiße Kerze in der Hand. Schweigend begannen sie mit steifen Bewegungen um Oran zu tanzen. Nur die Flammen der Kerzen flackerten und warfen unruhige Schatten. Als der Morgen hereinbrach, trat wieder ein Mönch nach dem anderen zu der jungen Frau, legte den Finger auf den Mund und drohte ihr. Dann verschwanden sie, ohne daß Oran gesehen hätte, wohin. Oran war nach den drei durchwachten Nächten so müde, daß sie sogleich einschlief. Erst Kakiemons Lachen weckte sie.

„Es ist schon Mittag, und du schläfst noch immer? Was ist denn in der Nacht passiert?"

Oran sprang erschrocken auf und bereitete schnell das Essen zu.

„Da siehst du, was für eine verwöhnte Frau du hast! Sie schläft, während sich ihr armer Kakiemon mit dem schweren Fischkorb abplagen muß!"

In der vierten Nacht blieb wieder alles ruhig. Als nach Mitternacht die Mönche nicht kamen, legte sich Oran hin und schlief bis zum Morgen. Erst in der fünften Nacht erschienen wieder drei Lichter und traten langsam durch die Wände. Oran erblickte drei gelbe Mönche. Die langen Kapuzen hatten sie tief ins Gesicht gezogen, jeder trug eine hohe gelbe Kerze, deren Licht hell strahlte. Auch die gelben Mönche tanzten lautlos die ganze Nacht um Orans Lager, und am Morgen legten sie den Finger auf den Mund, drohten ihr und verschwanden.

Oran war neugierig, wer wohl in der siebenten Nacht erscheinen würde. Kaum hatte Kakiemon den Palast verlassen, da sah sie von allen Seiten Lichter heranschweben. Von Süden schritten drei schwarze Mönche mit kurzen schwarzen Kerzen heran, von Westen drei weiße mit dicken weißen Kerzen, und von Osten schließlich näherten sich würdigen Schritts drei gelbe Mönche mit langen gelben Kerzen. Den starren Blick auf Oran gerichtet, begannen sie den langsamen Tanz um ihr Lager.

Plötzlich blieben sie vor der Matte stehen, auf der Oran schweigend saß, und einer der gelben Mönche sprach mit tiefer, dumpfer Stimme: „Du bist tapfer, Oran. Ganze sieben Tage hast du kein Sterbenswörtchen verraten und hast dich nicht gefürchtet, mit uns allein zu sein. Zum Lohn wollen wir dir sagen, wer wir sind. So höre denn: Vor langer, langer Zeit, als ein grausamer Krieg durch das Land tobte, vergrub der Urahn des heutigen Fürsten seine Schätze in seinem Palast. Er fiel in der Schlacht und nahm sein Geheimnis mit ins Grab. Lange Jahrhunderte lagen wir hier ohne Nutzen und ohne Freude an unserer Macht. Wir möchten unter die Menschen, aber mit eigenen Kräften schaffen wir das nicht. Jemand muß uns ausgraben. Bisher aber ist jeder weggelaufen, sobald wir uns nur haben sehen lassen. Keiner war so tapfer wie du."

Als der Mönch geendet hatte, traten die schwarzen Mönche zu Oran, führten sie in den Garten und verschwanden unter einer hohen, alten Sakurakirsche in der Erde. Dann zeigten die weißen Mönche auf die Schwelle des Palastes und verschwanden ebenfalls. Die letzten drei, die gelben Mönche, führten Oran in ein Kellergewölbe, und dort lösten sie sich in Nichts auf.

Die junge Frau schlief nach der anstrengenden Nacht fest, bis Kakiemon zurückkehrte. Der lachte sie aus, weil sie sich langsam daran gewöhne, bis zum Mittag zu schlafen. Doch da erzählte ihm Oran, was in den letzten sieben Nächten in dem Palast vor sich gegangen war, und sie gingen beide zum Fürsten und berichteten, was da für Geister herumspukten.

Der Fürst ließ an den Stellen, die die Mönche Oran gezeigt hatten, graben, und tatsächlich fand man ungeahnte Schätze: im Garten unter dem Baum Krüge voller Kupfermünzen, unter der Schwelle Säcke voller Silber und in dem Kellergewölbe Truhen voll Gold.

Der Fürst freute sich über die Schätze, von denen er nichts gewußt hatte, und belohnte Kakiemon und die tapfere Oran reich. Nun schämte sich der Kaufmann seines Schwiegersohns nicht mehr und war froh, daß er ihm seine Tochter zur Frau gegeben hatte. Oran aber führte Kakiemon oft den steifen Tanz der Mönche vor, und beide lachten glücklich.

Zlata Černá/Miroslav Novák

Die Geschichte von Schehrezad,
die tausend Märchen erzählen konnte

Ein Märchen aus 1001 Nacht

In den Märchen und Erzählungen alter Zeiten wird berichtet,
daß einst ein König aus dem Geschlecht der Sassaniden über
Indien und China herrschte und zwei tapfere Söhne hinterließ.
Schehrijar, der ältere, erbte Thron und Land und regierte mit
strenger Gerechtigkeit, darum wurde er auch von seinen Untertanen verehrt. Einen Teil seines riesigen Reiches schenkte er
seinem jüngeren Bruder Schah Zaman und setzte ihn zum König
von Samarkand ein, das im Perserland lag.

Viele Jahre hatten die beiden getrennt voneinander gelebt. Da
fühlte Schehrijar eine heftige Sehnsucht nach dem Bruder, und
er sandte ihm seinen Wesir, mit der Einladung, ihn so bald wie
möglich zu besuchen.

Schah Zaman gehorchte nur allzugern diesem Wunsch. Drei
Tage bereitete er seine Reise vor, ließ kostbare Geschenke auf
Kamele und Maultiere laden, wählte Diener aus, die ihn begleiten sollten, und ernannte seinen Ersten Wesir für die Dauer
seiner Abwesenheit zum Vizekönig. Dann verabschiedete er sich
von seiner Gemahlin, die untröstlich war, ihn so lange entbehren
zu müssen. Bei sinkender Sonne ritt er mit seinem Gefolge aus
dem Stadttor.

Wenige Stunden später erinnerte er sich, einen mit Edelsteinen besetzten Gürtel, der seinem Bruder zugedacht war, in seinem Schlafgemach vergessen zu haben. Er befahl der Karawane zu warten und kehrte allein auf schnellem Pferd in die Stadt zurück. Unbemerkt betrat er durch eine Seitenpforte seine Gemächer und fand dort seine Frau mit seinem schwarzen Koch bei üppigem Festschmaus. Er sah, wie sie lachten und sich küßten, und hörte, wie sie voller Freude darüber sprachen, endlich mehrere Monde ungestört beisammen sein zu können. Als Schah Zaman das vernahm, wurde ihm die Welt dunkel vor Augen. Ich Tor, ging es ihm durch den Sinn, ich glaubte, die beste und treueste Frau zu besitzen, ich wähnte sie vom Abschiedsschmerz betroffen, doch sie hat mich schon vergessen und vergnügt sich mit einem anderen. Außer sich vor Schmerz und Empörung, zog er sein Schwert und erschlug die beiden. Darauf kehrte er in eiligem Ritt zu den Wartenden zurück, ohne mit einem Wort zu erwähnen, was zu Hause geschehen war.

Doch von Stund an verdüsterte sich sein Gemüt, der Gram fraß an ihm, sein Gesicht wurde grau, sein Körper schwach, er sah aus wie ein Mensch, der dem Tode nahe ist. Der Wesir, der den König begleitete, nahm es voller Schmerz wahr, er verkürzte die täglichen Wegstrecken, verweilte an den Wasserplätzen und war froh, als sie sich endlich der Stadt seines Herrschers näherten und er Boten aussenden konnte, ihre Ankunft zu melden.

König Schehrijar bereitete Schah Zaman einen herzlichen Empfang, die Stadt war zu seinen Ehren festlich geschmückt. Als die beiden Brüder sich allein gegenüberstanden, blieb dem Älteren das schlechte Aussehen des Jüngeren nicht verborgen, und er fragte nach dem Grund. Doch Schah Zaman erwiderte nur: „Ich bin müde von der Reise und bedarf der Schonung." So hoffte er sein schreckliches Geheimnis verbergen zu können.

Schehrijar umgab seinen Gast mit aller Liebe, er hatte ihm die schönsten Zimmer des Palastes überlassen, von denen man den Lustgarten und die Türme der Stadt bewundern konnte, doch Schah Zamans Aussehen besserte sich auch in den nächsten Tagen nicht. Als der Ältere merkte, daß des Bruders Traurigkeit nicht weichen wollte, rief er die besten Ärzte herbei und ließ

Heil- und Stärkungsmittel verschreiben, aber alles blieb vergeblich. Schah Zaman konnte die Untreue seiner Gemahlin nicht verwinden.

Ich muß ihn zerstreuen, dachte der besorgte Bruder und traf Anstalten zu einer großen Jagd.

„Es wird dein Herz erleichtern, in den Wäldern und Bergen unserer Kindheit zu reiten und zu jagen", sagte er. Doch Schah Zaman lehnte auch das ab.

„Ich trage eine Wunde im Herzen. Verzeih mir, mein Bruder, und laß mich allein zurück. Vielleicht vermag ich später über meinen Kummer zu sprechen."

Traurig verabschiedete sich Schehrijar und ritt mit seinem Gefolge davon.

Am Abend, als das helle Mondlicht über Garten und Stadt lag, neigte sich Schah Zaman aus dem Fenster, um sich zu erfrischen. Da bemerkte er, wie sich die Tür des Palastes öffnete und viele Sklavinnen in den Garten eilten, um ein Fest vorzubereiten. Plötzlich warf die Hälfte von ihnen die Obergewänder ab, da waren es gut gewachsene Jünglinge, die setzten sich mit den Mädchen an die Tafel. Jetzt betrat auch die Königin den Garten. Zum erstenmal erblickte Schah Zaman die Gemahlin seines Bruders ohne Schleier, eine Frau von vollkommener Schönheit und ohne Fehl. Sie ging ein Stück in den Park und rief: „Masud!"

Da sprang ein junger Mann aus dem Gebüsch, umarmte und küßte sie. Sie setzte sich mit ihrem Liebhaber ebenfalls an die Tafel, und viele Stunden lang drang das Lachen und Scherzen zu dem Einsamen am Fenster hinauf.

Schah Zaman aber dachte: Bei Allah! Mein eigenes Unglück scheint mir nicht so groß wie das meines Bruders. Ist sein Weib nicht die Frau des größten Königs der Erde? Zeigt sie nicht die edelste Gestalt und ein engelsgleiches Angesicht? Und sie schämt sich nicht, ihn in aller Öffentlichkeit zu hintergehen und zu betrügen?

Voll Ekel wandte er sich ab, legte sich auf sein Lager und schlief fest und tief bis zum nächsten Morgen.

Von jenem Tag an konnte Schah Zaman wieder essen und trinken. Die Farbe kehrte in seine Wangen zurück, und er fühlte, wie der Kummer um sein eigenes Schicksal nicht mehr so schwer auf ihm lastete, da so Furchtbares ja nicht nur ihm allein geschehen war.

Als Schehrijar nach mehreren Tagen zurückkam, fand er seinen Bruder erholt und frisch und fragte erstaunt: „Wie geht das zu, du siehst blühend aus und warst doch wochenlang bleich und matt? Ich glaubte, die Trennung von deiner Familie hätte das bewirkt, doch jetzt merke ich, daß es einen anderen Grund geben muß. Willst du ihn mir nicht nennen?"

Der Jüngere sah den Älteren voller Schmerz an, dann antwortete er: „Nun wohl, ich will dir sagen, was mir soviel Leiden schuf, daß ich am liebsten gestorben wäre", und er erzählte, was in der Nacht seiner Abreise geschehen war. Der Bruder war aufs äußerste bestürzt, doch seine Neugierde wurde jetzt noch um vieles größer, und er bat Schah Zaman, ihm zu verraten, wodurch er plötzlich sein Gleichgewicht zurückerhalten habe. Der weigerte sich, darüber zu sprechen, doch immer mehr gedrängt, erzählte er mit stockenden Worten, was er in jener Nacht im Lustgarten des Königs mit eigenen Augen hatte sehen müssen.

„Ach, möchtest du mich doch verstehen, mein Bruder", sagte er leise. „Ich fühlte mich in meinem Schmerz nicht mehr so allein, ich gewann die Fassung wieder. Meine Verzweiflung ließ nach, und ich sagte mir: Du grämst dich törichterweise. Die Frauen sind es nicht wert, daß wir um sie trauern."

Schehrijar, bleich vor Zorn und Scham, versicherte dem Bruder, er könne seinen Worten nur glauben, wenn er sich mit eigenen Augen überzeugt habe. Kurze Zeit darauf ließ er bekanntmachen, er wolle mit seinem Gast eine Reise ins Landesinnere unternehmen. Mit Truppen und Zelten zogen sie zur Stadt hinaus.

Doch in der Nacht kehrten die beiden verkleidet in den Palast zurück und begaben sich in Schah Zamans Zimmer. Da mußte Schehrijar erleben, wie alles sich wiederholte, und er war wie von Sinnen. Am nächsten Tag hielt er grausam Gericht. Seine Frau und ihr Liebhaber, dazu alle Sklavinnen und Sklaven wurden gnadenlos hingerichtet.

Darauf schwur er laut und allen vernehmbar, er wolle sich für alle Zeiten an dem ungetreuen Geschlecht der Frauen rächen.

Jeden Tag solle ihm eine Jungfrau zugeführt werden, die er heiraten wolle, doch am Morgen darauf müsse sie sterben.

Der schreckliche Schwur war gesprochen, auch Schah Zaman konnte ihn nicht rückgängig machen. Da bat er um die Erlaubnis, heimzureisen.

Von Stund an mußte der Großwesir seinem König Schehrijar jeden Tag eine neue Braut zuführen, die am nächsten Tag enthauptet wurde. Bald hatten die Großen des Landes keine heiratsfähigen Töchter mehr, und der Wesir suchte die Mädchen bei den Bürgern und Kaufleuten aus. In allen Städten erhob sich ein Klagen und Jammern, die Menschen verfluchten den einstmals verehrten König und beteten zu Allah, er möge ihn vernichten. Viele Eltern flohen mit ihren Töchtern und gingen außer Landes, und es wurde für den Wesir immer schwerer, ein schönes und heiratsfähiges Mädchen zu finden.

Nun besaß der Wesir selbst zwei schöne Töchter, um deren Leben er zitterte. Bisher hatte er sie gut verstecken können. Schehrezad, die Ältere, lebte ohne Murren in der Abgeschiedenheit: Sie hatte zahlreiche Werke der Dichter gelesen und wußte sie auswendig, auch studierte sie die Geschichten von früheren Königen und die Chroniken fremder Völker.

Eines Tages sprach sie zu ihrem Vater: „Warum bist du oft so traurig und mit Sorgen beladen? Kann ich dir helfen?"

Der Wesir schüttelte den Kopf, aber er erzählte der Tochter von der Grausamkeit seines Königs, der einst ein gerechter und guter Herrscher gewesen war, und von der Not der Eltern, die ihre Kinder verstecken und aus dem Land schicken mußten.

Schehrezad sagte dazu kein Wort, doch am nächsten Tage trat sie wiederum vor ihn und fragte: „Wie lange soll dieses Frauenmorden noch anhalten? Ich bitte dich, gib mich dem König zur Gemahlin; ich fühle, daß ich dazu beitragen könnte, künftig die Frauen vor diesem schändlichen Tode zu bewahren."

„Was hast du vor?" schrie der Wesir auf. „Du Törin, setze dein Leben nicht solcher Gefahr aus! Ich werde das nie und nimmer zulassen!"

Doch Schehrezad blieb hartnäckig. Vergeblich beschwor sie der verzweifelte Vater, von ihrem Vorhaben abzulassen; der König werde sie wie alle anderen ohne Gnade umbringen lassen.

„Ich habe nachgedacht und sehe einen Weg, ihn um-
zustimmen", entgegnete das Mädchen.

„Du wirst deinen alten Vater noch unglücklicher machen",
sprach der Wesir. „Wer nicht mit Klugheit zu Werke geht,
stürzt ins Verderben."

Sie aber sagte: „Eben das ist mein Plan. Mit Klugheit will ich
mich, meine Schwester Dinazad und alle Mädchen des Landes
vor dem Untergang retten. Glaubst du im Ernst, der König
würde deine beiden Töchter nicht finden oder verschonen?"

Da der Wesir einsah, daß keine Macht der Erde seine Tochter
bewegen könne, von ihrem Plan abzulassen, begab er sich zu
Schehrijar, küßte den Boden vor seinen Füßen und erklärte, er
wolle am Abend seine eigene Tochter bringen, auf daß er sich
mit ihr vermähle.

„O treuester Ratgeber, wie ist das möglich?" rief der König
voller Staunen. „Du weißt, daß ich dir jede Frau am Morgen zur
Hinrichtung übergebe, und bei deiner Tochter werde ich keine
Ausnahme machen."

„Sie weiß es, denn ich habe es ihr gesagt, o König!" erwiderte
der Wesir. „Doch sie will nicht auf mich hören und besteht
darauf, daß ich sie dir zuführe."

Da sprach Schehrijar: „So sei es denn! Bereite ihre Ankunft
vor."

Als der Wesir seiner Tochter die Botschaft überbrachte, legte
Schehrezad ihre schönsten Gewänder an, schmückte sich mit den
edelsten Steinen und sagte zu ihrer jüngeren Schwester:
„Beachte jetzt, was ich dir anvertraue, liebe Dinazad. Wenn ich
mit dem König gespeist habe und Mitternacht herangekommen
ist, lasse ich dich rufen, um von dir Abschied zu nehmen. Du
aber sprich zu mir: ‚Ach, Schwester, laß uns diese letzte Nacht
nicht schlafen, erzähle mir lieber eine deiner vielen Geschichten,
recht unterhaltsam und ergötzlich.‘ Dann will ich erzählen, und
ich hoffe, daß dies unsere Rettung wird; denn ich habe mir fest
vorgenommen, den König von seiner schrecklichen Gewohnheit
abzubringen."

Dinazad versprach zu tun, was Schehrezad wünschte.

König Schehrijar empfing die Wesirstochter auf das zärt-
lichste, speiste mit ihr die erlesensten Gerichte und kredenzte ihr

die edelsten Weine. Als Schehrezad merkte, daß er müde wurde, begann sie zu weinen.

„Was fehlt dir?" fragte der König besorgt.

„O Herr, ich habe eine Schwester, von der ich diese Nacht noch Abschied nehmen möchte."

Alsbald schickte der König einen Boten zu Dinazad, sie zu holen.

Aufs neue wurde getafelt und gescherzt, dann streckte sich Schehrijar auf dem Diwan aus, um zu ruhen.

Da sagte Dinazad: „Meine Schwester, dies ist vielleicht die letzte Nacht, die wir beisammen sind, deshalb bitte ich dich von ganzem Herzen, erzähle eine deiner schönen Geschichten, auf daß wir wach bleiben und die Stunden nicht so schnell enteilen."

„Mit Freuden will ich erzählen", antwortete Schehrezad, „wenn es der vieledle König erlaubt."

Schehrijar war bei der Aussicht, eine Geschichte zu hören, wieder ganz wach geworden.

„Erzähle", sprach er; „ich höre."

Schehrezad setzte sich neben ihn und begann:

Die Geschichte
von den zwei neidischen Schwestern

In uralten Zeiten lebte in Persien ein König namens Chusrau Schah, der vom Volke geliebt wurde, weil er sich in allen seinen Handlungen um Gerechtigkeit bemühte. Um zu erfahren, wie die einfachen Menschen in seiner Stadt lebten, auch um ihre Sorgen und Freuden kennenzulernen, verkleidete er sich oft und wanderte nachts mit seinem vertrauten Wesir durch die Gassen und Straßen. Auf diese Weise erlangte er Kenntnis von vielen merkwürdigen Begebenheiten.

So schlenderte er wieder einmal im Gewand eines Kaufmanns durch das Viertel der Armen und schaute durch einen Türspalt in das Innere eines bescheidenen Hauses, aus dem lebhafte Frauenstimmen erklangen. Da sah er drei schöne Schwestern auf einem Diwan sitzen, die nach dem Nachtessen miteinander plauderten.

Die älteste Schwester rief: „Ich wünschte mir, den Hofbäcker zu heiraten, dann könnte ich täglich das weiße Brot essen, das an des Königs Tafel gereicht wird."

Der König preßte das Ohr fester an die angelehnte Tür und horchte, was das zweite Mädchen sagte.

„Wenn ich schon wünschen könnte, dann möchte ich lieber mit dem Hofkoch des Königs verheiratet sein und täglich die köstlichen Speisen, die der Herrscher zu sich nimmt, probieren, ja sogar mich daran satt essen. Ich muß gestehen, das wäre mir lieber als das weißeste Brot."

Die dritte und jüngste, zugleich die anmutigste der drei Schwestern, sprach nach einigem Nachdenken: „Liebe Schwestern, ihr denkt nur an gutes Essen und Trinken. Wenn ich mir etwas wünschen könnte, dann das Schönste, was es für eine Frau geben kann: ein Kind. Doch es sollte nicht in Armut geboren sein, sondern den König zum Vater haben. Wäre ich mit ihm vermählt, ich wollte ihm einen Sohn schenken, edel an Gestalt, stolz und tapfer und so herrlich von Angesicht, daß er von allen Menschen geliebt würde. Perlen statt Tränen müßten aus seinen Augen rinnen, wenn er weint, lachte er aber, so vergäße jeder seine schlechte Laune."

Draußen vor der Tür stand der König, über alle Maßen verwundert. Und weil ihm die Jüngste ausnehmend gut gefiel und der Gedanke an einen Sohn auch seinen eigenen Gefühlen und Hoffnungen entsprach, beschloß er, die Wünsche der Schwestern zu erfüllen.

„Merk dir dieses Haus", bat er seinen Wesir, „und hole mir die drei Mädchen morgen vor meinen Thron."

Als die Schwestern anderntags vor dem König standen und die Reden der vergangenen Nacht wiederholen sollten, erröteten sie tief und blieben stumm. Wieder gefiel dem König die Jüngste in ihrer Lieblichkeit am besten, und er ermunterte die Mädchen, ihre Wünsche auszusprechen, er wolle sie ihnen erfüllen.

Da überwanden sie ihre Scheu, warfen sich ihm zu Füßen und baten um Vergebung.

Der König aber vermählte am gleichen Tag die älteste der Schwestern mit dem Hofbäcker, die zweite mit dem Hofkoch, für die dritte aber richtete er eine prächtige Hochzeit aus und machte sie zur Herrin des Iran.

Nun hätten sie alle drei glücklich und zufrieden sein können, doch leider waren die beiden älteren Schwestern neidisch auf das unerhörte Glück der Jüngsten, die Königin geworden war und nun im Rang hoch über ihnen stand. In ihren Herzen wurden Mißgunst und Eifersucht immer stärker, so daß sie endlich beschlossen, ihr ein Unheil anzutun und sie zu stürzen.

Als die Jüngste bei ihrer nächsten Zusammenkunft berichtete, wie glücklich sie sei, ein Kind zu erwarten, taten die beiden, als seien sie hocherfreut. Und da die Zeit der Geburt nahte, boten sie der Schwester ihre Hilfe an. Der König hatte nichts dagegen einzuwenden, meinte er doch, die geliebte Frau könne von niemandem so gewissenhaft gepflegt werden wie von ihren nächsten Anverwandten. Für den Tag der Geburt des Kindes ließ der Herrscher ein großes Fest rüsten. Die beiden Schwestern aber hielten einen jungen Hund bereit, den vertauschten sie mit dem wunderschönen Knäblein, das die Königin geboren hatte, und legte ihn in die Wiege. Da sie sich fürchteten, das Königskind zu töten, hüllten sie es in eine Decke und legten es in einen Korb, den sie in den Kanal warfen. Dem König hielten sie weinend und scheinheilig die Mißgeburt vor Augen.

Von einem entsetzlichen Grimm gepackt, wollte Chusrau Schah seine Frau mit dem Schwert erschlagen, doch sein ältester Ratgeber warf sich vor ihm nieder und bat: „Habt Erbarmen mit der armen, vom Schicksal geprüften Frau. Man kann ihr dieses Unglück doch nicht zur Last legen!"

So besänftigte er seinen Herrn und bewahrte die schöne junge Königin vor einem schrecklichen Ende.

Inzwischen war der Korb mit dem kleinen Prinzen vom Wind leise davongeschoben und in den Bach getragen worden, der durch die königlichen Gärten floß. Der Oberste Aufseher der Gärten, ein Mann im Range eines Emirs, ging gerade unter den Palmen spazieren, als er das seltsame Boot bemerkte. Neugierig fischte er es aus dem Wasser, öffnete den Korb und fand darin das liebreizende Knäblein. Er war über die Maßen glücklich, dankte Allah, der seine Bitten erhört und ihm endlich einen Sohn geschenkt habe, und brachte den Säugling seiner Frau. Sie erzogen das Königskind mit großer Liebe und hüteten sich, zu erkunden, wem es wohl gehöre.

Ein Jahr darauf schenkte die Königin einem zweiten Sohn das Leben, aber die haßerfüllten, neidischen Schwestern trachteten wieder danach, sie ins Verderben zu stürzen. Sie hüllten den Knaben in eine Decke, legten ihn in einen Korb und warfen ihn ins Wasser. Dem König aber, der für längere Zeit auf der Jagd war, ließen sie die Kunde zugehen, seine Frau habe ein Kätzchen geboren.

Wie durch ein Wunder gelangte der kleine Prinz wiederum in die Hände des Aufsehers der königlichen Gärten, und der brachte ihn überglücklich seiner Frau.

Der Schah, der wutentbrannt zurückgekehrt war, wollte diesmal keine Gnade walten lassen, doch der Großwesir hielt ihn abermals davon zurück, seine Frau zu töten, und besänftigte seinen Zorn.

Die Königin erholte sich nur schwer von ihrem Unglück, doch nach einem Jahr schenkte sie einer Tochter das Leben. Die beiden Teufelinnen, ihre Schwestern, verstanden es nochmals zu verhindern, daß sie ihr schönes Kind zu Gesicht bekam. Sie legten der Unglücklichen eine tote Moschusratte an die Seite, das neugeborene Mädchen aber beförderten sie auf dem gleichen Weg aus dem Schloß wie zuvor seine Brüder.

Schah Chusrau, sonst so gerecht und edel denkend, vermochte seinen Grimm nicht mehr zu bezwingen.

„Wie kann ein König dulden, daß seine Frau ihm Mißgeburten und Gewürm in die Wiege legt?" schrie er. „Mir aus den Augen! Sie hat ihr Leben verwirkt!"

Aber auch diesmal fielen ihm die Wesire zu Füßen und baten für die Königin. Er möge sie, wenn ihm ihr Gesicht unerträglich sei, in eine Einsiedelei einschließen, bis dereinst der Engel des Todes sie von der Erde abberufe.

Doch König Chusrau bestimmte eine Strafe, die schlimmer war als der Tod. Wie ein wildes Tier sollte die Königin in einen eisernen Käfig gesperrt und in einer Nische der Moschee aufgestellt werden, so daß jeder, der an ihr vorbeiging, sie nach Gutdünken anspeien oder ihr Schmähungen zurufen konnte. Die Wesire wagten sich dem nicht zu widersetzen. Ohne ein Wort der Klage ertrug die arme Frau die unverdiente Schmach, und es gab viele, die an ihr vorbeigingen und sie von Herzen bedauerten, weil sie meinten, sie verdiene diese grausige Folter nicht.

Währenddessen zog der Aufseher der Gärten die drei Kinder der Königin auf, als seien es seine eigenen, und umgab sie mit Liebe und Zärtlichkeit. Der älteste Sohn wurden Bahman genannt, sein Bruder erhielt den Namen Parwez, die kleine Prinzessin aber, von unvergleichlicher Lieblichkeit und Anmut, riefen alle Perizade, was soviel wie Feenkind bedeutet.

Der Gartenaufseher, der ja ein hoher königlicher Beamter war, bestellte für die Kinder die besten Lehrer, die es gab. Gemeinsam erhielten die drei einen Unterricht, wie er nur in hochgestellten Familien erteilt wurde. Sie wurden von weisen Schriftgelehrten mit bestem Erfolg in die Wissenschaften eingeführt und lernten darüber hinaus das Reiten und Jagen. Die Prinzessin empfand daneben eine besondere Liebe zur Musik; sie übte sich im Singen und spielte verschiedene Instrumente. So wuchsen die drei Geschwister zu gebildeten und liebenswerten Menschen heran, die ihre Eltern verehrten und achteten.

Bahman, der Älteste, besaß die wunderbare Gabe, Perlen zu weinen. Seine Eltern sammelten die Perlen in einer Schatulle, um sie ihm später einmal zu übergeben.

Der Aufseher der Gärten bat Schah Chusrau eines Tages um seine Entlassung; denn er war hochbetagt und wollte die letzten Jahre seines Lebens seiner Familie widmen. Er kaufte am Stadtrand ein großes Stück Land und baute ein geräumiges Haus, das er für seine drei Kinder mit allen Kostbarkeiten, Teppichen und seltenen Geräten, deren er habhaft werden konnte, ausstattete. Dann legte er einen parkähnlichen Garten an und pflanzte die seltensten Pflanzen und Bäume. Da ein großer Wald an sein Haus grenzte, beschäftigte er sich sogar mit der Aufzucht von Wild. Es sollte den Kindern an nichts fehlen. Doch kaum war alles nach seinen Wünschen gerichtet, starb er und folgte seiner Frau nach, die kurz vor ihm verschieden war.

Die Geschwister lebten weiter in Eintracht miteinander und beweinten ihre guten Eltern, von denen sie nicht wußten, daß es nicht die eigenen waren. Die Brüder liebten es, auf die Jagd zu ziehen; ihre Pfeile trafen auch das entfernteste Ziel. Perizade aber hegte die Blumen ihres Gartens, saß oft viele Stunden musizierend unter den Bäumen und meinte, es könne keinen schöneren Park geben als diesen.

Eines Tages, als das Mädchen allein im Hause war, klopfte eine alte Einsiedlerin an ihre Tür und bat, hier ihre Gebete verrichten zu dürfen, sie sei schon gebrechlich und käme nicht zur rechten Zeit in ihre Waldklause zurück.

Perizade bot der Alten ein freundliches Willkommen, bewirtete sie und zeigte ihr den Garten. Als Perizade sah, daß die Einsiedlerin jede noch so seltene Blume kannte und bewunderte, auch nach den fremdländischen blühenden Sträuchern blickte, fragte sie, ob sie irgendwo einen schöneren Garten gesehen habe.

„Ich muß bekennen", antwortete die alte Frau, „der Garten ist einzigartig in seiner Schönheit und geschmackvoll angelegt. Doch zu seiner Vollkommenheit fehlen ihm drei Dinge, die es auf der Welt nur einmal gibt."

Perizade beschwor die Alte, ihr die drei Dinge zu nennen. Da sprach die Einsiedlerin: „Es lebt eine sprechende Nachtigall, die viele hundert Geschichten zu erzählen weiß. Wenn sie singt, lockt sie mit dem Wohllaut ihrer Kehle die Singvögel im weiten Umkreis zu Hunderten herbei, und sie stimmen in ihren Gesang ein. Das zweite ist ein Baum, dessen Blätter eine liebliche Musik ertönen lassen, sobald der Wind sie bewegt. Das dritte aber ist der Wunder größtes, genannt das goldene Wasser; denn es spendet Erfrischung und ewige Jugend. Wenn man nur wenige Tropfen in ein breites Becken schüttet, entsteht ein Springbrunnen, der sein helles Wasser als Strahlenbündel in den Himmel wirft.

Beim Zurückfallen in das Becken geht kein einziger Tropfen verloren. Das Wasser verdunstet nie, es bietet allen welken Blumen und Pflanzen, aber auch den Menschen köstliche Erfrischung."

Perizade hatte den Worten der Alten begierig gelauscht und fühlte plötzlich eine tiefe Unruhe im Herzen. Das Verlangen nach jenen Herrlichkeiten hatte sich ihrer bemächtigt, und sie fragte die Einsiedlerin, ob jene kostbaren Dinge von Menschen zu erringen seien. „Es wäre besser, du forschtest nicht danach", antwortete die Alte. Doch Perizades Sehnsucht war größer als ihre Einsicht, und sie bestand darauf, sie möge erzählen, was sie davon wisse.

Die Einsiedlerin neigte den Kopf und begann: „Diese drei Wunderdinge befinden sich in einem weit entfernten und völlig verwilderten Garten, an der Grenze des Landes Hind, und sie sind schwer zu erringen." Wieder schwieg sie, und Perizade mußte sie mehrmals bitten fortzufahren.

„Viel weiß ich nicht, meine Schöne", sagte die Alte bedächtig. „Wer von hier aus zwanzig Tage gen Osten reitet, soll den ersten Mann, den er antrifft, nach dem Garten befragen. Von ihm erhält er Auskunft. Doch soviel ich weiß, sind schon viele ausgezogen, und keiner ist je zurückgekehrt." Darauf bedankte sich die Einsiedlerin für die gastfreundliche Aufnahme und Bewirtung und zog ihres Weges.

Perizade aber saß und grübelte. Immer wieder verscheuchte sie die Gedanken an jene Kostbarkeiten aus ihrem Sinn, doch sie konnte sich nicht davon befreien. Die Brüder fanden sie auf einer Rasenbank. Da sie nicht begrüßt wurden wie jeden Tag, fragten sie, was denn Sonderbares geschehen sei.

Perizade war uneins mit sich, ob sie von der Begegnung mit der Alten berichten sollte. Doch die Brüder drängten immer aufs neue, und so erzählte sie ihnen, was sie vor wenigen Stunden gehört hatte. „Ach, ich glaubte, wir besäßen den herrlichsten Garten der Welt, und fühlte mich so wohl hier", sagte sie am Schluß, „nun aber wird mein Herz von der Sehnsucht gequält, diese drei Wunderdinge zu besitzen. Doch während ich das ausspreche, packt mich die Angst, es könnte euch, solltet ihr danach ausreiten, etwas zustoßen und ich wäre allein auf dieser Welt."

Ohne lange zu überlegen, waren Bahman und Parwez bereit, der geliebten Schwester ihren Wunsch zu erfüllen und die drei Kostbarkeiten zu suchen. Weil sie aber Perizade nicht allein lassen wollten, vereinbarten sie, der Älteste solle zunächst allein losziehen.

Als der Tag der Abreise gekommen war, vergoß Perizade viele Tränen, doch sie konnte damit die Brüder nicht mehr von dem Unternehmen abbringen. Bevor Bahman Abschied nahm, gab er der Schwester eine Perlenschnur und sagte: „Unsere liebe

Mutter hat mir diese Perlen auf einen Faden gezogen. Sie haben die Eigenschaft, fest aneinander hängenzubleiben, falls mir etwas Schlimmes zustößt. Bewahre sie gut auf, so kannst du dich jeden Tag von meinem Wohlbefinden überzeugen." Dann ritt er fort, das Abenteuer zu bestehen.

Perizade bereute schon lange, von den Kostbarkeiten erzählt zu haben. Nun ist Bahman fort, und ich bin schuld daran, wenn ihm etwas zustößt, dachte sie voller Sorge.

Der älteste Bruder ritt auf der vorgeschriebenen Straße geradenwegs gen Osten und wandte sich weder nach rechts noch nach links. Nach zwanzig Tagen war er am Ziel seiner Reise angelangt. Neben einer Hütte erblickte er einen Bettelmönch von furchterregendem Aussehen. Der Einsiedler, der der Welt entsagt hatte, um ein Leben in Armut zu führen, schien hochbetagt, und schneeweißes Bart- und Haupthaar bedeckte ihn so dicht, daß kein Laut an sein Ohr drang. Seine Nägel waren lang wie die Krallen eines wilden Tieres. Da der Jüngling sich vor ihm verneigte und ihn etwas fragte, schüttelte der Bärtige nur das Haupt, zum Zeichen, daß er nichts hören könne.

Prinz Bahman war überzeugt, daß jener Einsiedler der Mann sei, von dem die alte Frau gesprochen hatte. Rasch holte er ein Messer hervor und sagte: „Heiliger Mann, deine Lippen sind ganz und gar vom Bart zugewachsen, deine Ohren vom Kopfhaar verschlossen, du gleichst mehr einem Bären denn einem Menschen. Erlaubst du, daß ich dir etwas von deinem Haar abschneide?"

Der Derwisch nickte zum Einverständnis, und Bahman befreite ihn von seinem Haarpelz, hinter dem das Antlitz eines Mannes in den besten Jahren zum Vorschein kam. Der Bettelmönch bedankte sich für die erwiesene Hilfe und gab nach vielen Bitten und Fragen Auskunft über die drei Seltenheiten und den Garten, in dem sie zu finden waren. Doch als er hörte, daß der Jüngling selber dorthin reiten wollte, riet er ihm beschwörend davon ab.

„Was du begehrst, befindet sich nicht weit von hier, doch der Weg ist voller Gefahren. Viele sind ihn gegangen, doch keiner kam je zurück. Laß ab davon, wenn dir dein Leben etwas bedeutet."

Der Prinz aber war fest entschlossen, alles daranzusetzen, und schließlich reichte ihm der Derwisch eine Kugel und sprach: „Folge dieser Kugel bis an jenen Hügel und steige bergan. Rechts und links des Weges siehst du große Steine liegen. Umgehe sie, und vor allem wende dich niemals um, schau nicht zurück, wie viele schreckliche Rufe und Stimmen du auch vernimmst — es wäre dein sicherer Tod. Auf dem Berggipfel findest du den Käfig mit der sprechenden Nachtigall, die dir alles Weitere verkünden wird."

Der Prinz bedankte sich und ritt der vorausrollenden Kugel nach. Am Fuß des Hügels warf er seinem Pferd die Zügel über den Hals und ließ es grasen, dann stieg er langsam bergan. Sein Herz spürte keine Furcht, doch kaum war er einige Schritte gegangen, als sich hinter ihm ein schreckliches Getöse erhob. Bahman ging tapfer weiter. Obwohl er nirgendwo einen Menschen sah, hörte er in seinem Rücken Schreie aus menschlichen Kehlen: „Haltet ihn! Fallt über ihn her! Schlagt in tot! Räuber! Mörder! Du entgehst uns nicht!"

Das Gebrüll wurde immer stärker, die Knie zitterten ihm, er vergaß die Warnung, ergriff sein Schwert, um sich zu verteidigen, und blickte sich kampfbereit um. Da ward er auf der Stelle zu Stein, gleich den vielen Rittern, die vor ihm den Weg gewagt hatten.

Während der zwanzig Tage hatte Perizade die Kette des Bruders auf der Brust getragen, und weil sie die Perlen unverändert fand, schlug ihr Herz froh und sorgenfrei. Doch zur gleichen Stunde, als der Bruder in einen Stein verwandelt worden war, schoben sich die Perlen eng aneinander und lagen starr und unbeweglich an ihrem Hals. Da wußte sie: Bahman war etwas Schlimmes zugestoßen, vielleicht der Tod? Sie weinte und klagte laut: „Wehe, unser Bruder hat sein Leben lassen müssen, für eine Laune von mir! Warum habe ich mich von der sprechenden Nachtigall verlocken lassen, warum genügte mir nicht, was ich besaß?" So haderte sie mit sich selbst.

Nach Tagen bat Parwez, die Schwester möge ihn ziehen lassen. „Vielleicht befindet sich Bahman in Lebensgefahr, und ich kann ihm helfen? Und wenn er tot ist, will ich ihn rächen!"

Beim Abschied nahm er aus seinem Gürtel ein kleines Jagdmesser und sprach: „Wenn du diese Klinge aus der Scheide ziehst und sie blank vorfindest, bin ich wohlauf und lebe. Erblickst du jedoch Blutflecken daran, mußt du mich als tot beweinen." Damit ritt er davon und ließ die Schwester ohne Trost zurück.

Mehr als einmal am Tag zog Perizade die Klinge aus der Scheide, immer war sie blank. Da — am zwanzigsten Tag fielen dicke Blutstropfen von der Messerspitze auf die Erde, und die Schwester erstarrte vor Entsetzen. Nun war auch der zweite Bruder tot oder in Lebensgefahr. Was sollte sie tun? Tagelang verharrte sie in Gram, dann raffte sie sich auf. Habe ich nicht Reiten und Fechten gelernt? fragte sie sich. Ich muß etwas für meine Brüder tun. Vielleicht kann ich sie noch retten. Ich will ihnen nachreiten und feststellen, was geschehen ist. Sind sie aber tot, so hat das Leben auch für mich keinen Sinn mehr, und es ist mir recht, wenn ich ihr Schicksal teile.

Ohne zu zögern, legte sie Männerkleidung an, befahl ihren Dienern und Sklavinnen, das Haus treu zu hüten, und begab sich auf die Reise. Besser als andere Frauen überwand sie die Mühen und Beschwernisse des Weges, denn sie war das Reiten gewohnt. So kam sie gesund bei der Einsiedelei an, erblickte den bärtigen Derwisch und setzte sich neben ihn...

Schehrezad erhob den Blick zum Fenster und gewahrte einen roten Schimmer am Himmel. Der Tag wollte beginnen. Da hielt sie mitten im Satz ein. Verwundert sagte Dinazad, die jüngere Schwester: „Wie schön und reizvoll du erzählt hast! Doch warum hörst du plötzlich auf?"

Auch König Schehrijar setzte sich zurecht, sah in der Ferne die Morgenröte emporsteigen und sprach: „Du schweigst, schöne Schehrezad? Wir wollen aber den Ausgang dieser seltsamen Geschichte hören!"

Da antwortete Schehrezad: „Gestatte mir, erhabener Herr und Gemahl, in der nächsten Nacht fortzufahren — wenn du mir bis dahin das Leben schenkst —, dann bin ich bereit, den aufregenden letzten Teil meines Märchens zu erzählen."

Der König sagte: „Bei Allah, ich will dich nicht töten lassen, bis ich den Schluß der Geschichte gehört habe. Das Zuhören bereitet mir Freude."

Darauf umarmte er Schehrezad, legte sich zurück auf sein Lager und schlief die wenigen Stunden bis zum Tagesbeginn. Gekräftigt und froh erhob er sich und ging in die Audienzhalle. Dort traf er den getreuen Wesir, doch er gab ihm diesmal keine Anweisung, die Frau dem Henker zu übergeben, und erledigte seine täglichen Regierungsgeschäfte.

Der Wesir geriet in höchste Verwunderung, konnte aber von dem, was sich in der Nacht abgespielt hatte, nichts in Erfahrung bringen. Er sah nur, wie sich der König zu Beginn der Nacht wieder in sein Zimmer begab, und befahl, ein köstliches Mahl aufzutragen.

Nachdem sie gespeist hatten, sprach Dinazad zu Schehrezad: „Liebe Schwester, wir haben gegessen und getrunken, und der König, dein Gemahl, hat uns die besten Bissen zugeteilt. Nun erzähle uns doch die Geschichte von den neidischen Schwestern zu Ende, die uns den ganzen Tag beschäftigt hat."

„Mit großer Freude will ich das tun", antwortete Schehrezad, „wenn es auch der Wunsch meines Königs und Gemahls ist."

„Erzähle, meine Schöne, ich höre!" antwortete der Schah.

Und Schehrezad begann:

Bahman und Parwez waren ausgezogen, um die drei Wunderdinge für Perizades Garten zu erringen, allein sie wurden in schwarze Steine verwandelt. Ihre Schwester, die seitdem keine Freude mehr am Leben fand, machte sich in Männerkleidung auf und gelangte nach zwanzig Tagen zu der Einsiedelei. Sie bot dem Bettelmönch den Friedensgruß und fragte ihn nach dem Garten, in dem die sprechende Nachtigall, der singende Baum und das goldhelle Wasser zu finden seien.

Verwundert antwortete der Mann: „Du bist in kurzer Zeit der dritte Mensch, der sich nach diesen Wunderdingen erkundigt, nur waren es immer Männer, du aber bist ein Weib. Deine Stimme verrät dich. Sag mir, zu welchem Zweck befragst du mich?"

Voll Trauer sprach Perizade: „Du hast zu Recht erkannt, daß ich eine Frau bin. Die beiden Jünglinge, die vor mir hier waren, sind meine Brüder. Ich will sie entweder von dem schrecklichen Los, das sie betroffen hat, befreien oder selbst zugrunde gehen.

Bitte, verhehle mir nichts. Einst lag mir an den kostbaren Dingen, die dieser Garten birgt, jetzt aber habe ich nur das Verlangen, zu erfahren, was aus meinen Brüdern geworden ist, ob sie tot sind oder sich in harter Bedrängnis befinden. Beschreibe mir, was ich zu bestehen habe, damit ich mich mit Mut und Tapferkeit wappne."

Der Alte wunderte sich über die Worte des kühnen Mädchens und klärte sie, wie zuvor ihre Brüder, über die Gefahren auf, die ihrer warteten.

„Die ganze Zeit, während du den Hügel hinansteigst, werden Stimmen aus unsichtbaren Kehlen dich begleiten, wilde Klänge werden an dein Ohr dringen, schauerliche Zurufe dich ängstigen. Rechts und links des Weges wirst du schwarze Steinbrocken umherliegen sehen. Sie alle waren Menschen, die — von plötzlichem Schrecken erfaßt — sich umschauten und zu Stein wurden."

Lange dachte Perizade über das Gehörte nach, dann sagte sie: „Ich danke dir, Vater. Nach allem, was du sagst, handelt es sich nur um Stimmen, die dem Wanderer mit entsetzlichem Getöse zusetzen. Doch du sprichst von keinem Ungeheuer, das es zu töten gilt?"

Der Einsiedler verneinte.

„So will ich es wagen", sagte Perizade zuversichtlich. „Zwar bin ich nur eine Frau, doch besitze ich genügend Verstand, um mir zu sagen: Es wird eine Willensprobe sein. Ich will durch diese Gefahren hindurch und werde mich auf keinen Fall nach jenen Schreckgespenstern umdrehen. Damit mich das Getöse nicht zu sehr ängstigt, zerschneide ich meinen Schal und stopfe mir Baumwollstreifen in die Ohren. Auch werde ich meinen Kopf mit Tüchern umwickeln."

„O edle Herrin", rief der Einsiedler, „mir scheint, Ihr seid dazu bestimmt, alles zu einem guten Ende zu bringen.

Diese List hat bisher noch keiner angewandt. Ich wünsche Euch Glück!"

Und er gab Perizade die Kugel, die vor ihr den Pfad entlangrollte und am Fuße des Hügels liegenblieb. Das Mädchen sprang vom Pferd, zerschnitt ihren Baumwollschal und verstopfte sich die Ohren. Dann wand sie Tücher um ihren Kopf und schickte

269

ein kurzes Gebet zu Allah, er möge ihr Entschlossenheit und Willensstärke verleihen.

Kaum hatte sie mit dem Aufstieg begonnen, kaum einen Pfad zwischen den schwarzen Steinen erspäht, als schon das Getöse der Stimmen um sie her begann. Doch Perizade hörte die Schreie, Flüche und wilden Drohungen nicht. Manchmal vernahm sie, wie ein Echo, irgendwelche Rufe, dann blieb sie stehen, blickte starr geradeaus und dachte bei sich: Was kümmert mich euer Spott und Hohn und euer Drohen. Ihr werdet mich nicht von meinem Ziel abbringen!

Je höher sie kam, um so grauenhafter tönten die Verfolgungsschreie, doch das Mädchen schritt mit klopfendem Herzen immer rascher voran und langte schließlich auf der Höhe des Hügels an. Dort fand sie den Käfig mit der sprechenden Nachtigall, die mit Donnerstimme schrie: „Zurück! Wage nicht, den Käfig zu berühren!"

Perizade aber lachte, griff nach dem Käfig und rief frohlockend: „Du kannst mir nicht drohen, stimme lieber einen deiner herrlichen Gesänge an und freue dich, daß du von jetzt an in einen Garten kommst, der deiner würdig ist."

Sie riß sich die Tücher vom Kopf. Da vernahm sie zarte, schluchzende Laute aus der kleinen Kehle.

„Dank dir, tapfere Herrin", sprach der Vogel, „du hast geschafft, was keinem vor dir gelungen ist. Ich freue mich, daß ich in deinen Garten komme, den man weit und breit den schönsten nennt."

„Woher weißt du das? Du lebst in einem Käfig", sprach Perizade.

„Ich weiß viel, trotz der Gitterstäbe, die mich von der Welt trennen", sagte die Nachtigall. „Später, wenn es an der Zeit ist, werde ich dir meine Dankbarkeit beweisen."

„So weißt du gewiß auch, welche Sorge mich hergeführt hat?" fragte Perizade. „Niemals könnte ich mich an den drei Wunderdingen erfreuen, wenn ich ohne meine Brüder heimreiten müßte."

Da zeigte ihr die Nachtigall den Weg zu dem goldhellen Wasser und dem singenden Baum und sprach: „Fülle das Wasser in die Flasche, die du am Rande der Quelle findest. Von dem singenden Baum brich einen Zweig ab, den pflanze daheim in deinen Garten. Dann nimm mich und beginne den Abstieg, niemand wird dich mehr erschrecken. Besprenge alle Steine auf dem Hügel mit dem goldhellen Wasser des Lebens; ein Tropfen genügt für jeden, um ihm die menschliche Gestalt wiederzugeben."

Perizade ward ganz ruhig in ihrem Herzen. Sie schöpfte das Wasser, brach den Zweig vom Baum, und auf dem Rückweg den Berg hinunter goß sie auf jeden Stein einen Tropfen aus der Flasche. Mit einem Mal wurden alle, die hierhergezogen und verzaubert worden waren, wieder lebendig.

Bahman und Parwez schauten einander verwundert an, dann erkannten sie die Schwester, eilten auf sie zu und umarmten sie.

Jubeln und Frohlocken ertönte jetzt ringsum statt der schrecklichen Schreie, der Fluch war gebrochen. Die Jünglinge und Männer dankten Perizade mit glühenden Worten für ihre Errettung, dann ritten sie in ihre Länder. Bahman und Parwez nahmen Perizade in die Mitte und erreichten nach zwanzig Tagen die Königsstadt. Sie fanden ihr Haus und den Garten in bester Ordnung und freuten sich ihres wiedererlangten Lebens. Perizade hängte den Käfig mit der Nachtigall in der Nähe ihres Gartenhauses an einen Baum mit orangefarbenen Blüten. Den Zweig steckte sie unweit davon ins Erdreich, und alsbald trieb er Wurzeln, wuchs zum Baum empor und setzte zierliche Blätter an. Darauf beauftragte das Mädchen ihre Diener, ein Becken aus weißem Marmor zu bauen, das seinen Platz mitten in dem Lustgarten fand. Kaum hatte sie den Inhalt der Flasche in das Becken gegossen, schoß ein Strahl wohl an die zwanzig Fuß hoch empor. Die Tropfen sprühten in der Sonne wie Diamanten und fielen ohne Ausnahme wieder zurück in das weiße Becken. Es war ein Wunder ohnegleichen, und die Menschen, die an dem Garten vorüberkamen, blieben stehen, um den goldenen Springbrunnen zu sehen.

Die Kunde von dem wunderbaren Garten kam auch Schah Chusrau zu Ohren. Er wollte mit den beiden Jünglingen, die so zurückgezogen lebten, bekannt werden und beschloß, in dem Waldstück, das hinter dem Landhaus lag, zu jagen.

Auch Bahman und Parwez, die sich nach dem langen Ritt wieder erholt hatten, streiften jeden Tag durch das Waldgehege. Da begegneten sie auf engem Pfad dem Herrscher mit seinem Gefolge. Sie sprangen aus dem Sattel und verneigten sich tief. Der König war aufs tiefste überrascht von der Schönheit der beiden Brüder. Er befragte sie nach ihrer Herkunft, und Bahman antwortete: „Hoher Fürst, wir sind die Söhne eines ehrbaren Mannes, der dir als Aufseher deiner Gärten bis an sein hohes Alter gedient hat, doch jetzt nicht mehr lebt. Er baute uns und unserer Schwester außerhalb deiner Stadt ein Landhaus und legte auch einen Garten an, in dem er seine ganze Kunst bewies. Dort leben wir drei Geschwister."

Der König fühlte einen heftigen Schmerz in seinem Herzen, er legte die Hand vor die Augen und dachte voller Gram: Hätte ich Söhne, sie könnten im Alter dieser anmutigen Jünglinge sein. Doch dann schüttelte er den Kummer von sich ab und bat die beiden, mit ihm zu jagen. Er ließ sie nicht von seiner Seite und forderte sie schließlich auf, ihn zu begleiten und in seinem Palast mit ihm zu speisen. Bahman und Parwez dankten, baten aber um Urlaub, sie müßten vorerst ihre Schwester benachrichtigen, damit sie sich nicht unnötig Sorgen um sie mache.

So geschah es. Schah Chusrau fand großen Gefallen an den wohlerzogenen und gebildeten Jünglingen, er lud sie häufig zur Jagd ein und bewunderte ihre sichere Hand beim Umgang mit Pfeil und Bogen. Kaum daß ein Monat vergangen war, äußerte er den Wunsch, sie möchten in den Hofdienst treten, damit er sie täglich um sich habe. Bahman und Parwez erschraken; sie dachten an ihre Schwester, die dann allein bleiben müßte. Sie erbaten sich Bedenkzeit und trugen alles Perizade vor. Durfte man dem König abschlägig antworten?

Das Mädchen bemerkte ihre Verwirrung.

„Sorgt euch nicht", sagte sie, „wir befragen meine sprechende Nachtigall. Sie ist weise und in allen Dingen erfahren und wird uns den rechten Rat geben." Sie ließ den Käfig in ihr Gemach bringen. „Mein lieber Vogel", begann sie, „hilf mir bei einer schweren Entscheidung. Meine Brüder sind mir das Liebste auf der Welt, und ich möchte sie nicht einen Tag missen. Doch der König wünscht ihre Dienste. Soll ich ihrem Fortkommen hinder-

lich sein? Sie können doch nicht ihr ganzes Leben in der Abgeschiedenheit verbringen. Was soll ich tun, wozu mich ent-
schließen?"

Die Nachtigall riet ihr, dem Wunsch des Schahs zu ent-
sprechen, doch solle sie vorher ein Fest für ihn geben und ihm
das Haus und den einzigartigen Garten zeigen. Alles andere
werde sich dann von selbst regeln.

Perizade bat die Brüder, dem König die Botschaft zu über-
bringen, und forderte sie auf, ihn in das abgelegene Landhaus
zu begleiten. Chusrau Schah war erfreut, auch die Schwester der
jungen Männer kennenzulernen, und bestimmte den Tag des
Festes.

Begleitet von wenigen Getreuen, ritt er, Bahman und Parwez rechts und links neben sich, durch die Stadt, und manch
einer dachte: Ach, hätte der König zwei Prinzen, so schön und
edel wie diese beiden Jünglinge. Wenn die Königin, die immer
noch gefangen sitzt, ihm zwei Söhne geboren hätte, sie müßten
jetzt in diesem Alter sein.

Perizade und ihre Dienerschaft waren indessen nicht untätig
geblieben. Eine Tafel war für den König festlich gedeckt. Seit
Tagen wurden die feinsten Speisen vorbereitet.

Wieder trat das Mädchen zu dem Käfig und befragte den
Vogel: „Etwas Besonderes möchte ich dem Schah vorsetzen,
liebe Nachtigall, etwas, das er bisher noch nicht gegessen hat.
Was rätst du?"

„Sorge dich nicht, Herrin", sprach da der Vogel. „Deine Köche
und Zuckerbäcker werden alles zur Zufriedenheit richten. Doch
achte darauf, daß dem Schah, und nur ihm allein, eine Vorspeise
aus frischen Gurken gereicht wird; die Gurkenkerne aber laß
entfernen und statt ihrer Perlen in gleicher Anordnung hin-
einstecken."

Perizade antwortete: „Bis auf den heutigen Tag habe ich nicht
vernommen, daß man mit Perlen gefüllte Gurken essen kann.
Aber dein Rat war immer gut, ich will ihn befolgen. Nur sage
mir, wo soll ich die Perlen hernehmen?"

„Erinnere dich an die Perlen, die dein ältester Bruder weinte,
wenn er Kummer hatte", antwortete der Vogel. „Deine Mutter
bewahrte sie in einer goldenen Schatulle auf und vergrub sie

unter der ersten Zypresse rechter Hand in deinem Garten. Dort suche nach."

Alles verhielt sich so, wie die Nachtigall gesagt hatte. Die goldene Schatulle war mit den kostbarsten Perlen gefüllt. Perizade staunte über die Pracht und gab zwei Handvoll dem Koch, mit dem Auftrag, drei frische Gurken damit zu füllen. Sie las in seinem Gesicht Verwirrung und Mißmut und sagte darum: „Ich weiß, daß bis heute noch kein Sterblicher so eine Speise gekostet hat. Doch bitte ich dich, alles nach meinen Angaben zu vollenden."

Zur vorgesehenen Stunde betrat der König den Garten, und sein Staunen war echt und ohne Neid. Er sah die Strahlen des Springbrunnens, bewunderte die seltenen und üppig blühenden Blumen und Sträucher und horchte verzückt auf das Klingen des singenden Baumes. Am meisten aber war er von der Schönheit und dem Liebreiz Perizades gefangen. Er verneigte sich vor ihr und sprach: „Diese Stätte ist voller Geheimnisse, und ich hätte nie geglaubt, daß so nahe bei meinem Palast drei so liebenswerte Menschen voller Harmonie miteinander leben."

Nun begaben sie sich ins Haus, und wieder wunderte sich der König über die gediegene, kostbare Einrichtung.

Im großen Speisesaal begrüßte der sprechende Vogel den Schah mit den Worten: „Möge Allah dir Gesundheit und Frieden schenken, o König, möge er dich wieder zum glücklichsten Herrscher unter der Sonne machen."

Seltsam erregt, nahm der Fürst Platz. Das Gurkengericht wurde ihm gereicht, und er zog betroffen die Hand zurück, als er die Perlen erblickte.

„Erklärt mir, was ihr damit bezweckt, meine Freunde. Wie können in einer einfachen Gurke Perlen wachsen? Das ist so seltsam wie unverständlich."

Perizade blickte auf ihren Teller, die beiden Brüder waren ebenfalls ratlos.

Da begann die Nachtigall zu sprechen.

„Du findest es sonderbar, o König, daß Gurken mit Perlen gefüllt sind, und meinst, das sei wider die Natur? Mit Recht verlangst du eine Erklärung!"

Als der Schah lebhaft mit dem Kopf nickte, fuhr der Vogel

fort: „Man nennt dich den gerechten König, man sprach auch davon, daß du vielwissend seist. Doch du hast dich nicht gewundert, als deine Gemahlin, entgegen den Gesetzen der Natur, Tiere gebar: einen Hund, eine Katze und eine Moschusratte? Du forschtest nicht, wie so etwas möglich sei? Darüber hättest du dich doch weit mehr wundern müssen als über eine Gurke, die mit Perlen gefüllt ist!"

„Was du sagst, kluger Vogel, ist richtig", erwiderte der Schah. „Doch ich glaubte den Wehmüttern, den Schwestern der Königin."

„Ungerecht hast du deine Frau behandelt und sie fast zwanzig Jahre ihres Lebens schuldlos leiden lassen", sagte der Vogel. „Siehe, jene beiden waren neidisch auf das glänzende Schicksal ihrer jüngeren Schwester. Haß und Eifersucht verdunkelten ihr Gemüt. Jetzt endlich soll ihre Bosheit offenbar werden. Diese beiden Jünglinge, Bahman und Parwez, und Perizade, ihre Schwester, alle drei, edel, tapfer und klug, wurden von der Königin, deiner Gemahlin, geboren. Die neidischen Schwestern packten sie jeweils in einen Korb und warfen sie ins Wasser. An ihrer Stelle legten sie Tiere in die königliche Wiege. Und du glaubtest das. Du verstießest deine Frau, ihre Mutter, und ließest sie verachten und anspeien. Der Aufseher deiner Gärten fischte die drei Kinder auf und erzog sie zu guten und edlen Menschen. Schah Chusrau, erwache aus deiner Unwissenheit und Gedankenlosigkeit. Vor dir stehen deine drei Kinder."

Der König hatte vor den harten Worten des Vogels den Kopf gesenkt. Jetzt begriff er das starke Verlangen seines Herzens, Bahman und Parwez zu lieben und nicht mehr fortzulassen. Mit Tränen in den Augen wandte er sich den Geschwistern zu und sagte: „Ihr seid meine Kinder. Ich glaube dem klugen Vogel aufs Wort."

Und er umarmte sie und drückte sie an sich. Doch hielt es ihn nicht länger an der Tafel.

„Ich habe keine Ruhe mehr, laßt mich fort, ein furchtbares Unrecht gutzumachen. Morgen in der Frühe kehre ich mit eurer Mutter, der Königin, zurück."

Eilig ritt er von dannen. Im Palast angelangt, berief er den Großwesir vor seinen Thron und befahl: „Sende sofort nach den

Schwestern der Königin, lege sie in Fesseln und lasse sie den Tod der Mörder sterben. Ihre schändlichen Missetaten sind endlich ans Licht gekommen. Zwanzig Jahre Glück und Freude haben sie mir und meiner Gemahlin geraubt. Es gibt für sie keine Gnade."

So erhielten die neidischen Schwestern endlich die gerechte Strafe für ihre Schlechtigkeit.

Chusrau Schah aber begab sich mit einigen seiner Getreuen zur Hauptmoschee, wo die Königin so viele Jahre unschuldig gelitten hatte. Mit eigener Hand befreite er sie aus dem Käfig, umarmte sie zärtlich, und als er ihren traurigen Zustand und ihre gramverzehrten Züge wahrnahm, weinte er und rief: „Allah vergebe mir, daß ich so unrecht an dir gehandelt habe! Deine tückischen Schwestern hatten dich bei mir verleumdet, doch jetzt, da deine Unschuld ans Licht kam, habe ich sie hinrichten lassen." Und er erzählte, wie durch den sprechenden Vogel alles offenbar geworden sei. Er ließ eine Sänfte kommen, weil die Königin zu schwach war, und man brachte sie ins Schloß. Darauf wurde sie gebadet und gesalbt und legte wieder ihre kostbaren Gewänder und Juwelen an.

In der Stadt hatte sich die Kunde von der Befreiung der Königin und der Enthauptung der beiden Schwestern wie ein Lauffeuer verbreitet, viele Menschen säumten den Weg des Herrscherpaares und jubelten ihnen zu.

Als sie den Garten betraten, strich der Wind durch den singenden Baum, Hunderte Vögel kamen geflogen und ließen sich in den Zweigen nieder. Schah Chusrau führte seine Frau zu den drei Geschwistern und sagte: „Hier bringe ich euch eure Mutter, die euch geboren hat!", und zu ihr gewandt, sagte er mit bewegter Stimme: „Siehe, hier sind deine drei Kinder, schön, anmutig und liebenswert, wie du es mir einst versprochen hattest. Geh, umarme sie und nimm sie an dein Herz, die wir so lange entbehrt haben."

Da fielen die Prinzen und die Prinzessin der Mutter um den Hals und weinten vor Freude. Perizade aber geleitete die schwache und verhärmte Frau an den Brunnen mit dem goldhellen Wasser.

„Er spendet Blumen und Sträuchern, aber auch Menschen

Erquickung. Stelle dich darunter, so wirst du gesund und frisch und erhältst deine Jugend zurück."

Und siehe, mit einem Male war die Königin wieder jung und schön wie einst, zur Freude ihres Gemahls und ihrer Kinder.

Der König setzte sich an die Tafel, die er vor einem Tag verlassen hatte, aß und trank und pries Allah, der in die Menschen Standhaftigkeit, Tapferkeit und Klugheit gelegt habe, auf daß sie sie gebrauchen und sich bewähren.

Viele Feste wurden zum Ruhme der Prinzen Bahman und Parwez und der lieblichen Perizade gefeiert. Schah Chusrau setzte seinen ältesten Sohn zum Nachfolger ein und entsagte den Regierungsgeschäften. Prinz Parwez wurde die Sorge für das Heer übertragen. Perizade konnte sich nach Herzenslust ihrer Tage erfreuen und bei ihrer Mutter sein, die aufblühte wie eine Rose im Spätsommer. Allmählich vergaß die Königin die erlittenen Qualen und Leiden und lebte mit ihrer Familie noch viele schöne und glückliche Jahre.

Schehrezad blickte in das Gesicht ihres Gemahls, und Schehrijar sagte: „Fürwahr, eine seltsame Geschichte, die mich nachdenklich werden läßt. Es ist, bei Allah, eine wunderbare Abwechslung, in der Stille der Nacht, durch niemanden gestört, solche Geschichten anzuhören."

„Ich merke, du findest Gefallen an meinen Erzählungen und Gleichnissen, o König. Wie würdest du aber staunen, die Abenteuer einer anderen Frau zu hören. Sie besitzt eine Art Klugheit, die nicht erlernbar ist, und ist weit klüger als Perizade, das Königskind. Dabei war sie eine Sklavin!"

König Schehrijar richtete sich von seinem Lager auf, schob sich einige Kissen in den Rücken und sagte: „Geschichten von klugen Leuten höre ich besonders gern."

Schehrezad schaute durchs Fenster und sah am Horizont den Streifen der Morgenröte.

„Wenn du mich noch eine Nacht am Leben lassen willst", sprach sie, „so werde ich dir morgen die abenteuerliche und aufregende Geschichte von jener Morgiane erzählen."

Der König dachte schon nicht mehr daran, seine Frau, die eine so einzigartige Geschichtenerzählerin war, enthaupten zu lassen, und sagte: „Bei Allah, ich will und muß diese Geschichte hören. Bereite dich deshalb für die nächste Nacht vor."

Darauf umarmte er Schehrezad, legte sich auf sein Lager zurück und schlief die wenigen Stunden bis zum Tagesbeginn. Gekräftigt und froh erhob er sich am Morgen und begab sich an seine Regierungsgeschäfte.

Als sein getreuer Wesir ihn kommen sah und der entsetzliche Befehl nicht an ihn erging, dankte er Allah für die Errettung seiner Tochter und bat, er möge des grausamen Königs Herz wandeln.

Auf welche Weise Schehrezad es verstanden hatte, den König für sich zu gewinnen, erfuhr er jedoch nicht von ihr.

Am nächsten Abend, nachdem sie gespeist hatten, fragte Schehrijar voller Erwartung: „Und heute höre ich die Geschichte von jener Sklavin?"

„Ja, o König, ich will dir von Morgiane erzählen, einer der klügsten Frauen, die ich in allen mir bekannten Geschichten fand. Sie hat es verstanden, jedesmal im rechten Augenblick das einzig Richtige zu tun. So konnte sie ihren Herrn vor der Rache der vierzig Räuber retten, für sich selber aber die Freiheit erlangen."

Schehrezad war geübt in der Kunst des Erzählens, sie brachte die lange Geschichte von Ali Baba nicht in einer Nacht zu Ende, verstand sie es doch, jede Schilderung nach Belieben zu verkürzen oder in die Länge zu ziehen.

Der König, unersättlich, wollte immer neue Märchen hören, die Zeit verrann, und Schehrezad erzählte und erzählte. Schier unerschöpflich war der Reichtum ihres Wissens und ihrer Phantasie. In ihren Geschichten lebte die ferne Welt Indiens und Chinas. Die Zaubergärten Persiens und die großen Geisterreiche Ägyptens erstanden vor den Augen des Sultans. Von der Glanzzeit Bagdads berichtete Schehrezad und von Harun al Raschid, dem Herrscher, an dessen Hofe die Märchenerzähler in hoher Gunst standen. Sie breitete ein farbenprächtiges Bild des alten Orients und seiner Wunder aus, flocht zarte Liebesabenteuer ein und erheiterte den König mit kurzweiligen Anekdoten und übermütigen Schelmengeschichten.

So waren mehr als drei Jahre vergangen.

Der Sultan hatte schon aufgehört, sich zu wundern, und immer aufs neue voller Vergnügen gelauscht. Als nun die 1001. Nacht begann und er Schehrezad wieder einmal wegen ihrer Erzählkunst lobte, fiel sie vor ihm auf die Knie und sagte: „Tausend Nächte lang unterhielt ich dich mit meinen Geschichten, o König. Darf ich jetzt eine Gnade von dir erbitten?"

„Sprich, sie soll dir gewährt sein", entgegnete Schehrijar.

Da rief Schehrezad nach der Amme, die brachte drei Kinder herein; das eine lief, das andere kroch, das dritte hielt sie an der Brust. Schehrezad trat mit ihnen vor den König und sagte: „Siehe, das sind deine und meine Kinder. Ich flehe dich an, erlasse mir den Tod, sonst müssen deine Söhne mutterlos aufwachsen."

Der König drückte die Knaben an seine Brust und sprach: „O meine Gemahlin, hat dich diese Sorge immer noch geängstigt? Auch bevor du mir die Kinder zeigtest, hatte ich längst anders entschieden. Ich liebe dich sehr."

Da war die Freude groß im Schloß, und als der König am nächsten Tag den Wesir traf, sprach er zu ihm: „Allah schütze dich und schenke dir ein langes Leben. Ich bin voller Dank, daß du mir deine kluge Tochter gabst und sie mich von der schrecklichen Gewohnheit abbrachte, alle Frauen zu töten, nur weil eine mich betrog. Mein grausames Verhalten habe ich längst bereut."

Dreißig Tage lang wurden Feste gefeiert, die Stadt war geschmückt, Trommeln wurden geschlagen und Flöten geblasen. Alle Frauen und Jungfrauen im Reich dankten Schehrezad, die mutig und klug den König für sich gewonnen und das Leben und das Ansehen der Frauen gerettet hatte.

Ilse Korn

Ein Märchenbuch von klugen und liebenswerten Frauen? Sind es nicht gerade die männlichen Helden, die sich in den europäischen Märchen immer durch Witz, Furchtlosigkeit, Ausdauer und Bescheidenheit auszeichnen? Daumesdick, Iwan Drachentöter, der kleine Muck, das tapfere Schneiderlein und König Drosselbart — ob arm oder reich, am Ende gewinnen sie das Glück durch ihre Tüchtigkeit. Die Frauen aber sind häufig habgierig, dumm oder schwatzhaft, denken wir nur an das Märchen „Von dem Fischer un syner Fru"; da gibt es die zahllosen bösen Stiefmütter mit ihren häßlichen, faulen Töchtern, die immer Unheil ausbrüten, nicht zu vergessen die Hexen und Erzzauberinnen, die nie etwas Gutes bewirkten.

Sollte es so wenig liebenswerte und kluge Frauen gegeben haben, als die Märchen entstanden? Natürlich nicht! Nur zeigt sich auch hier die Stellung der Frau in der Gesellschaft vergangener Zeiten, der man keinen Platz in der Öffentlichkeit einräumte, die immer hinter dem Mann zurückstehen mußte. Im Orient hatten die Frauen so gut wie keine eigene Stimme. In den Harems der Kalifen, Emire oder reicher Geldherren lebten sie ein freudloses Leben, oder sie rackerten sich in auswegloser Armut fast zu Tode und mußten häufig sogar ihre Kinder weggeben, weil sie nicht in der Lage waren, sie zu ernähren.

Daß uns trotzdem einige interessante, ja außergewöhnliche Frauengestalten überliefert wurden, verdanken wir den Märchenerzählern. Sie erzählten von den tapferen, klugen und fleißigen Frauen, die es überall gab. Bei den Fischern und Schäfern, durch fahrendes Volk, vor allem aber durch die Großmütter auf den Bauernhöfen wurden Märchen erzählt und weitergegeben, und sie kannten natürlich auch die gewitzten und tüchtigen Frauen aus dem Volk.

Eins der am häufigsten erzählten Märchen, das in vielen Sammlungen der Länder der Welt auftaucht, ist das von der klugen Bauerntochter, die „nicht gekleidet, nicht nackend, nicht geritten, nicht gefahren, nicht in dem Weg, nicht außer dem Weg" vor den König oder Richter bestellt wird, der ihre Überlegenheit nicht wahrhaben will. Alle diese Geschichten gehen zugunsten der armen Bauerntöchter aus und zeugen für deren natürliche Klugheit und ihren Reichtum an Phantasie und Einfällen. Wir haben das Grimmsche Märchen zu diesem Thema als bekannt vorausgesetzt und statt dessen zwei ähnliche ausgesucht, „Die Kluge" aus der Ukraine und „Das kluge Mädchen aus den Bergen", wiedergegeben von der tschechischen Dichterin Božena Němcová.

Vielfältig zeigen sich die Klugheit und die Fähigkeiten der weiblichen Märchenhelden. Ob sie klaglos ein hartes Leben auf sich nehmen, wie das „Binsenmädchen", ob sie keine Opfer scheuen, den verlorenen Geliebten wiederzufinden, wie im „Singenden, springenden Löweneckerchen" oder mit Beherztheit schwere Aufgaben anpacken, wie die schöne Wassilissa, sie meistern ihr Schicksal. Durch List werden sie nicht nur mit dem Teufel fertig („Der Tabak"), sondern auch mit ihren eitlen, eigensüchtigen Ehemännern („Die vertriebenen Gäste", „Eine tüchtige Frau").

List und Spott der Frauen gewinnen eine neue Qualität, wenn sie sich gegen die habgierigen Reichen und die selbstbewußten Herrschenden richten, wie in „Der Lastträger und der Hodscha" oder „Katica der Schelm". Die schöne afrikanische Königstochter Katenge setzt sie für das Wohl der Gemeinschaft ein und erlangt das kostbare Feuer, das die Menschen des Dorfes so dringend brauchen.

Daß Frauen ebenso tüchtig und mutig sind wie die Männer, daß sie furchtlos zu handeln verstehen, belegen Gestalten wie die kühne Tulganoi, die es mit einem Heerführer aufnimmt, und die Wesirstochter Schehrezad, die unter Einsatz ihres Lebens den grausamen König Schehrijar durch ihre geschickt angewandte Erzählkunst umstimmt und die Mädchen ihres Landes vor dem Henker rettet. Und im Märchen von den sieben Söhnen und den sieben Töchtern beweist die junge Dschumana durch Klugheit und Umsicht, daß es kein Unglück sein muß, nur Mädchen als Nachkommen zu haben.

Ist diese Sammlung von Märchen über die klugen und liebenswerten Frauen nun ein Buch „nur für Mädchen"? Weit gefehlt. Wo es vortreffliche Frauen gibt, sind die Männer nicht weit, und neben vielen Frauenschicksalen erleben wir in diesen Märchen auch, wie sich die Männer verhalten. Für Mädchen und Jungen ist es gleichermaßen spannend zu lesen, wie sich die Märchenheldinnen in den schwierigsten Situationen bewähren, wie sie um Gerechtigkeit kämpfen, wie sie treu und ausdauernd einem Ziel nachstreben. Vor allem aber wird es für heutige Leser interessant sein, das rechtlose Dasein der Frauen von damals mit ihrem gegenwärtigen Leben zu vergleichen, die Unterschiede festzustellen, aber auch die Gemeinsamkeiten; denn klug und tüchtig und liebenswert sind die Frauen bis in unsere Tage geblieben.

Wir leben in einer Zeit, in der Frauen und Männer gleichberechtigte Partner sind. Es wird aber noch eine Weile dauern, bis sich die Gleichberechtigung auch im täglichen Leben durchgesetzt hat. Deshalb scheint es uns notwendig, das Selbstvertrauen der jungen Mädchen zu stärken und ihnen Märchengestalten vor Augen zu führen, deren Einfallsreichtum und Einsatz für ihr Glück beispielhaft sind.

Ilse Korn

Worterklärungen

Basar	orientalisches Marktviertel
Bei	türkisch: Herr
Bek	Herr, Vorgesetzter; bei den Turkvölkern Teil des Titels und des Namens von einflußreichen Personen
Dinar	eine Goldmünze; 1 Dinar = 20 Dirham
Dirham	auch: Drachme; eine Silbermünze
Emir	Befehlshaber; Prinz
Hanum	Frau
Haspel	Garnwinde
Hodscha	auch Chodscha; persisch/türkisch: (geistlicher) Lehrer
Karawanserei	Herberge für Karawanen, die in Gruppen reisenden Kaufleute oder Pilger in Asien und Afrika
Klafter	altes Längenmaß, etwa 1,9 m
Koran	die „Heilige Schrift" des Islam
Mandarin	früher in Europa übliche Bezeichnung für hohe kaiserliche Beamte in China, Korea und Vietnam
Manitu	bei den nordamerikanischen Indianerstämmen ursprünglich eine unpersönlich gedachte Zauberkraft, die allem innewohnt. Später im Sinne von Großer Geist, Gott gebraucht
Meile	altes Längenmaß von verschiedener Ausdehnung; 1 Meile = etwa 1600 m

Minarett	Turm, von dem im Orient die Gläubigen zum Gebet gerufen werden
Moschee	orientalisches Gebetshaus
Padischah	persisch: Großkönig; alte Bezeichnung für Herrscher der Turkvölker
Pharao	Bezeichnung für die altägyptischen Könige
Peri	Fee; in der altpersischen Überlieferung weibliche Unholdin
salben	hier wie „krönen", „einsetzen" gebraucht
Sampan	langes schmales Fischerboot der Vietnamesen
Sassaniden	Herrschergeschlecht im Iran (224–651 u. Z.)
Savanne	typische afrikanische Landschaft, die mit Baumgruppen, Gras oder Dorngestrüpp bewachsen sein kann
Sultan	arabisch: Herrscher, König
Tjubeteka	rundes, besticktes Käppchen, das bei einigen mittelasiatischen Völkern getragen wird
Vizekönig	Stellvertreter des Königs
Wesir	Minister und Ratgeber des Herrschers in den islamischen Ländern
Yamskloß	aus der eßbaren Wurzelknolle der Yamswurzel bereitet, einer Nutzpflanze, die in Indien und Afrika angebaut wird
Zelter	Reitpferd mit ruhiger Gangart, Damenreitpferd
Zypresse	hoher, schlanker Nadelholzbaum, wächst vor allem im Mittelmeergebiet

Nachdruckvermerk

Die nachstehenden Personen und Verlage erteilten uns freundlicherweise die Genehmigung zum Abdruck der folgenden Beiträge:

Altberliner Verlag Lucie Groszer, Berlin, für „Die tanzenden Teufel" aus „Die blaue Rose" von Käthe Altwallstädt;
„Das Mädchen und der Löwe" aus „Algerische Tiermärchen" von Mohamed Dib;
„Der Lastträger und der Hodscha" aus „Jugoslawische Märchen", ausgewählt und nacherzählt von Lieselotte Remané;

Zlata Černá, Miroslav Novák und Ingrid Kondrková für „Die neun Mönche" aus „Japanische Märchen und Volkserzählungen", erschienen bei Artia, Prag / Werner Dausien, Hanau;

Vladimir Colin für „Slawa" aus „Der kupferne Reiter", erschienen bei Der Kinderbuchverlag Berlin;

Ilse Korn für „Vom Mädchen, das nur einen Klugen heiraten wollte" aus „Der Falke unter dem Hut", erschienen bei Der Kinderbuchverlag Berlin;

Willi Meinck für „Die vertriebenen Gäste" aus „Die schöne Madana", erschienen bei Der Kinderbuchverlag Berlin;

Paul List Verlag, Leipzig, für „Das kluge Mädchen aus den Bergen" aus „Das goldene Spinnrad und andere tschechische und slowakische Märchen" von Božena Němcová;

Verlag Volk und Welt, Berlin, für „Die kühne Tulganoi" aus „Die Märchenkarawane", herausgegeben von M. J. Schewerdin;
„Die schöne und kluge Farischtamoch" und „Eine tüchtige Frau" aus „Die Sandelholztruhe", herausgegeben von R. Amonow und K. Ulug-sade;
„Wassilissa und das Püppchen" aus „Die schöne Wassilissa und andere Märchen" von Karnauchowa;
„Die Kluge" aus „Ukrainische Volksmärchen", zusammengestellt von M. Rylskij.

Inhaltsverzeichnis